學渣大逆襲

上

風 文創 930

鍾心 著

目錄

序文

鍾心

和好友吃飯的時候，我突然開口問道：「妳知道錯認水嗎？」

「什麼是錯認水啊？是水嗎？」好友隨口回答我，並沒有特別在意。畢竟她已經習慣了，我們在一起的時候，我總是會在滔滔不絕的中間突然提出一些奇怪的問題。

我和好友認識十幾年了，從讀書到畢業、工作，我們一直都是好朋友。她已經習慣了我的嘮嘮叨叨，也習慣了我的天馬行空。好友也說過了，我挺符合雙魚座的特點，至少她自己是這樣認為的。

所以，這一次的這個問題，她也不覺得有什麼奇怪的。

我笑了笑，說道：「錯認水是一種酒，出自清代食譜大觀《調鼎集》，因為比較清澈，容易被錯認成水，所以就叫錯認水。」

「是酒啊？」好友有一點驚訝。「這還挺特別的。」

我點頭說道：「對吧、對吧，就是很特別吧？」

好友看著我。「所以妳是又從哪裡看到了這個什麼書吧？」

我笑得有點神秘。「對啊，然後我還……」

「妳還有了靈感，想要開始寫新的小說了！」好友聳聳肩，對於我的故作神秘視而不見。她專心於面前的酸菜魚，再不吃就要涼了。

「沒錯、沒錯，妳真是了解我。」我點頭。「我就是因為看到了《調鼎集》，然後呢我覺得……」

「酸菜魚要涼了哦。」好友給我挾了一筷子魚肉。「涼了就不好吃了。」

「啊，那我們先吃，後面再說。」我是絕對不能夠容忍美食放在眼前變涼，那是對食物和廚師最大的不尊重。嗯，了解我的好友也是因為知道我的性格才提醒我，不然等眼前這盤美味的酸菜魚涼了，我一定會後悔的。

對於我來說，世間萬物，唯有美食與真情不可辜負。

我一向認為美食能夠讓我的腸胃感到滿足，能夠撫慰生活之中的所有失落，也能夠讓我忘記工作之中的所有煩惱。我經常說的一句話就是，沒有什麼事情是一頓美食解決不了，如果有，那就兩頓。哦，要還是不行的話，可以有三四五六七八頓啊！

出於對美食的興趣，我找到了《調鼎集》這本書，這本書記載了許多古人的菜譜，單單是菜品的目錄就有五十幾頁。每次看，我都感慨古人的菜品看著也不少，果然是民以食為天啊！

同樣，我嚮往所有真誠美好的感情，無論是親情、友情和愛情。可惜我擁有親情和友情，愛情卻總是遲遲不來，就只能夠在我的筆下來寫出心目中的美好愛情。雙向奔赴，互相成就，相互扶持，這才是最美好的愛情。

我在《學渣大逆襲》裡面寫了自己覺得最不可辜負的美食和真情，描述了美好的親情和友情，還有我沒有得到的愛情。也許有一天，我也能夠擁有這樣雙向奔赴的美好愛情。

現實生活總是充滿了各種的不圓滿，但是我筆下的小說世界可以圓滿，也希望看到我的書的人也可以擁有圓滿。

第一章

興元十一年立夏，今日是嶽山書院旬考放榜日，也是書院的休沐日。

嶽山山腳下的空地上，有序地停著許多馬車，遠處看著密密麻麻的，像是許多螞蟻排列著一般。

這些馬車都是來接自家的少爺、姑娘回家的，按照嶽山書院給的牌子排位置，不敢亂來，是以車伕們都和左右的車伕們熟絡了，等人的時候也聊一聊、說一說，不算太無聊。

秦家的車伕秦伯和左右的方家、孔家車伕最是熟悉了，不僅是因為位置近，還因為他們的小主人關係也最好。

正說著話呢，就聽見山上的鐘聲響了起來，是今日嶽山書院下學了。

車伕們全都下了車，踮著腳想要看看自家的小主人到底什麼時候下山來。嶽山書院的學生總共六百人，是以下山的人也是浩浩蕩蕩的，再加上學生的院服只分了男女，所以這一時半刻根本就瞧不清樣子來。

即便如此，車伕們還是一直瞧著。話說這嶽山書院六百人，跟京城之中的書院比起來，人數的確是不少；可是這六百人是整個大魏朝考上來的學生，如此一看就不算多了。

每一個能夠進入嶽山書院的學生都會教外人高看好幾分，哪怕是最差的黃字班學生，說出去也是教人高看的。所以啊，來接人這活，說出去特別有面子，車伕們自然就想要早點接到人了。

早接到人就可以早點回去，晚飯前就有時間可以和老朋友吹噓一番了。

「二姑娘在那裡！」秦伯的眼睛利，一眼就看到了正從山上往下走的自家姑娘。「旁邊的肯定是方家姑娘和孔家姑娘。」

方家的車伕和孔家的車伕順著秦伯指的方向看過去，果然瞧見了自家姑娘。他們都誇了幾句秦伯的眼力好，大老遠就看見了。

秦伯雖然心裡自豪不已，嘴上卻是謙虛著。他可是從大少爺到大姑娘再到二姑娘的車伕，經歷不是旁人可以比的，自然是看得見。

車伕們陸陸續續地接到了自家小主人，但都不莽撞，而是按照嶽山書院的要求，等著周邊的馬車走了再走。寧可多浪費些時間，也不能教嶽山書院的山長和夫子們認為自家沒有規矩，不懂禮讓。

若是壞了自家小主人的評分，那可是整個京城都要嘲笑的。

時間一點點過去，秦家、方家和孔家也接到了自家小主人。

方雨珍拉著秦冉的手臂不放。「哎呀，休沐要兩日，吃不到阿冉的點心，感覺日子都無趣了許多。」

孔昭點頭。「確實。」

秦冉無奈笑了。「我平日裡沒有虧待妳們兩個，點心吃得也不少啊。」

方雨珍眉飛色舞。「那不一樣，平日妳在身邊，就好像點心也在身邊，多有盼頭啊！這休沐日一到，就沒有盼頭了。」

秦冉轉頭看著孔昭，想要她說些什麼，結果她的面上居然滿是贊同之色，頓時哭笑不得。「秦伯，東西帶來了嗎？」

「帶了帶了！」秦伯笑著從車上搬出兩個罈子。「一路上都不敢輕忽，完好無損。」

「煩勞秦伯了。」秦冉笑著和雙眸晶亮、虎視眈眈的方雨珍、孔昭說話。「我親自釀的錯認水，一人一罈子。」

方雨珍立時就從秦伯的手裡把罈子拿了過來，那動作和搶也差不了多少了。「阿冉，妳太好了吧，我就隨口說過的，妳都記住了。」

孔昭也是捧著罈子，往日較為嚴肅的臉上也滿是笑意。「阿冉，多謝了。」

「不必，只是小事而已。」秦冉覺得好笑。「不過是錯認水而已，妳們也會釀造的，怎地就如此情狀啊？」

孔昭搖頭道：「不一樣的。」

能夠嚐出來。

「是的，不一樣的。」方雨珍贊同。「雖然用量方法都一模一樣，但是做出來的效果就是不一樣。哪怕是書院食堂的師傅，那也是比不上阿冉的。」她舌頭向來敏銳，一點差別都能夠嚐出來。

秦冉笑著說道：「那是因為我有加成啊！」

方雨珍和孔昭對視一眼。阿冉又說她們不懂的話了。

三人隨口說了幾句就上了各自的馬車離去，秦冉臨走時又吩咐她們兩人少吃些錯認水，會醉人的；快要到她們出去了，可不能堵了後面的馬車。

坐在馬車上的秦冉，整個人就蔫了下來。

今天旬考的成績出來了，很不理想，她有點頭疼啊！今日爹娘還有大哥、大姊肯定都在家中等著呢，讓他們看見了自己的成績，又要嘆氣了。

可是，她真的很努力讀書了，但學渣就是學渣，不會就是不會啊！

秦冉是個學渣，上輩子和這輩子都是個學渣。她其實非常努力，也很用心了，奈何腦子裡面就是缺了一根筋，學不會就是學不會，努力終究是趕不上天賦的。

說起來真是一把辛酸淚啊！她對於上輩子的記憶已然很模糊了，除了自己的那一手廚藝，很多事情都記不得了，其實和新生孩童差不多，所以從小也不曾覺得自己和大哥、大姊有何不同，也和父母很是親近。

可是直到開始讀書，她就要哭了。

她本以為自己成為官宦人家的女兒，就不必讀書了，可沒想到這是一個讀書至上的朝代，不分男女老少。她一路從小小學渣變成了小學渣，和自己的兄姊完全不同，教家人都愁壞了，還以為是小時沒有照看好，腦子壞了。

秦冉可委屈了，讀書不開竅，她也沒有辦法啊！她的腦子真的沒有問題的，可是家人不相信。

還好，因為秦冉從小就讀書一般，家人的要求也就降低了。他們認為反正總有他們撐腰，日子總不會難過到哪裡去。

而後，秦冉十歲那年，大魏朝一年一度的嶽山書院入學考試又開始了。秦家想著讓秦冉去試試，畢竟大家都去了，她不去倒是顯眼。於是秦冉放鬆心態去考了，反正只是過過場而已，沒事！

誰知道呢，天掉餡餅，把秦家人砸了一個頭暈眼花。那般多同齡的人都沒有考上，他們家秦冉考上了。

那可是嶽山書院，大魏朝最好的書院！

所以，其實秦冉有救！

秦冉要哭了。求求你們放棄我吧，我沒有救的，真的！這聖人之言，這朝政策論，這琴棋書畫，這騎馬射箭，都太難了啊！

十歲以來，秦冉都在反覆哭訴，為什麼要為難一個學渣，學渣也是人啊！

不管秦冉的心中有多少悲憤，這馬車還是一直前行。晃啊晃的，秦冉也覺得睏了。昨天知道了旬考成績以後，她都沒有睡好，今天的課程都是撐著精神上完的。

是以，這馬車晃啊晃的，像搖籃似的，她就睡著了。

噠噠噠……秦冉睡得不熟，恍惚間似乎聽到了馬蹄聲，還有誰喊了一聲沈兄。

叩叩叩！不知過了多久，馬車門被敲了敲，外面響起了秦伯的聲音。「二姑娘，到家了。」

秦冉直起身子，揉揉眼睛下了車。

「二姑娘，您回來了。」秦冉的丫鬟杏月和橘月早就在門口等著了，見到秦冉高興不已。要不是嶽山書院不允許帶丫鬟、小廝，她們定是要跟著的。

秦冉看到陪著自己長大的丫鬟卻不怎麼高興，因為這意味著……

「爹、娘、兄長和阿姊他們……是不是已然在等著我了？」

杏月和橘月點點頭。「是的，早就在等著了。老爺早早就下衙了，夫人也擺好了晚飯，大少爺和大姑娘也早早地回來了。」

秦冉苦著一張臉。其實他們不用這麼關心自己的，真的，她可以野蠻生長，不用那麼多關注的。可惜這話她是不敢說的，不然就要被大哥懲罰拉弓一百次了。

該來的總還是要來的，秦冉深呼吸了一下，抬腳走了進去。

秦家雖然節儉，但是秦夫人柳氏很有經營的手段，是以秦家的院子並不小。只不過秦冉不是什麼嬌弱大小姐，平日書院的武課還是有的，這路程對她而言並沒有什麼難度。

終於到了用飯的左室，她踏步進去。大家都已然等著了，秦冉的小心肝頓時就抖了一下。害怕……

秦父秦岩自然是看得出小女兒的害怕的，馬上說道：「好了，終於回來了，先用晚飯吧。」唉，當初他的官職不夠高，總是很忙，夫人也是分身乏術，是以對小女兒的照看就不太精心。

誰承想小女兒發了一場高燒，然後腦子就不如何靈光了。這怪不得她，總歸是他們的錯。

要是秦冉知道了秦岩的想法，一定要告訴他，她並沒有把腦子燒傻了，只是想起一些前世的事情而已。雖然不夠多，不過她真的不是傻子來著，她就只是個學渣而已。

「對，先用飯吧！」柳氏也不忍心了，總歸是自己小女兒，她最是寵愛的。

「還是先說成績吧。」秦家大哥秦睿卻是不給自己的妹妹面子。「總好過阿冉一直惦記著，飯也吃不好。」

秦家大姑娘秦婉同意地點點頭。「對，阿冉，妳先把成績單給我看看吧。」這成績單是嶽山書院開院以來就存在的，用的紙和墨都是特殊的，以防學生擅自篡改成績。

秦冉苦著一張臉，把成績單放在了桌子上。

秦岩拿了過來，其餘三人全都圍過去看了。「禮節，甲中。嗯，阿冉一向是一個懂禮的好孩子。」

柳氏也很高興。「舞蹈甲上，不愧是我的女兒。」

秦睿卻是皺眉。「樂器、騎射、馭車這三門課都是丙下，實在是太差了。」

秦婉也是皺眉不已。「書法和算學都只有丙中，唯獨律法好一些，卻也不過是乙中而已。」

他們每說一個，秦冉的頭就越來越低。嶽山書院的成績按照甲乙丙來區分，每一個等級還有上中下的分別；丙下，已然是最差的了。

秦睿看著秦冉。「妳這成績，怎麼還是沒有進步？」

秦婉卻是瞪了秦睿一眼。「大哥，莫要欺負阿冉，她的律法已然是有進步的了。」

秦睿卻是反駁道：「除卻這些，最重要的策論這一課還是丙下，沒有半點進步，將來阿冉要如何是好？」

「阿冉的舞蹈是甲上，你不要總是盯著那些丙下。」

「妳也說了是那些，我們兩個當年可沒有甲以下過。」

「阿冉她——」

「好了，」秦岩出聲。「阿冉的成績比上次的好多了，都莫要再說了。」他示意他們看一眼秦冉。果然，腦袋都快要低到地上了。

其實秦家人都是關心秦冉，只是關注得不一樣而已。秦岩和柳氏希望秦冉過得開心快樂就好，雖然成績也重要，但是畢竟錯誤在他們，還是盡力就行。秦婉則是希望秦冉可以再好一些，將來不至於教那些眼紅她是嶽山書院的人嚼舌根子，畢竟酸的人到處都有，秦冉臉皮薄，她怕她受傷。

至於秦睿，他是對秦冉要求最嚴格的一個了。他知道，門當戶對的好男兒總是喜歡嶽山書院裡面成績好的，將來秦冉的成績差，選擇的餘地就少了。那等門戶低的，攀上了高門以後變臉的男子他見得多了，不希望自己的妹妹也遇到這些。

畢竟哪怕他能給自己妹妹撐腰，但是後宅終究是後宅，有些事情他作為兄長是力所不能及的。他們秦家什麼骯髒事都沒有，秦冉對這些根本就是一竅不通啊！

可惜，秦冉的腦子裡面缺了一根筋，就是學不好。

秦睿嘆氣。「阿冉，先用飯吧！」罷了罷了，還是從現在開始就找一個少年培養吧！不過這個不能告訴她，讀書還是很重要的，學到手的才是自己的。

「對啊，先用飯。」秦婉把秦冉拉著坐下。「今日我把妳之前釀的雪梨燒酒拿了出來。阿冉的手藝很是厲害，阿姊聞著就覺得口齒生津了。」

秦岩點頭。「阿冉這一點倒是很有天賦，反正是果酒，不算醉人，大家都吃上幾杯。」

「好。」秦冉看到大家不說成績了，馬上就笑開了。嘻嘻，爹娘、大哥、大姊都沒有怪責她呢！真好。

飯桌上其餘四人看著高興不已的秦冉，卻是心下嘆氣。這麼沒心沒肺的，也不知道算是好還是壞。

罷了，也算是心胸寬闊。不然的話，這麼多年的差成績，都要鬱結於心了。

第二章

用過晚飯，秦冉回到了自己的院子裡。杏月和橘月伺候著她梳洗了一番，她躺在床上，才感覺整個人都鬆快了下來。

這十天來，可真的是把她給累壞了。讀書對於學渣而言，真的是很累的，尤其是書院還要求學生做個文武雙全的學渣。

杏月把帳子放了下來，到了外間的小榻上躺下。二姑娘自小就不愛有人總在跟前晃，她都習慣了。這裡正正好，不遠不近的，二姑娘若是高喊一聲，她也是聽得見的。

秦冉卻是看著帳子上的花草紋陷入了沈思中。

她是在三歲的時候燒了一場，好了以後就發現自己其實是穿越者。雖然，這並沒有什麼用處就是了。

這裡是年號「魏」的王朝，當年，前朝末帝昏庸無道，各方勢力舉旗自立，而大魏朝的開國皇帝也是其中一位。只不過，開國皇帝當年能夠順利拿下整個大魏朝的天下，多虧了一個人，就是他的女兒，也就是開國長公主。這位開國長公主跟隨太祖征戰沙場，創立大魏朝，傳至今日已然五代了。

當朝皇帝明帝繼位十一年，名號興元十一年，膝下三子一女，長公主、太子、二皇子、三皇子；後宮僅有一后和二妃，長公主和太子出自皇后膝下，是為嫡出。二皇子出自淑嬪，三皇子出自惠嬪。二皇子、三皇子和太子根本就沒有競爭皇位的可能，是以當今朝堂沒有太多黨爭的亂象。

當然，這些都不如何重要，重要的是這位開國長公主，秦冉很肯定她就是一個穿越者，並且還是那種開了掛的。

先不說開國長公主在其他方面對於大魏朝的影響，對於教育這一塊，她是抓得死死的。開國長公主一生征戰沙場，手中握有實權，比弟弟還要受到開國皇帝的愛重。她認為男女都需要讀書，並且朝廷不可對文武有所偏重，但是當時並無這樣的書院。於是，開國長公主用自己的軍功在京郊換了一整座嶽山，圈起來創建了嶽山書院。百多年發展下來，嶽山書院已然成為了大魏朝最好的書院。

大魏朝以讀書至上，人人都想要進去嶽山書院。按照開國長公主設立的規矩，所有孩童不分出身，皆可以憑實力考入書院。

十歲開始可以參加嶽山書院的考試，每年一次，一共可以考試三次。嶽山書院設置的課程有策論、禮節、樂器、騎射、馭車、書法、算學、律法和舞蹈。

可以說，幾乎是面面俱到了。

嶽山書院分設「乾字院」和「坤字院」，乾字院為男子學院，坤字院為女子學院。每個學院都有天、地、玄、黃四個班級，入書院半年後依成績分班級。

嶽山書院有主學科，是禮樂射御書數，文武兼修；女子可不修武術改為舞蹈，成績依照甲乙丙三個大等級和上中下的小等級來劃分。每個月旬考三次，旬考發布成績後休沐兩日；每年八月為暑假，十二月下半月至上元節為寒假。每年七月畢業考，考試過了便可以畢業。

嶽山書院的求學年限是十年，若是學生能夠提前通過畢業考，也可以畢業。每年乾字院和坤字院的畢業生中會有成績最好的一男一女作為首席畢業生，接受皇帝的賞賜。

凡是從嶽山書院出來的，只要不作奸犯科，自可以選擇前程。入朝為官也好，投奔邊疆也罷，甚至經商也可，並無強硬要求。甚至因為開國長公主，魏朝民風相對開放，女子也可為官。

嶽山書院擁有皇家做後盾，畢業出來的優秀學子數不勝數，可以說大魏朝那些出名人士裡面，有八成都是嶽山書院畢業的。於是，這嶽山書院就教人更加趨之若鶩了。

可以說，能夠成為嶽山書院的學生的人，幾乎都是佼佼者；畢竟一整座山那麼大的書院就只有六百個學生而已，這六百學生，都是來自整個大魏朝的天之驕子。

當然，秦冉除外。她是例外，是真真正正的例外。

秦冉不知道自己是怎麼考進去的，除了舞蹈和廚藝，她其實真的什麼都很一般，甚至是很差的。在書院裡面，她是最不起眼的那一種學生。嶽山書院還不考廚藝，於是乎，秦冉只有舞蹈一項拿得出手了。

每一次發成績，都是秦冉的末日。她真的想哭啊，為什麼世界要對一個學渣擁有這麼大的惡意呢？上輩子讀書她不行，這輩子讀書還不行，實在是太慘了些。

開國長公主，對不起，我丟了穿越者的臉了，我真的是個學渣啊，嗚嗚嗚。心裡哭泣不已的秦冉，慢慢地閉上了雙眼，她真的是睏了。還好，還好能夠休息兩天了。

嗖——

秦府的後院空地，秦冉正在練習射箭，整張臉都皺巴巴的。

我錯了，我真的錯了！有兄長和阿姊在，為什麼會覺得自己能夠好好休息兩天呢？大清早就被抓過來練習箭術了，後面還有別的，這和在書院裡面無甚區別啊！

「手抬高些，」秦婉拿過了另一把弓箭，一箭出去，正中靶心。「力道再大些。妳這樣，難怪只能搆到靶子的邊沿。」

「哦。」秦冉聽話點頭，繼續射箭。但是，很遺憾，還是和靶子擦肩而過，根本就沒有射中過。

一旁涼亭中的秦睿無奈扶額。「罷了，阿婉，還是讓阿冉休息休息吧。」這都大半個早上了，一枝箭都沒有射中啊！

秦婉也是無奈了。「算了，休息吧。」她這個妹妹啊，明明在舞蹈上很是有天賦，偏生射箭、騎馬是樣樣不行，不是說這些是一通百通的嗎？

「哦，好。」秦冉放下了弓箭，走到涼亭之中坐了下來。杏月趕忙上來為她按摩手臂，橘月拿著糖青梅餵給她吃。「嗯，醃得入味了，很是不錯。」四月中的時候，她就拿著青梅醃製了，現今拿出來吃，正正好。

一口糖青梅一口清茶，嗯，這滋味，太美妙了！

享受著丫鬟服侍的秦冉當真很是愜意，只是愜意不過多久，她又被秦睿和秦婉拉著補習了。這一次的成績還是不好，必須得要努力補上來才行。

還以為自己能夠在家裡好好休息兩天的秦冉遭到了重大打擊，在秦睿和秦婉的雙重壓力下，都快要失去信心了。

學渣是理解不了為什麼學霸可以這麼簡單地理解各種題目；當然，學霸也理解不了學渣為什麼連最簡單的要求都做不到。

於是，到了最後就變成了四目相對，相顧無言。

對於秦睿和秦婉放下了手中的事情來給自己補習，秦冉的心中很是感動。可是，這個補習完全沒有效果啊！她覺得要到達兄長和阿姊的要求，實在是太難了。

說起來，秦家是一家子的學霸。父親秦岩，雖然是平民出身，但是十歲便考上了嶽山書院；而後作為首席畢業生提前畢業，進士及第，被欽點為探花。如今時年四十二，就已然是工部侍郎、正三品的官員。雖然有岳家的幫助，但實在是不多，一切幾乎是靠秦岩自己，是以哪怕是看不慣秦岩的人，卻也是佩服的。

秦岩雖然為人剛正，但是疼愛妻兒，後院從無二人，心志堅定。秦家的家風清正，在那些清流看來更為難得了。

至於母親柳氏，時年三十九，出身官宦之家，也是嶽山書院的畢業生。雖然不是當年的首席畢業生，但也是坤字院的風雲人物。在秦岩還在乾字院時便一見傾心，畢業後嫁為人婦。她心思縝密，手腕高超，整個秦家在柳氏的打點之下，蒸蒸日上。

秦家大少爺秦睿，時年二十，嶽山書院乾字院的首席畢業生；進士出身，翰林院的新人，尚未娶妻。秦睿雖然心思較深，但是有責任、有擔當，看重家人，在外人看來也是頗有才氣，不知道是多少女兒家的最佳夫婿人選。

秦家大姑娘秦婉，時年十八，嶽山書院坤字院的首席畢業生。她在畢業後考中了女官，如今在長公主麾下做事。秦婉生得端莊溫婉，性情明朗，也是京城許多少年郎的夢中情人。

這一家四口都是學霸，要是沒有秦冉這麼個意外的話，簡直就是學霸之家。可惜了，約莫是老天爺覺得不能太過於圓滿，於是咯噹一聲就把秦冉丟到秦家了。

老天爺倒是不覺得有什麼不對的，但是秦冉想哭啊！她被學霸包圍著長大，真的是對心靈有很大的傷害，要不是自己一直都是沒心沒肺的，恐怕就要長歪了。

其實，除了功課上讓秦冉扯後腿，時不時就想哭，覺得對不起家人以外，她的生活還是過得很開心的。爹娘恩愛，兄姊慈愛，要不是這裡是讀書智商考試至上的年代，秦冉能被寵成一個小傻子。尤其是知道了同學們家裡面的骯髒事，她只覺得自己身在這個家庭當真是太好了。

兩天的補習，秦冉除了多背下一些課文和詩詞，其他的什麼都沒有進步。尤其是策論和騎射，簡直就是不堪入目。不過秦睿和秦婉都已經習慣了。

罷了罷了，有一點點的進步也好，其餘的不必強求。

秦睿對於現在就尋找少年培養成妹婿的心思更加確信了；至於秦婉，則是想著乾脆自己多和同僚交好，將他們家中的事情摸清楚，將來也好幫一幫出嫁的阿冉。兄妹兩個對視一眼，而後無奈嘆氣。

家中太過於清淨，居然也有了壞處？

秦冉不知道自己的大哥、大姊心中的算盤是怎麼打的，她明天一早就要趕回去嶽山書院了，對於家人很是不捨得。去年摘下來的柿子做成的柿餅本來就不多，她還是決定拿出來全部分給他們。

她什麼都不會，什麼都做不好，就是做的東西還挺好吃的。爹娘兄姊畢竟養著自己這麼個小笨蛋，實在是不容易，這些就是補償了。

秦冉來到了父母所在的正院中，對著守門的丫鬟們眨眨眼，示意她們不要說話。這個時候，爹娘肯定是一個看公文、一個看帳目，她決定嚇他們一跳，哈哈！誰讓爹娘上次說他們是絕對不會被自己嚇到的，這次自己一定會成功的。

彎著腰、悄悄地走到了門口，秦冉正要推門的時候，聽見了他們在裡頭說話。她沒有想要偷聽的，卻正正好聽見了。

柳氏說道：「我覺得阿睿和阿婉不會教人，想要找一個好一點的老師，給阿冉補習補習，不為別的，至少畢業的時候也能夠好看些。現在阿冉十五歲，再過五年就要畢業了，我不能讓阿冉是到了年限強制畢業的，那樣她會被人嘲笑的。」

秦岩卻是嘆氣。「妳沒有請到人，對吧？」

柳氏沈默了片刻。「她們聽著阿冉是黃字班的學生就很是猶豫，再一聽阿冉的成績，就紛紛推脫了。」她要請的自然是名師才行，可是名師也是挑人的。

秦岩說道：「恐怕是覺得教不好阿冉，怕砸了招牌。」

柳氏的聲音開始帶了哭音。「總不能將來教阿冉被人嘲笑啊！她是我的心頭肉，我哪裡捨得她被人嘲笑啊？都是我的錯，當初我若是沒有太過於看重那些鋪子，沒有照顧好阿冉的話，她就不會被燒得過了。」

書房裡面的秦岩似乎是拍了拍柳氏的手背。「不，也有為夫的錯。當初工部的事情太過繁忙了，我也沒有注意到。」

書房外的秦冉低下頭，而後下一刻，猛地推開了門。

「哈哈哈，爹娘，你們被我嚇到了吧！」不能讓爹娘知道自己聽見他們說話了，不然他們會更傷心的。

柳氏微微瞪了秦冉一眼。「都十五了，還調皮呢！」阿冉的神情沒有異樣，大約是沒有聽見她被人嫌棄的話，那就好、那就好。

第三章

秦冉笑得燦爛。「嘻嘻，我還小呢，自然是可以調皮的呀！」

秦冉在秦岩和柳氏的面前插科打諢，逗得兩個人笑容不斷。等到她將手中的柿餅拿出，說是要請爹娘嚐一嚐的時候，更是得到了無數誇獎。

最後，秦冉領著爹爹給的銀票和娘親給的玉鐲，回了自己的院子。

杏月和橘月瞧見自家二姑娘從老爺、夫人的書房中走出來，趕忙上前幫忙。果然，二姑娘的懷中拿著一個匣子，定然是老爺、夫人給的了。

兩個丫鬟自豪不已。雖然她們姑娘讀書不是最好，但可是家中最受寵的。不僅是老爺、夫人，大少爺和大姑娘也跟著寵著。不過二姑娘這麼好，自然是值得的。

晚上，到了入寢的時間，秦冉卻是拿出了書本準備認真背書。她以往雖然也因為自己讀書差而煩惱，但是總覺得自己畢竟是官宦人家的二姑娘，將來不會有什麼難處的。所以，她有努力讀書，卻並沒有那種緊迫感。

總歸她將來不可能餓死的，更何況她還會做飯呢！

可是，今日偷聽到爹娘的對話，教秦冉想要更加努力些，考得更好些。不為了別的，就希望爹娘不要再被人瞧不起了。她明白的，那些個什麼先生不肯來他們家為她補習，就是看不起他們家。

而這一切都是因為她。秦冉以前從未想過，家中孩子考不好，出去居然還會被人看不起。她爹可是正三品官員，可是那些沒有官職的先生還不給爹爹面子，就是因為她的成績太差了。

這是一個讀書至上、考試至上的朝代，她必須要考得更好些，哪怕是為了爹娘，為了大哥、大姊，至少讓他們走出去不要受人嘲笑了。

哼哼，自己好歹是一個穿越者，就算比不上開國長公主，但是一定可以達成目標的。就先定下一個小目標吧，最重要的策論這一科，下次的小考就考一個甲……丙上吧！

「嗚嗚嗚……」

秦冉躲在嶽山書院後山的一棵大樹後小聲哭泣，懷裡抱著自己的卷子，上面被策論的夫子用紅墨寫了一個大大的丙下。

丙下丙下，居然還是丙下！

她最近好辛苦讀書的，每天都在熬夜，連平日裡的小點心都不做了。可是，策論還是丙下，沒有半點進步。甚至夫子還在私底下說她不用心，答題答得更差了，若不是最低只有丙下的話，他的評分還會更低些。

原本沒心沒肺的秦冉也有點受不住了。她想要給爹娘兄姊掙面子，可是反倒更差了，怎麼會這樣啊？越來越差了，她是不是真的是個傻子啊？

自詡是成年人的秦冉拿了卷子，偷偷地躲到後山上哭。要是在別人面前哭就太丟人了些，她自己偷偷躲起來哭，就不會教人知道了。

「嗚嗚嗚……」太難了，讀書怎麼這麼難啊，這聖人之言，這朝廷策論，真的太難了啊！

雖然哭是解決不了問題的，但是憑經驗，她認為這可以緩解心情。她就今天哭一哭，稍後一定繼續努力讀書，嗚嗚嗚……

沈淵今日的小考又是乾字院最好的，還得到了夫子們的誇讚，將他的答卷拿出來給眾人觀看。雖然這已然是尋常了，但是沈淵對於課後同學們的誇讚實在是覺得受之有愧。

其實他認為自己並沒有那麼好。身為學生，盡全力答題是應當的，不覺得有何需要被誇讚的。可是，大家似乎不這麼認為。

於是，沈淵就躲了出來，畢竟就算回到了寢舍，也還是有同學。

嶽山書院的後山上有一棵大樹，約莫有好幾百年了，幾乎是遮天蔽日。沈淵就躲在樹上，從來未曾有人能夠找到他。

只是今日，沈淵沒有想到樹底下來了個人，還在一直哭泣。他往下瞧了一眼。看著淺藍色的衣裳就知道了，是坤字院的學生，難怪哭得這麼小聲。

沈淵默默地在心中嘆氣，現在若是離開的話，定然是要被發現的，那麼這位學生怕是要尷尬了，他還是忍耐一番吧。

只是沈淵沒有想到，樹底下的那位同學這般能哭，一直都沒有停過。

於是，他就只能這樣待在樹上了。時間，一點一點地流逝了。

咕嚕。

「嗯？」秦冉哭到一半覺得有點累了，於是停了一下，準備積蓄了力氣繼續哭。可是，正好這安靜的時間裡，她聽見一個奇怪的聲音。

她不禁抬頭，而後就看見了坐在樹上的人。

那身深藍色的衣裳讓她明白了，是乾字院的學生。而後她才看清了那個人的長相，頓時驚豔不已。

秦父和秦睿都是長相出眾的，秦冉從小也是經過美色的考驗，可是她今日才算是知道，什麼叫做真正的好看。

清俊矜貴，雅正俊朗，如日月入懷。書中所描寫的那些字句，好像在此刻成真了一般。

這，是真人嗎？

沈淵也看清了在樹下哭泣的人的樣子，生得俏麗可愛，尤其是那雙眼睛，猶如春水初盛，波光粼粼。也許是因為剛剛哭過？沈淵的心裡這般想著。

樹上的人，樹下的人，四目相對，頓時陷入了小小的尷尬之中。一時之間，默然無言。

咕嚕。沈淵下意識地摸著自己的肚子，眼神有些飄忽。錯過用飯時間了，又因為她在樹下哭了許久，不好離開，所以他當真是有些餓了。咳咳，他是人，自然是會餓的。

秦冉眨眨眼，抽抽鼻子，頓時不想哭了。她拿出放在身邊的小籃子，對著樹上的人說道：「醬豬蹄，吃嗎？」

「妳……出來哭還帶著醬豬蹄？」向來做什麼都是循規蹈矩，除開躲人這一項不如何君子的沈淵，從未想過世上還有這樣的人，出來哭還帶著吃食的？

秦冉再次抽了抽鼻子，聲音還帶了點哽咽之意。「可是我……我哭久了，會餓啊……」

雖然她帶上醬豬蹄時沒多想，但她是真心認為哭泣是一項體力活，吃東西不過分的吧？

而且這是從家中帶來的，再不吃就要壞了，糟蹋食物是要遭天譴的。

沈淵沈默了。她這般說，好像沒有任何問題，哭久了的確是會餓的。

他翻身從樹上下來，落在秦冉身邊，猶豫了片刻，他開口。「妳……」

「一起吃吧，足夠了。」秦冉打開了自己的小籃子給那人看。「你不是餓了嗎？」

沈淵本不想吃這位女同學的食物，可是看著小籃子裡面的醬豬蹄，他發現自己有點走不動。這味道……好香啊！

「沒關係的，」秦冉想著這人大約是不好意思了。「就當作你給我保密，不要把我在這裡……的事情說出去好嗎？」說到這裡，她倒是有些不好意思了，雙頰染上了緋紅。

她都這般大了，還躲起來哭，是有一點丟臉。可是，有時候哭雖然對於解決問題沒有用，但是對緩解心情很有用。她只是有一點點沒有忍住而已，真的是只有一點點。

沈淵看著這位女同學眼底的緊張，點了點頭。「也好，如此便卻之不恭了。」他雖然奉行君子之道，卻不是如同老翰林那般的老古板，當下便同意了。他撩起了衣衫下襬，直接坐在了地上。

這棵大樹下是柔軟的草地，是以直接坐下來倒也無妨。

「給。」秦冉把唯一的一雙筷子給了沈淵，自己卻是拿出一張油紙。她直接拿了一塊醬豬蹄就開始啃，非常專心。真不愧是自己的手藝，很是入味呢。

沈淵側頭看了一眼認真啃豬蹄的秦冉，面上不由帶了些微笑。雖然他向來對非家人的女子敬而遠之，卻也是知道自己受歡迎的，倒是沒有想到如今這般情況，自己居然比不上一塊豬蹄。

不過……沈淵微微笑了。如此也不錯。他看著放在碗中的醬豬蹄，色澤油亮，香味撲鼻。書院的食堂也是做過醬豬蹄的，那位師傅還是師承宮中御廚，可即便如此，還是比不上眼前的這些。

沈淵伸著筷子挾了一小塊豬蹄嚐了一口，眼中帶了訝異。他此前還以為只是香味勝人一等，現下看來，這味道也是足夠出眾，家中的廚子似乎都有所不及。

秦冉認認真真地啃豬蹄，根本就沒有空理睬身邊的人。專心吃食，這是對食物的尊重，不能夠三心二意的。

等到秦冉回過神來，就發現那一碗醬豬蹄大部分都被自己給吃掉了。她的身子一僵，抬頭看著沈淵。「那個……我好像吃得有點多，你還餓嗎？」

沈淵微微揚唇。「不，足夠了。」就那麼幾塊，對於一個少年人來說自然是不夠的，可是他瞧見了秦冉的小窘迫，自然是不會令她為難。

「嗯。」秦冉沈默了一會兒。「這個，豆沙酥卷吃嗎？」她從懷中拿出了一個大紙包，打開來露出了裡面的豆沙酥卷。

今日要發策論的卷子，秦冉美滋滋地覺得自己一定有進步，終於有心思做點心了。這可是她上次休沐回到嶽山書院之後第一次做點心，大部分都被方雨珍和孔昭拿走了，就剩下這麼幾塊了。

她本覺得這是對自己成績進步的獎賞，誰知道反倒是考得更差了。這樣想想，其實是諷刺才對吧！秦冉全都塞進了沈淵的手中。「罷了，都給你了。」還是不要帶著這些豆沙酥卷了，不然她看到的話會更加心痛。

考試考試考試，為什麼考試這種罪惡的東西會存在世上呢？

對於剛才的醬豬蹄，沈淵還能夠推卻一二，但是看著手中的這包豆沙酥卷，要推卻，實在是開不了口。除開他的母親，其實無人知道他最愛的是甜食，因為這不符合君子的形象，所以他都是忍著的。

現下誤打誤撞，若是不吃，似乎過意不去？

「如此，多謝同學了。」

「不用不用。」秦冉揮揮手，開始收拾油紙和骨頭。

沈淵本該伸手幫忙的，可是現在他已然被口中濃厚的豆沙香味給迷倒了。這是他吃過最是好吃的豆沙酥卷了，糖加得不多不少，甜而不膩，當真是太好吃了！

等到沈淵吃完了那一整包，回過神來的時候，秦冉已然收拾好了。

秦冉站了起來。「嗯，我該走了。」回去讀書吧，策論雖然失敗了，但是其他科還是可以努力努力再努力的。

「請等等。」秦冉走了沒有兩步就被沈淵喊住了。「妳的東西掉了。」

「什麼？」秦冉一回頭就看見了沈淵手裡的東西，嚇得趕忙上前搶了過來。她的卷子啊，丟人了啊！「我我我——那我先走了。」

沈淵的話還未說出口，就見到那位女同學跑遠了，而後輕笑了一聲。他其實並沒有冒犯的意思，只是將卷子撿起來的時候看到了她的成績。那個策論的題目他記得，有這般難嗎？其實，他還想問問那位同學是否需要幫助，他可以幫忙的。咳咳，雖然有些過分，但若是可以的話，她隨意給些點心作為酬謝就好了。

可惜他尚未開口，她就跑遠了。

不知道是坤字院哪個班的學生呢？明明人看著嬌嬌小小的，怎麼跑起來倒是一點都不慢？

今天嶽山書院的首席畢業生預定、文武第一、最受歡迎的沈淵，腦袋裡充滿了以往都未曾有過的疑惑。

秦冉拎著自己的小籃子，攥著自己的卷子，一路低頭朝著寢舍狂奔。丟人丟人好丟人，實在是太丟人了啦！

秦冉的兩條小短腿邁得快，嗖嗖嗖地就下了後山，而後穿越過校場，一路朝著自己的寢舍跑去。

砰！她悶頭跑得實在是太專心了，一頭撞在了門板上。

秦冉暈乎乎地抬起頭來看著眼前的門板。怎麼回事，為什麼自己的寢舍門口的門板換地方了？

方雨珍嚇到了。「阿冉！」

「阿冉，妳沒事吧？」孔昭聽見聲音走出來，就看到撞到整個人暈乎乎的秦冉，嚇了一跳。不僅是孔昭，其他聽見了聲音的女學生們也都出來了，全都圍著秦冉，生怕她撞傻了。

本來就不如何聰明了，若是真的撞傻了的話，怕是不能留在嶽山書院了。不能在嶽山書院畢業，會被人嘲笑的，比不能進嶽山書院還要糟糕呢。秦冉平日裡都會給大家送些點心，哪怕覺得她的成績不如何，大家還是喜歡她的。

這麼一個沒有心計的同學，長得又可愛，何況大家都是同一個院子的，自然要關心了。

第四章

嶽山書院的寢舍都是按照一個個小院子來劃分的，雖說每個人的寢舍不算大，但都是獨立的，又和院子的其他同學可以相互照看。若是沒有意外，一個院子裡面的同學哪怕不是同班的，感情也是好的。

秦冉回過神來，搖頭說道：「沒事沒事，我就是撞得有點疼。還好，我真的沒有傻。」

方雨珍認認真真地看了一番秦冉，又是把脈、又是檢查的，才說道：「無礙的，就是可能頭疼了些。」方雨珍出身醫藥之家，雖然是家中幼女，不必承襲家業，但也是從小耳濡目染。

所以，只要不是什麼大毛病，院中的同學們都是找方雨珍看，是以，她說的話，大家也是相信的。

「無事就好，無事就好。」

「阿冉下次可莫要莽撞了。」

「對啊，還是要注意些，這次無礙，下次就未必了。」

秦冉摸著頭，帶了點委屈。「我沒有想到門板換位置了啊，所以才會撞上的。」

孔昭默默嘆氣。「阿冉啊，我們院中有幾個門可以進出？」

「兩個啊。」

「那妳平日裡都是從哪個門走的？」

「一般都是南門啊。」

方雨珍指著秦冉背後被撞得開了的門。「妳看看，那是哪個門？」

秦冉回頭，而後垂了腦袋。「是北門。」

北門因為並不通向書院的學堂，再加上院裡的同學們也不怎麼走這個門，所以經常不開。今天是她太著急了，一路跑回來，都忘記從後山過來是通向北門的。

而且自己還低著頭一路往前跑，可不就是正巧撞了上去？

搞清了前因後果，院子裡的人都是哭笑不得。這還真是阿冉會做出來的事情呢，實在是太可愛了。

頂著大家憐愛的眼神，秦冉低著頭不語，整張臉都羞紅了。嗚嗚嗚……又丟人了。

其實大家都知道今日發了成績，秦冉的策論成績不好，很是擔心她。因為她最近的努力，大家也都看見了，沒有想到還是沒有進步，她們都擔心秦冉會受打擊，說不定要一蹶不振了。

畢竟書院之中不是沒有這樣的人，現在看到秦冉回來了，還和以往一樣，也就放心了。

雖然眼眶是紅了些，但是躲起來哭一會兒，可比一蹶不振要好多了。

孔昭卻是往前站了一步。「對了，妳們可知今日的策論，隔壁乾字院的第一是誰？」

雖然阿冉這個樣子又是可愛、又是好笑，她還是覺得不好讓同學們就這麼笑下去。不然啊，小阿冉生氣了，她們往後的好吃食就都沒有了。

要知道，她此次休沐回來，除了從家中帶來的醬豬蹄，就只有豆沙酥卷了。所以還是莫要將人惹惱了，於是扯開了話題。

當然了，還有因為孔昭向來責任心重，將秦冉看成了自己妹妹，自然是要護著她的；再者她是家中長女，照顧人也已然習慣了。

方雨珍接到了孔昭的暗示，說道：「這還用說嗎？連打聽都不用就知道了，定然是沈淵啊！咱們坤字院的第一還會換人，但是乾字院的可從未換過，無論是哪一科，得第一的都是沈淵。」

說到了沈淵，大家的話題就轉移開了。都是女孩子，大家又知根知底的，再者不過是說說男生而已，自然無太大顧忌了。

秦冉聽著所有人都在說沈淵，不由得好奇了。「沈淵是誰啊，為何大家都知道他呢？」而且每一科都是第一，太厲害了吧？自己最是厲害的舞蹈也就是甲上，第一也不是自己呢。

有人驚訝不已。「妳竟然不知道沈淵？」

方雨珍笑了。「我們的小阿冉除了努努力力讀書，就是認認真真做吃食，她如何知道外面的『風風雨雨』呢？」

方雨珍的話教大家都笑了，不過轉念一想卻也沒有錯。秦冉雖然成績不如何好，態度確實一等一，在嶽山書院的五年來都很認真，是以哪怕成績不算上佳，但夫子們也都是喜愛她的。

再加上她平日的閒暇都用來研究吃食了，還真有可能不知道。

不過現在既然發現她不知道，大家自然要讓秦冉跟著一起知道一下。同是一個院子裡面的，不能有人扯後腿啊。

於是，秦冉就被大家灌輸了一大堆消息，整個人都不太好了。

這位沈淵同學不是學霸，而是學神中的學神啊！

沈淵，年方十六，比秦冉大一歲，是嶽山書院乾字院天字班學生，出身尊貴，乃是沈家子。沈家可是開國初就存在的世家，未曾衰敗過，光憑這一點，便能教許多人嫉妒不已了。因為他的起點，就是別人的終點。

可即便如此，沈淵卻也沒有半分桀驁。他身形溫潤儒雅，奉行君子之道，嚴以律己、寬以待人，文武雙全；無論是聖人之言還是朝政策論或是琴棋書畫，都是信手拈來，每一科都是第一，當之無愧的乾字院首席。

這樣的人，出身好、性情好、成績好也就罷了，他還生得好。有匪君子，如切如磋，如琢如磨，這樣的人，注定是眾人的焦點所在。

沈淵在嶽山書院的女孩之間很是受歡迎，可以說十個女孩裡有九個都是喜歡他的。大家都知道沈淵不是自己可以得到的人，只不過少女情懷總是詩，即便是情竇初開，那也要選一個最好的。難道，要選一個長得醜、成績差、脾氣差的人來當心中仰慕？

免了免了，她們不用這般委屈自己的。

於是，家世、性情、長相都是上等的沈淵自然就入選了。若是有兩個女孩發現對方都喜歡沈淵的話，不僅不會相互敵視，反而會將對方視為朋友。同樣有眼光的人，自然就是好朋友了。

按理來說，沈淵如此受女生歡迎，那麼應當要被一群少年敵視才對。但並不是的，他的身邊圍繞著無數少年郎，以能夠成為他的朋友而自豪。

這樣一個幾乎可以說是毫無缺點的人，自然是眾人的目光所在，所以，對於秦冉不認識沈淵一事，大家是真的驚訝。不過也證明了，這個小丫頭還未開竅呢。

秦冉抬頭就看到大家的眼神，不由得往後退了一步。怎地都奇奇怪怪的，教人心中發毛啊！

「對了，」方雨珍突然想起了什麼。「半個時辰後，乾字院的天字班和地字班的同學們有一場擊鞠比賽，沈淵可是天字班的最佳選手，他一定會去的。正好，今日的課程已然結束了，等下一起去食堂用餐，而後大家一起去看看？」

「好啊，一起去。」

「我其實早就想說了，只是不好意思提起。」

「有何不好意思的，誰不想多看沈淵幾眼呢？」

「說得也是，我也想看呢！」

「嗯，我還是算了吧。」秦冉剛剛才下定決心要繼續努力讀書呢，這種事情太浪費時間了，還是莫要去了。

孔昭卻是一把拉住了秦冉的手臂。「不，妳和我們一起去。莫要總是憋在屋中，散散心，說不得妳的策論會更好些。」阿雨的想法她懂，不過是想要讓阿冉放鬆一下，既然如此，可不能讓她給逃了。

「可是……」

方雨珍直接拉住了秦冉的另一條手臂。「莫要可是了，大家一起去。妳呢，可不能臨陣脫逃。」

「就是，一起吧！」

一群人不容秦冉辯駁，直接將她拉走了。這個時候啊，當然是少數服從多數了，更何況這個少數，只有一個人。

「欸？欸！」個子嬌小的秦冉被孔昭和方雨珍一人一邊提了起來，跟在了同院的姊妹們後面。不是，還有這樣強迫的嗎？喂喂喂，這是不對的啊！

一行人用了晚餐，歇息片刻，到了校場的時候，已然到了雙方準備時間。仲裁是夫子中最是年輕的騎射夫子，他也愛好擊鞠，是以很樂意來當這個仲裁。而雙方的隊員，就是女孩們最最注意的了。

或者說是沈淵最受關注。

校場旁幾乎是所有女孩的眼神全都投注到了他的身上。這目光灼灼的，哪怕是個睡死過去的人都察覺到了，更何況沈淵現在精神飽滿，根本沒有睡著。

唐文清拍了拍沈淵的肩膀。「沈淵，又是你最受關注。嘖嘖嘖，明明我也在這邊呢，女孩們就是對我視而不見。」

沈淵拍掉了唐文清放在自己肩膀上的手。「若是你肯收斂些，也會受到女孩們的關注的。」

唐文清是沈淵最好的朋友之一，天字班的學生，為人靈活圓滑，而且向來腦子轉得快，在嶽山書院也是頗有名聲；只可惜，他的名聲並不如何好就是了，什麼偷奸耍滑的，實在是難聽，他本不是這樣的人。

「那可不行。」唐文清的眼神變得幽深。「我還想要在嶽山書院清清靜靜地讀書呢！」

他家的嫡母可不是什麼好性子，當初考上嶽山書院就夠她惱火的了，不是還要維持著那張賢良淑德的皮子，早就和他撕破臉了。便是如此，她這幾年也沒有讓自己好過過。要不是他除了成績以外，其他的名聲都不如何，那位嫡母又不知道該做些什麼了。

沈淵頓了頓。「抱歉。」

「不必。」唐文清笑了。「我們誰跟誰啊？欸，你看，阿成死死地瞪著我們呢，一副勝券在握的樣子。」

沈淵微微笑了。「你和阿成，當真是一日不吵都不行。」

盧紹成是沈淵的另一位好友，也是唐文清的好友。他是地字班學生，武將世家出身，身手向來好。這一次的擊鞠比賽，他說要贏了他們二人。

當然，這也是因為唐文清總是和盧紹成吵來嚷去，於是便對上了，其實沈淵只是將此當作課後活動而已。至於這兩人之間獨特的交流方式，他是沒有辦法了。

畢竟六年來，他們都是如此，想要改，怕是難了。

比賽尚未開始，沈淵下意識掃了一眼校場旁邊的女孩們。

不知道，那個策論考得很差但是豆沙酥卷做得不錯的女孩，有沒有來呢？

「擊鞠比賽，開始！」

孔昭將躲在自己身後的秦冉拉出來。「妳躲什麼呢？」

「沒、沒啊！」秦冉縮著脖子。難道她要告訴阿昭，自己遇見了不久前才看到自己丟臉的人嗎？不不不，還是算了，她不想要更丟臉了。

就算是轉世重生了，自己的運氣也依然很背啊！看場擊鞠比賽而已，為何也會遇到撞上自己糗事的人？

不過，人這般多，他當是看不見自己的吧？

「好球！」

原本秦冉還在擔心自己會不會被校場上的那人看見，可是後來確實沒有心思顧及這個了。一方面是她瞧著校場的人實在是太多了，想要被看到還不是一件容易的事情，另一方面是她也被這場球賽給迷住了。

那個人騎馬帶球宛如風一般，是整個校場之上最耀眼的，好像在閃閃發光一樣，教人根本無法移開眼神。

「阿昭、阿昭。」秦冉戳了戳孔昭的手臂。

「什麼？怎麼了？」校場上的聲音實在是太大了，孔昭聽不太清楚秦冉說了些什麼。沒辦法，剛才那一球實在是太好了，校場上的人都轟動了，哪怕平日再是矜持的女孩都喊了起來，更遑論是其他人了。

秦冉踮起腳尖，湊到了孔昭的耳邊。「阿昭，那人是誰啊？他好生厲害。」就連她這樣的門外漢都可以看得出來，那個人的擊鞠實在是厲害。雖然對方也挺厲害的，但和他終究不同。

孔昭看著秦冉指著的方向，在她的耳邊說道：「那人就是沈淵啊。」

「哦。」秦冉眨眨眼，更加放心了。既然那個看見自己糗狀的人是沈淵，他們之間的差距實在是太大了，就代表著今天相見只是意外。

他們意外碰見的機會不高，到時候再過一段時間，他會連自己的事情都給忘記了，如此一來，豈不是沒有人知道自己的糗事了？很好很好，不錯不錯！秦冉滿意地點著頭。嗯，真是太好了！

第五章

沈淵拉著韁繩往回走的時候，不經意地掃了校場邊一眼，就看見了今日見著的那個女孩，不由得笑了。

能夠瞧見她，實在是因為她是周圍之人中最是嬌小的。

他輕笑了一聲，繼續這場擊鞠比賽。

擊鞠比賽結束，不出意料，贏的人是天字班，或者說贏的人是沈淵。他的身法很是厲害，地字班的除了有一人可以攔得住幾次，其餘的人根本做不到。於是，贏便是理所當然的了。

既然結束了，那麼大家自然是要回去了。秦冉下意識地回頭看了一眼校場，就看到地字班那個最厲害的少年走到了沈淵面前說笑。

哦，原來他們是朋友啊？

「阿冉，妳在想什麼？」方雨珍因為方才喊得太大聲，喉嚨都有點沙啞了。「妳是不是也覺得沈淵他——」

「我好想吃煨鴨掌啊！」秦冉完全忽略了方雨珍的後半句話。「突然好想吃，特別特別想吃。」

方雨珍頓時不知道該說些什麼才好了。這樣一場激動人心的比賽過後，阿冉居然不說半點意見就算了，居然還說要吃煨鴨掌？「妳、妳就知道吃鴨掌！」

秦冉側過頭看著方雨珍，笑笑。「那，阿雨妳吃嗎？」

方雨珍「屈辱」地點點頭。「吃！」

秦冉笑而不語。

一直在旁邊看著兩人的孔昭當真是要笑死了。「我們要如何吃到煨鴨掌？阿冉，妳要動手做嗎？那我們只能夠找人買食材了。」孔昭其實也是被秦冉說得動心，是以都開始想著要如何解決食材的來源了。

雖然嶽山書院不允許學生帶小廝、丫鬟，但是書院中卻是有雜役的。這麼一整座的山，雜役自然不少，學生無法隨意出入山門，雜役們卻是可以的。雖然他們帶的東西在進山門的時候需要被檢查，若是沒有危險，便可以帶進來。

於是乎，嶽山書院的學生就會託雜役幫忙帶一些他們想要的東西。反正嶽山書院的山腳下已然形成一個小鎮，想要什麼都便利得很。嶽山書院的山長和夫子們對此也是知曉的，不過是睜一隻眼、閉一隻眼罷了。

秦冉做的那些點心和其他的東西，若是沒有了食材的話，都是叫雜役們帶上來的。所以，這一次孔昭已然開始想著是不是要去找她們熟悉的那個雜役了。

「啊，不用啊。」秦冉指著食堂的方向。「今日的食堂師傅做了煨鴨掌當小食出售，剛才大家用飯時都是在談論擊鞠比賽，所以注意到的人沒有幾個，只要我們的動作快一點，還是買得到的。」

要是讓她現在做的話，還不知道要到幾時才能夠吃得上。秦冉可不想折騰半天，明日還要早起上學呢。

孔昭和方雨珍面面相覷，而後下一刻，兩人直接一人一邊，伸手將秦冉給提了起來。

「那好，我們加快速度。」

「欸？欸——」秦冉一臉懵逼。「妳們放我下來，我可以的，我跑得很快的。」

孔昭和方雨珍不言不語，直直衝著食堂奔去。還是她們來比較快，她們絕對不是要嚇阿冉一跳。

秦冉愣了片刻以後，就心安理得地接受了。反正很省力氣啊，人力代步，不錯！

另一邊，沈淵、唐文清和盧紹成三人朝著他們自己的寢舍走去。打了一整場擊鞠，渾身臭汗，自然是要回去沐浴更衣。

路上，盧紹成忍不住發問。「沈淵，你方才比賽的時候頻頻看向女孩那邊，難不成你看上了哪家的女孩？」

沈淵語氣輕淡。「沒有。」

「怎麼可能沒有？」盧紹成很是自信的樣子。「打球的時候，我就光盯著你了。整場比賽下來，你朝著女孩們站的地方看了足足有五次。往日裡，莫要說是看過去了，你連眼風都不甩過去的。」

說起來，沈淵的行事作風向來如此，有違君子之道的事情，他是從來不做的。關注女子這樣不合君子的事情，自然是沒有做過。以往除非是正面對上，否則他是不會看的。

可是今日呢，他居然足足朝著那邊看了五次之多。

這如何能讓盧紹成不訝異？按照沈淵的性子來看，那麼就只有一個解釋了，那就是他喜歡上了其中某個女子。

哪怕再是君子的人，看見了自己的心上人，總是會忍不住的，這是人之常情。對此，盧紹成很是肯定，因為這是父親在他少時的時候說過的話。

「果真？」唐文清也是滿臉好奇。「我光顧著想要贏得比賽，未曾認真觀察過，阿成，沈淵當真如此？」

盧紹成點頭。「騙你做甚，騙你又不能考第一。」

唐文清的臉上也開始掛上了賤賤的笑容。「沈淵，你快點交代，到底是怎麼一回事？難道——」

他的話未說完，就見沈淵加快腳步往前，怎麼看都是想要甩掉他們。

「欸欸欸，你別跑啊！」盧紹成趕忙追了上去，反應過來的唐文清也立時追上了。

「沈淵，你是不是心虛啊？」

沈淵猛地停下來，一直追著他的盧紹成和唐文清卻是往前衝了好幾步，險些沒有剎住腳步。

沈淵笑看著兩人。「我非是心虛，而是不想和口舌過長之人說話。不過你們不必太過傷懷，這是天生的，想來也是難改。」說完，他就朝著寢舍去了。

盧紹成和唐文清面面相覷。

「他是不是說我們口舌過長？」

「是。」

「他是不是說這是天生的不能改了？」

「是。」

「這傢伙這麼氣人，我們為何不揍他一頓？」

「你忘了，你我二人都未必能夠敵得過他，更何況若是讓夫子們發現了，倒楣的絕對是我們。」

「我太生氣了。」
「我也是。」
「那怎麼辦？」
「好像沒有辦法？」
沈淵在不遠處停了下來，回頭看著他們。「二位若是還要扮瓦舍的說唱人的話，倒也可以，只是你們難道不覺得自己身上，其味難聞嗎？」
盧紹成雖是出身武將之家，但從小都是長輩慣著的，向來愛潔，被沈淵這麼一說，登時覺得渾身不自在。「走走走，漱洗更衣方是大事。」至於沈淵，總能夠抓住他的小辮子。
唐文清倒是無妨，他小時也不是一直都能乾乾淨淨的，不過既然沒人陪著他插科打諢了，那麼還是去更衣吧。

次日是騎射課，原本乾字院、坤字院都是分開教授的，乾字院的夫子是郎君，坤字院的夫子是女子；天地玄黃各個班級也都是分開教學，共有八位夫子。
可是這一日，坤字院黃字班的騎射夫子南夫人身子不適，就去把脈了，說是她有孕在身。她和乾字院天字班的騎射夫子南先生是夫妻，成婚多年都沒有一兒半女，現下懷孕了，自然是高興不已。

只是南夫人的懷相不好，需要多多休息。這嶽山書院的夫子們也都有自己的事情，於是就讓南先生兩個班級一起上了，山長也同意了。畢竟只是一節課而已，大魏朝民風開放，不像前朝說的什麼男女七歲不同席，一節課倒也無妨。

坤字院黃字班的女孩們知道竟然要和乾字院天字班的少年們一起上課，都高興壞了。那可是沈淵在的班級，代表著她們可以和沈淵一起上課了，這要如何不開心呢？

嗯，還是有一個人不開心的，那就是秦冉。

倒也不是不開心，其實應當說是她害怕。若是讓沈淵認出來那個在後山哭的人是自己，她一定會尷尬死的。人生中最無奈的就是要面對自己的尷尬事了，她細想一下那個畫面，恨不得自己乾脆掉進去一個深坑算了。

現在，只能夠寄望這位學神大人事情繁多，能夠忘記她這個渺小的人了。只要不尷尬，啥事都好說啊。

南先生看著自己的學生們，還有夫人的學生們，臉上泛著紅光。「今日的騎射課，兩人一組。男子們和女子們組成一組，先完成三百箭的小組方可去牽馬。」

南先生想著，自己夫人終是懷上了，未來會有一個可愛聰慧的小男孩或者小女孩，便很是高興。可是哪怕再高興，他一個人為兩個班的學生上課還是有些分身乏術，乾脆想著叫他們組成一組，如此一來和往日就無甚差別了。

「可是，夫子，若是很多人都想要和其中一個人組隊，其他人該如何是好啊？」這是黃字班一個向來活潑的女孩。

她的話自然是大家都聽得明白的。

南先生看了一眼自己的學生沈淵，不得不承認，若是不能好好處理，怕是等一下女孩們就要搶起來了。唉，郎君過於出挑，實在是危險呢。

「如此……」

沈淵笑笑。「夫子，不如抽籤？數字一樣的便是一組，如此也省去了許多時間。」

「也好。」南先生覺得這個主意不錯。「那麼便由你來做這籤子吧！」如此，女孩們也無話可說了。

「謹遵夫子令。」沈淵端肅行禮，動作端的是瀟灑，女孩們又是看得暗自歡喜。

沈淵當真是好看，成績又是最好的，要是自己能夠和他一起組隊就好了，那可是天大的福氣呢！

這是黃字班所有女孩們的想法，除了秦冉。但她現在很放鬆，因為她從前生到今世都是個手氣背的。抽籤什麼的再好不過了，不用迎面撞上尷尬，實在是太好了。

秉承著對於自己的信任，秦冉終是放心了。她往日裡對於自己的手氣可是苦惱，想要什麼就得不到什麼，抽籤這種事，更是每次都抽到最差的那一支。所以若是兄長、阿姊說要抽籤決定她今日讀的書多少，她向來都是拒絕的。

她只是讀書不開竅，又不是傻子，自然是不會做這樣為難自己的事情。但是，今日卻是開心不已啦。哈哈，可以躲開尷尬了，多好啊！

抽籤的時候，秦冉排在所有人的後面，反正等到她的時候就剩下一支籤了，她也不必抽，拿了就是，因為肯定就是最差的籤。

只是，秦冉沒有想到的是，等終於到了她的時候，南先生說道：「同學們盡可按照自己抽到的數字相互組隊。」

秦冉看著隔壁已然全部抽籤了的乾字院天字班的男同學，還有坤字院黃字班也都抽籤的女同學們，她眨了眨眼。「南先生，我還未抽籤呢。」

「哦，是秦冉妳啊，不用抽籤了。」南先生笑看著眼前這個幸運的女孩。「沈淵也沒有抽籤，你們兩個都是剩下來的，正好組成一組。」他記得這個女孩，夫人曾經說過，他也見過。

成績雖然不如何好，但是人很是勤奮，在騎射一課上，曾經為了練箭，拉弓拉到自己的手心流血需要包紮。可惜啊，就是準頭不好，怎麼都射不中靶心，看著都教人為她心疼。

「什麼?!」

震驚的不僅是秦冉，還有其他的女孩們。「南先生，為何是如此安排的啊？」

「對啊，南先生，那豈不是不公平？」

南先生卻是笑了。「她能夠最後一個抽籤，本身也是一種運氣。妳們誰都不願意最後一個對吧？這位同學最後一個，這就是屬於她的運氣。哦，這也是沈淵的主意。」

這話一說，再知道是誰提議的，女孩們就不說什麼了。的確，她們都害怕自己不能和沈淵一組，是以都不願意最後一個抽籤。但誰能想到呢，最後一個才是最幸運的啊。

唉，只好這樣了。

「阿冉，妳要多和沈淵說說話，回去好轉述給我們呀。」

「對了，莫忘了好生看看他的臉，回來和我們說說他到底有沒有用脂粉啊。」

「阿冉……」

「阿冉……」

被自己同學們囑咐了一堆話的秦冉真想哭。現在她都如此尷尬了，還要她盯著他瞧嗎？

不，其實，很有可能呢，他根本就不記得自己啊？秦冉這麼一想，心裡頓時踏實了些。

那可是學神，而且還是大家都知道的剛正之人，怎麼可能注意女孩子長什麼樣子呢？

所以，他定然是記不住自己的，沒錯！

第六章

抱著這樣的信念，秦冉磨磨蹭蹭地走到了沈淵的身邊。她若是再不走，怕是她的同學們就要用目光將她給融化了啊！唉，追偶像這件事情，不管是上輩子的小仙女們還是這輩子的女孩們，都是一樣的熱切。

沈淵看著那個小可憐一步一步地蹭到了自己眼前，眼底不由得帶了點笑意。他開口說道：「同學，今日的課程需要射出三百箭，妳能夠拉弓多少次呢？」他假裝不認識她，因為秦冉臉上的抗拒看得是一清二楚。

雖不知她的心中到底在抗拒些什麼，但沈淵想著，應當是和上次的事情有關。於是，還是莫要說了吧！

只是想到此前看到的那雙飛快奔跑的小短腿，沈淵臉上的笑意不由得加深了。家中的弟弟三歲時，也是這般可愛的。

「我能拉弓三百次。」秦冉小心翼翼地看著沈淵，發現他果真不記得自己，立時鬆了一口氣。「只是，我、我的準頭很差，很難射中靶心。」

做飯的人臂力都不會差，秦冉更是天生就力氣大，只是呢，射箭的準頭實在是太差了。

每一次騎射考試，哪怕監考的夫子無奈地想要放水都做不到。畢竟靶心空空如也，她總不好得一個高分吧？於是，秦冉的騎射成績，當真是不如何。

沈淵微微頷首。「不如我們合作？」

「合作？」秦冉歪頭看著沈淵，滿是疑惑。「如何合作？」

「我來瞄準，妳來射箭，如何？」沈淵笑笑。看來這個小可憐的騎射成績也不如何啊。前一百箭就讓她來，而後的兩百箭自己來吧。他知道的，平日裡坤字院的騎射課一般都是一百箭。

倒不是說他不相信她，只是……沈淵看著秦冉那雙細白的手，還是莫要去醫館那邊了，今日是宋大夫坐堂，會受苦的。

「好。」秦冉點頭。

兩人走到了他們的靶子前面，秦冉順手拿起弓，拉弓射箭。沈淵在一旁微微點頭。姿勢標準不浪費體力，拉得還是滿弓，想來是好好學過的。這樣看來，準頭再差也不會差到哪裡去……吧？

沈淵瞧著那個完美的拉弓姿勢，射出去的箭卻彷彿喝醉了酒一般，雖然有力，但就是不朝靶子去。也不對，其實還是有射中靶子，就是射中別人的靶子而已。

咦……為何會如此神奇？她是如何做到的？

秦冉很無奈。這就跟路癡不認路一樣，無解。

沈淵本以為剛才那幾箭應當只是意外而已，射箭姿勢標準，力道也足夠，怎麼會偏成那個樣子呢？只是，接下來的十幾箭都是如此，他就明白了，那不是意外，而是真的。

這位同學說她的準頭不夠，還真是誠實啊。

沈淵看了一眼他人，發現看過來的人裡面，和他一樣驚訝的都是乾字院天字班的學生，坤字院黃字班的學生們卻都見怪不怪的樣子，很顯然，這位同學平日裡也是如此了。

「同學……」沈淵頓了頓。「我尚未知道妳的姓氏呢。」若是直接問女子的名字太過於失禮，若是知道姓氏便不會了，也好稱呼。

「我姓秦。」秦冉將弓箭垂了下來，帶了些不好意思。「嗯，我的準頭是真的很差。」

沈淵笑笑。「無妨，每個人擅長的都不一樣，妳只是不擅長射箭而已。」

聽了沈淵的話，秦冉滿心感動，差點就要流淚表示自己的激動了。不愧是嶽山書院裡面最受歡迎的學生了，當真是太會說話。但是、其實，她不僅僅是射箭不行，騎馬也不行，她有很多很多都不行的。

「謝謝沈同學。」秦冉的笑容沒有半絲陰霾。「你放心好了，雖然我準頭很差，但是從未傷過人的。」

是的，秦冉射箭的準頭差，卻很是奇怪的，從未衝著人去過。雖然箭枝落的地方都奇奇怪怪的，但是全都遠離著人就是了。

沈淵微微一愣，而後笑了。「我信妳。不過，妳可否願意聽我一言呢？」

秦冉眨眨眼，疑惑地看著沈淵。「嗯？」

沈淵指著箭靶子。「不如我來告訴妳方向，妳來射箭如何？說不得，我們就能夠正中靶心。」

「可是，」秦冉有點遲疑。「以往我兄長、阿姊也試過，但也都是跑偏了的。」

「無妨啊，總是要試試的，不是嗎？」沈淵仍舊是溫溫和和的。「我們試一試，總好過不試。」

「好。」秦冉從旁邊箭筒裡面抽出了一枝箭，拉滿弓弦。「怎麼來？」

「往左，再往左，向上……過了，向下。」沈淵就站在秦冉的身後，因高出她許多，便蹲下了一些。只不過他很注意兩人之間的距離，甚至沒碰到秦冉的衣角。「好，放！」

嗖——

秦冉瞪大了雙眼。「中……中了?!天啊天啊，我中了！」其狀態之瘋癲，堪比她原來世界的范進中舉了。

沈淵動作迅速地往後退了幾步，不由得苦笑了一下。差點就碰到她了，若是那般便太失禮了。

秦冉的聲音把其他人的目光也吸引了過來，包括黃字班的女學生們。她們的臉上是和秦冉如出一轍的不敢相信。

「阿冉，妳居然正中靶心了？」

「阿冉，妳真的中了？」

「阿冉，我沒有眼花吧？」

莫怪黃字班的女學生們這般大驚小怪，實在是這秦冉進來嶽山書院五年了，沒有一次是正中靶心的。哪怕就是在邊緣，大家也都要為秦冉高興一番，更不要說是正中靶心了。

秦冉很是高興地在原地跳了跳。「對的，是我射中的！哦，還是沈同學幫的忙，他校準，我射箭。」這個時候的沈淵在秦冉眼中已然變了，他不再是提醒自己尷尬事情的存在，而是帶著光環的救世主。

肯定是因為沈淵幫了她，他的學神光環暫時地籠罩住自己，所以就中了。嗚嗚嗚，太不容易了，真的是太不容易了！

秦冉說是沈淵幫的忙，大家立時就不驚訝了。那可是沈淵，他什麼都會，現在再加一項幫秦冉射中靶心，那也是正常的。

沈淵卻是不由得笑了。「秦同學，不過是中了一箭而已，何必如此激動？」

秦冉抱著弓箭，搖頭說道：「這是我從小到大第一次射中靶心呢，當然要激動啦。沈同學，謝謝你。我覺得，要是每一箭都能正中靶心，再來五百箭我都不怕。」感謝學神光環，她愛學神光環。

沈淵卻是一愣，而後瞧著秦冉清澈見底的雙眼，卻是笑了。眼神清澈可見心性，她射箭從小到大都未曾射中過，可是姿勢和力道卻嫻熟，這說明哪怕她知道自己不行，也依然堅持。

也許很多人會覺得有點傻，可是沈淵卻覺得這位秦同學的心性很是堅定。性子如此純粹，倒是少見。「我們繼續？」

「好！」現在的秦冉信心滿滿、雄心勃發，誰來了都不能夠阻擋她繼續射中。正中靶心的感覺，真的是太美妙了。

一箭接著一箭，秦冉的精神越發地足了。原本沈淵是想著前一百箭讓她來，而後兩百箭自己來的，可是秦冉不肯，說自己沒有問題。

對上秦冉可憐兮兮的雙眼，再看她的雙手居然毫無損傷，他就只能夠讓步了。三百箭後，秦冉的雙手只是微微泛紅，沒有什麼問題。

「除了之前我浪費的，居然全都中了！」秦冉看著被插滿了箭枝的靶心，還有旁邊屬於他們小組、被替換下來的靶心，當真是熱淚盈眶。

沒有想到，神蹟居然會出現在她的身上呢！

南先生也很是驚訝，而後笑著和秦冉說道：「今日若是測驗，妳倒是可以得一個甲上。」

甲上！秦冉快要不能呼吸了。雖然那不是真正屬於自己騎射課的甲上，但是只要想想它和自己曾經靠得這麼近，她也心滿意足了！

沈淵終究沒有忍住笑了出來。這位秦同學，表情未免太過於豐富了吧？

靶場另外一邊的唐文清看著他們兩人，笑得奸詐。嘖嘖嘖，沈淵這是有情況吧！

沈淵和秦冉的三百箭射完，就可以先行去隔壁的馬場牽馬。當然這不是代表他們可以騎馬了，雖然馬場有嶽山書院的雜役在，但是書院的規矩就是騎射課沒有夫子在場，便不可以上馬。

就算如沈淵這般騎術過人的，不可以就是不可以，這是書院的規矩。於是兩人只能將馬牽出來遛一遛。

嶽山書院的背後是皇家，整座嶽山都是書院的，產出也是屬於書院的。這馬場中的馬實在是不少，雖然比不上皇家的，但也是大魏朝獨一份了。

馬廄之中，許多馬都抬頭看著他們兩人，大眼睛水汪汪的，彷彿在說選我選我。嶽山書院的馬匹是為了教學而用，所以每一匹馬都脾氣溫和，很是親人。

「奇怪。」沈淵略感疑惑。「往日裡我來，可是沒有這般待遇。」雖然他騎術過人，但是並沒受到書院馬兒們的喜愛；或者說正因為書院馬兒們性格溫和親人，沒有固定主人，所以並不會對哪一個人有什麼特別的感情。

是以，沈淵每次來馬廄牽馬都很隨意，只要馬沒有生病，狀態良好就是了。可是他今日進來，每一匹馬全都看過來了，好像期待他選自己一樣。

不，或許不是因為他。

沈淵轉過頭看著秦冉，片刻後，往旁邊走了兩步。兩人離得有些距離了，便可以看清楚，果真，受到歡迎的人根本就不是自己，而是她。

「未曾想到，秦同學很受牠們的喜愛呢。」

「嗯。」秦冉把腰間的荷包拿了下來。「其實牠們歡迎的是這個，不是我啦。」畢竟她還沒有那麼大的魅力，能夠讓所有的馬兒都喜歡。

「這是？」

「松子糖。」秦冉晃了晃荷包。「我怕被馬從馬背上甩下來，所以每次的騎射課都要做了松子糖來賄賂牠們。只要牠們吃了松子糖，哪怕我不會騎馬，牠們也會乖一些，這五年來，一直都是如此的。」

沈淵忍著笑意。「是以這五年來，牠們都熟悉妳了？」

秦冉點頭。「畢竟大家合作時間久了，對彼此都有些了解啊。」

沈淵說道：「原是如此。」若是她的手藝，馬兒們為了那些松子糖而如此熱情，也不是不能夠理解，畢竟，他也很喜歡來著。

秦冉從荷包拿出了一顆糖扔進了自己的嘴巴裡，而後想到身邊的人，客氣地問道：「沈同學，你要不要也吃一個？」

像沈淵這般華貴無雙的公子，肯定是不會吃女孩們才喜歡的松子糖，所以，秦冉真的就只是客氣地問問而已。

只是出乎意料的是，沈淵居然點頭了。

「多謝了。」沈淵伸手拿了兩顆松子糖，吃了一顆以後還點頭評論。「妳的松子糖非常好吃，比之京城合芳齋的松子糖還要清甜幾分。」

「對吧！」自己做的東西得到肯定，秦冉很是高興。「我也覺得我做的最好吃了。」被誇讚得高興的秦冉已然忘記了為什麼像沈淵這樣的郎君會知道，合芳齋的松子糖不如她的好吃。

能夠得到學神的誇獎，就已經教她美得不行，哪還有其他的想法呢？

「我也就這優點了。」感覺自己除了做菜能夠教人驚嘆一二，別的也沒有了。雖然舞蹈課是甲上，但是跳得好的人多得是，她一點都不出色。

不過呢，秦冉並不覺得難過。一個人一輩子能夠有一件事情做得好就足夠了，尤其是她這種腦子一般的人。

「不是的，」沈淵將另一顆松子糖放進了自己的荷包，雙眼直視秦冉。「妳不是只有這一個優點的。」

「嗯？」又含了松子糖的秦冉一臉懵。所以，她還有什麼自己都不知道的優點嗎？

沈淵神情認真。「妳方才拉弓射箭，每一箭的力道都十分足夠，若不是準頭不夠，便是軍營之中那些弓箭手都不能及。其實，妳很厲害的。」三百箭，每一箭的力道都幾乎相差無幾，這樣的能力，的確不是所有人都有的。

可惜，她只看到自己的準頭差——雖然，是真的差。

秦冉傻住了，好險沒有被自己口中的松子糖給噎死。「你你你、你說的那個人是我嗎？」

「是。」沈淵點頭。「我從不說謊。」

秦冉呆立在原地良久，而後笑開了，猶如春花般燦爛。「謝謝你，沈同學。」怪不得大家都對沈淵心服口服呢，他不僅智商高，情商也好，能夠看到她這樣的小學渣身上的優點。往日裡，她能夠聽到的誇讚除了長得可愛，就是說她做的東西好吃，再無其他了。

但是，今天，嶽山書院的學神誇讚她厲害。她，秦冉，很厲害的！

秦冉激動得不知如何是好，只好將手中的荷包塞給了沈淵。「都送你了。」

猛然被塞了一整個荷包松子糖的沈淵有點愣，而後也笑了。秦同學，當真是赤子之心呢。

第二個完成了三百箭的唐文清從隔壁靶場過來了，見到了他的好友，向來和女子很是疏遠的沈淵，收下了一個女孩的荷包。

嘖嘖嘖，荷包啊！唐文清臉上的笑容，更加猥瑣了。

第七章

等到騎射課結束以後，沈淵和秦冉也未能上馬。因為有人射箭的時候出了點小問題，大概是用力太過，弓弦斷了，傷了自己。不過還好，只是在脖頸處劃出了一個口子，沒有毀容。

於是，南先生便帶著人去了醫館，讓所有人都先行下課了。

秦冉和沈淵告別後就回到了自己的寢舍。她要換身衣裳，然後把之前換下來的衣裳也都一起洗了。剩下的一點時間，把大子布置的策論給寫了。聽說明日的策論課請了一位先生來講課，要抽問的。

唉，她最怕被抽問了。秦冉因為知道自己的知識不足，所以很不喜歡被抽問。畢竟總是答非所問，也挺難為情的；雖然她的難為情，通常半節課就沒有了。

秦冉把衣裳都放在木盆裡面，端著走到了寢舍院子的清洗區。感恩穿越前輩，感恩開國長公主，她們洗衣裳都不用去河邊，也不用自己提水什麼的。

反正不知道開國長公主開的掛是什麼樣的，能夠上戰場殺敵已經很厲害了，這書院的建造也是她設計的。就比如這個和現代自來水沒有什麼差別的水龍頭，雖然不是金屬製造的，但是木頭上塗了特殊塗料，壽命也挺長的。至少，秦冉來了書院五年，就沒有見有人來換過水龍頭，一直都很好用。

「阿冉！」

「阿冉，聽說妳幹了大事！」

秦冉方才把衣裳洗了掛上去晾曬，而後就聽見一聲聲呼喚自己的聲音。這一聲聲的女嬌娥的呼喚，若是郎君的話，大約都要酥了一半了。可惜了，她是個女子來著，並且因為大家的熱情，覺得很是恐怖。

秦冉倒退了好幾步，轉身就想要跑回去寢舍。可惜方雨珍的出手速度當真是半點也不慢，就這麼把人給揪住了。

方雨珍滿臉興奮。「阿冉，聽黃字班的人說，妳今天和沈淵同學配對了？」這個寢舍是按照當年入學成績排的，所以除了秦冉和方雨珍，大家都是天字班的學生，課程便不一樣。

至於為何秦冉從天字班的入學水準到了最後的黃字班上學，只能說，穿越大神給她掉下來的餡餅，只夠入學。方雨珍則是因為家中太過寵溺，不喜歡的課程都不用心，常年在天字班、地字班和玄字班之間到處晃。

秦冉的嘴角抽了抽。「什麼配對，我們只是湊了一個小組而已。」

「不管，反正就是配對。」另一個女孩接了話。「阿冉當真是太幸運了。」

「哎呀，早知道今日的琴藝課就不去了，去看他們騎射。」
「妳傻了吧！當心被夫子扣了分數，就不能夠待在天字班了。」
「哎呀，我就是隨口說說而已。」
秦冉被院子裡的女孩們給圍住了，把騎射課的事情問了個仔仔細細。秦冉好險沒有被大家的熱情給窒息了，就算是她做了大家最是喜歡的點心的時候，也沒有如此待遇。
這種甜蜜的負擔，她真的承受不來啊。
一旁的孔昭笑了。「好了，妳們莫要鬧阿冉了，她都快哭了。」
孔昭一說，大家就更興奮了。不過這一次不是因為沈淵，而是因為秦冉本來就生得嬌小，又面帶嬌憨，眼含懵懂，大家更將秦冉當作小妹妹看待。如今她眼淚汪汪，一副可憐可愛的樣子，教女孩們更是忍不住了。
等到被徹底占足了「便宜」以後，女孩們才心滿意足地放開秦冉。哈哈，不愧是阿冉，手感真好。
一人摸一下，臉都感覺被摸得薄了一層。秦冉雙手捧臉，欲哭無淚。哼，就知道欺負她沒有能力反抗，她最近都不做點心了，可惡的壞蛋們！
眾女孩都笑了，阿冉當真是可愛呢。
「對了，阿冉，妳可知道，明日策論課改成了大課。嶽山書院六百學生全都一起在大課堂聽課。」孔昭轉移了話題。可不好繼續欺負阿冉了，不然怕是後面的點心就要沒有了。

秦冉有點訝異。「所有學生一起？來人到底是誰啊？」六百學生一起聽課，這樣的待遇可不是一般先生會有的，她自是驚訝不已了。「我們夫子也沒有說，到底來人是誰啊？」

「我們的夫子今日說了，還讓我們做一篇策論，免得先生提問，我們啞口無言。」

秦冉說道：「夫子也說了要做策論，可沒有說來人是誰。」

方雨珍說道：「大約是黃字班的夫子怕妳們緊張，說不出來。其實我倒是覺得，先說清楚，才不會臨到頭一個字都說不出來，尤其是阿冉這樣需要時間準備的。」

孔昭點頭。「確實如此。」正是因為這樣，她才會想把消息告訴阿冉。她的運氣實在是太差了，若是當真被那位先生提問，反倒說不出來一個字，那就慘了。

「所以，到底是誰啊？」秦冉突然有點害怕。「妳們讓我覺得有點嚇人。」

孔昭和方雨珍對視了一眼，而後說道：「三十年來天下相。妳知道說的是誰嗎？」

秦冉笑了。「我怎麼可能會不知道這說的是誰呢？說的是那位丞相大人，她三十年來——」秦冉整個人都僵住了。「不……不會吧，真的是那位大人嗎？」

孔昭歪頭。「妳說呢？」

秦冉捂住心口，差點一口氣沒有上來。居然會是那位大人！

「沈淵！」乾字院的寢舍中，盧紹成闖進了沈淵的寢舍。「聽聞明日那位大人會來講課，是真——咦，你們在做甚？」

他一進去就看到沈淵單手將唐文清的手反扣在背後，將人壓在牆面上。所以、難道，他們兩個人終於要翻臉了？盧紹成那個激動啊！

「你們要打起來了嗎？先等等我，我去找人過來，一起給你們當裁判！」

說起來，盧紹成出身將門之家，可惜因為家中不同意而無法入軍營上戰場。因為盧家已經失去太多了，這最後的一點血脈，盧家不願冒風險。所以，盧紹成只能夠困在嶽山書院。嶽山書院對於許多人而言是聖地，但是對於盧紹成這樣渴望如同先祖一樣上戰場的人來說，卻是牢籠。所以，他平日裡其實頗有不如意之處，是以就喜歡和人過招，也喜歡看人過招。

盧紹成試著和沈淵動過手，但是沈淵智謀過人，他往往還沒有反應過來，他們的比試就結束了。盧紹成也和唐文清動過手，可惜唐文清狡詐如狐，總是讓盧紹成吃虧。

於是，見這兩個人動了手，盧紹成那是一個高興啊！他們兩個動手，他到時候只要找贏的那個過招不就好了？他覺得自己晚上說不定都要高興得一宿都睡不著。他現在就要把這份高興分享給其他人，讓大家一起高興。

可是，盧紹成這般興奮，沈淵卻是放手，鬆開了唐文清。「我們並沒有動手，你看錯了。」

「怎麼可能，你們明明動手了。」盧紹成很是不滿。「快點打起來啊，教我看看誰更厲害些啊！」可惡，居然不動手了。

唐文清扭了扭自己的胳膊。「阿成，你未免太不講兄弟義氣了些，就這樣喜歡看著我挨打？」

「哦，原來如此。」盧紹成笑了。「所以其實你們動過手了，但是阿清你打不過沈淵。」

唐文清真的不知道自己這個好友到底腦子是怎麼用的，有的時候明明笨得要死，但是有的時候卻又是該死的聰明。

「果然如此！」盧紹成撫掌大笑。「哈哈哈，以後我只要和沈淵過招就行了，我一定可以打敗他的。」

唐文清冷笑。「呵，你確定沈淵會想要和你過招嗎？」通常就是有開頭沒下文而已。

盧紹成氣啊，因為無法反駁。「那你們剛才做甚動手啊？」反正他到最後總有辦法教沈淵和自己動手過招，一定會的。

「這個啊……」唐文清的笑容開始變得猥瑣。「因為我想要看看沈淵收的女子荷包長什麼樣子，但是他不肯給我瞧啊。我就是想要看看那個荷包，才會被他給反制了的。」

唉，出師不利啊，差一點就能夠看到那個荷包了呢！唐文清很懊悔，唐文清很失落。

大約是因為沈淵平日裡實在是太過於正經了，於是有什麼風吹草動，便讓他們驚訝不已。

「什麼？女子送的荷包？」盧紹成也激動了起來。「這位正人君子到快要出家為僧的沈淵沈郎君，居然開始收女子送的荷包了？那個女子是誰？成績怎麼樣？我認識嗎？」

唐文清瞧了沈淵一眼，說道：「的確收了女子的荷包，我親眼所見的。那位女子，嗯，成績可能不是很好，不過人倒是生得嬌憨可愛，是能夠讓人心生憐愛的那一種。」

「哦～～」盧紹成的神情也變得和唐文清一樣，開始猥瑣起來。「嘖嘖嘖，沈淵啊沈淵，未曾想到你是這樣的人啊。」

沈淵對著兩人假笑了一下。「兩個大男人，倒是比市井小民更為八卦，實在是嶽山書院之恥。」

唐文清聳聳肩膀。「我不介意啊。」

盧紹成跟著說道：「我也不介意成為嶽山書院之恥啊。」

有的時候，沈淵會懷疑，他當初到底為何會和他們成為好友。大約是自己難得眼瞎吧？

「阿成，你方才說誰要來我們嶽山書院講學？」

盧紹成揮揮手。「那個不重要，現在重要的是你，沈淵。快說快說，你是不是喜歡那個女子啊？」

沈淵嘆氣。「不會的，她只是感激我，送了我一包松子糖而已。」他知道自己若是不說清楚，這兩人恐怕就要不依不饒。「人家女子清清白白的名聲，你們可不要出去胡說，教人家的名聲都給毀了。」

「我們又不是什麼多嘴之人。」唐文清翻白眼。「本以為你動了凡心，這才激動不已。誰知道啊，你還是個『和尚』，凡塵不入眼啊。」

盧紹成也嘆氣了。「真是的，白高興一場了。」

兩人知道，沈淵向來不說謊也不屑於說謊，只有迴避，沒有謊言。所以沈淵說不是，那就真的不是。太讓人失望了，他怎麼就一點都不爭氣呢，真是的。

對上兩人的目光，沈淵當真是哭笑不得。「你們啊，比我娘親還著急。」他家娘親，都不曾催他呢。

唐文清笑了。「憑你沈淵的名字，便有一大堆女子願意嫁給你了，伯母自然是不急的。」他轉過頭看著盧紹成。「阿成，你方才說，明日是誰要來嶽山書院講學？」既然沈淵這裡沒有什麼好說的，只好聽聽盧紹成的大消息了。

盧紹成振作了起來，神秘地說道：「就是那位號稱三十年來天下相的大人！」

唐文清一驚。「是楚丞相？」

盧紹成點頭。「正是。」

「原來是楚大人。」沈淵笑了。「看來你我可是要好生準備一下了，若是能得一二指教，也是受用無窮的。」

「是啊！」唐文清一臉崇敬。「沒有想到那位大人願意來嶽山書院講學，看來山長大人廢了不少心思，才能夠讓楚大人同意。」

盧紹成雖然志在沙場，但是對於楚丞相也是滿心敬佩。「那我們就都好好準備吧，可不能教楚大人覺得我們不學無術啊。」那樣，實在是太丟人了些。

第八章

楚丞相究竟是誰，為何會教整個嶽山書院的學生都如此激動呢？要知道，嶽山書院的學生，可是囊括了大魏朝八成左右的天之驕子。

因為楚丞相夠厲害、夠傳奇，足以令所有人敬佩不已，哪怕是她的政敵都是敬佩她的。是的，楚丞相是個女人，一個坐穩大魏朝丞相位置三十年的女人。三十年來天下相，說的便是她楚玉。

大魏朝雖然因為開國長公主的緣故，民風開放，女子得到了和前朝完全不相同的地位，可以讀書識字；但做到可以出將入相這一點，卻是因為楚玉。在此之前，除了開國長公主，沒有一個女人可以爬到如此高的位置。

說到底，男人為尊的思想已然流傳了許久，沒有那麼容易打破。而且也有一些女人並不想要奮鬥，只想要有個輕鬆點的生活。這當然無可厚非，可是自楚玉之後，大魏朝的人看到了全新的局面。

楚玉出身平常，其實可以算是一個絕戶女，上無兄長、下無幼弟，父母就只有她一個女兒。便是如此，她的父母也很疼惜她，願意花錢供她讀書寫字。可是自從楚玉的父親外出做生意被山匪殺死，母親軟弱不堪，自盡跟隨，她的人生就徹底改變了。

楚家村是一個小村子，仍有許多陋習，包括吃絕戶。他們不覺得自己有什麼不對的，也不認為有哪裡不對。

楚玉便是要被他們吃的絕戶之一，可惜楚玉天生反骨，並不同意。於是，楚家村長就將她給賣出去了。村長的唯一一點點良心，就是沒有將她賣到青樓，而是賣到了一家商戶人家。

未曾想到楚玉聰明，抓住了楚家村長行為的錯處，無權將她賣人，告上了官府。當時正好監察司的官員在附近，他也有一個女兒，想到自己的女兒，況且楚家村長的確錯了，便給了她一個公道。

楚玉在看到村長進了大牢以後，直接將自己家中的農田賣給了和楚家村不和的柳家村村長，而後帶著所有的銀錢上了京城。

當時的楚玉想要考進嶽山書院，可惜她時年已然十五，歲數超過了。於是，楚玉便只好考了別的書院。她天資聰穎，就連當時嶽山書院的山長都曾經嘆息過，若不是嶽山書院的規矩是開國長公主定下來的，他當真想破例收人。

但是嶽山書院的規矩不能破。正因為嶽山書院一直都守著開國長公主的規矩，才能夠傲然物外。雖然每一個畢業的學生都可以選擇自己的路，但是嶽山書院的山長和夫子們必須沒有任何傾向；若是嶽山書院不再特別，也就不能超脫了。

所以，哪怕楚玉足夠優秀，他也沒有鬆口。

而後楚玉開始科考，一路碾壓當時的眾位學子，連中三元，包括當時的皇帝都頗為震驚，於是破例點了楚玉為當時狀元，入翰林院。

原本這已然足夠特別了，但是楚玉似乎生來就是要打破眾人的認知。她在翰林院沈寂了三年以後，憑著治黃河之水的奏摺入了先帝的眼，而後更是一路扶搖直上，直到最後坐到丞相的位置上。

至此，楚玉揚名天下，眾人皆驚。

不是沒有疑惑、懷疑，更不是沒有詆毀，但是大風大浪之中，楚玉都屹立不倒。她曾外派過，也曾被貶謫過，但是她對自己的目標從未更改，一路登上了丞相之位，並且坐穩了整整三十年。

三十年來，歷經三任皇帝，無數人都拜服在楚玉的官服之下，哪怕是她的政敵對她也是無比佩服的。

後來，楚玉就上書致仕了，時年六十。當今的皇帝興元帝曾經多次挽留，但是楚玉堅決要離去。她自稱已然老了，需要將重擔讓給更為年輕的人，不能教整個大魏朝都隨著她一起衰老。

當時，比楚玉還要老的其他幾位閣老不得不跟著致仕，興元帝也因為幾位閣老的致仕而將更為年輕得用的官員提上來。

私下有人懷疑，楚玉當時的行為就是為了讓興元帝能夠真正掌權，因為興元帝的父親和爺爺都對楚玉有知遇之恩，她向來只忠於皇帝。

楚玉一生從未嫁人，沒有恆產，似乎對她來說，除了實現自己的政治抱負，就沒有什麼需要在意的了。

她致仕以後，隱居在京城郊外的一個莊子裡。無論是誰前去拜訪，她都不曾開門見客，哪怕是如今的長公主私下登門，楚玉也是不見的。如今她竟然願意到嶽山書院講學，這又讓大家怎麼能夠不激動呢？

在秦冉的心中，開國長公主是第一偶像。就是因為她，才會有了現在的這個大魏朝，要不然女子說不定都要被鎖在深閨之中，根本沒有如此的自由。

第二偶像就是楚玉了。要說開國長公主是穿越開了掛的話，那麼楚玉就是土著開掛了。是的，秦冉確定楚玉就是一個土生土長的大魏人，但是她的一生也是開掛了一般。因為楚玉，無數女子開始走上仕途，開啟新的人生。

至於第三偶像……咳咳咳，就是學神沈淵啦，誰讓他看到自己不一樣的優點呢！秦冉很是厚臉皮地想著。

第一偶像已經看不到了，現在第二偶像要來，她實在是太高興了，可是書桌前的秦冉恨不得把自己淹進硯臺的墨水之中。

這策論要如何寫啊？若是寫得不好就慘了。

秦冉不敢保證她的霉運會不會發作，若是發作了，教楚丞相看見了她的策論，結果就是一堆狗……便便，那麼該如何是好啊？

嗚嗚嗚，策論怎麼這般難啊！秦冉頭疼。唉，看來今晚又要通宵了。

次日清晨醒來的時候，孔昭早早就來到了秦冉的房門口前。

她昨晚想要幫阿冉寫這篇策論，卻被阿冉拒絕了，說既然如此應當自己努力，若不然，即便是讓楚丞相誇獎了，那也不是自己的能耐。

孔昭無奈也只能放棄，不過心中卻是歡喜的。她和阿冉成為朋友是因為她做的糕點，可後來成為手帕交卻是因為這個人。平日裡，阿冉看著似乎總是教人覺得憨憨呆呆的，但那只是因為她對很多事情不太懂。

可阿冉為人其實很是通透。孔昭經常有一種感覺，若不是阿冉對於功課如此苦惱，很少出去和人來往的話，她怕是不知道要有多受歡迎。

這一個院子裡面住著的都是嬌嬌女，誰沒有半點脾氣？可是在阿冉的面前，卻都是不由自主地收斂了，不想讓她受氣。不知是為何，卻幾乎個個都是如此。

這其實也是一種本事呢。

孔昭一邊想著一邊敲了敲門，卻無人應答。怎麼，難道阿冉還未醒來？

方雨珍打著呵欠從另一個房間中走出來。「我昨晚瞧著，阿冉怕是很晚才睡呢，那燭火到了三更半夜也沒有吹滅，我看還是要大點聲她才醒得過來。」

「什麼大點聲？」

「就是——」方雨珍猛地轉過身。「咦，阿冉，妳醒了？」

「對啊。」秦冉點點頭，而後頓了頓，苦笑著說道：「或者應該說我怎麼還沒有睡。」

孔昭上前一步。「妳整夜都沒睡？」

「嗯。」秦冉點頭。「我昨晚好不容易才寫出一篇覺得超過自己能力的策論，等回過神來一看，天色都亮了，我倒是想要睡一覺，但是太激動了睡不著。」

「所以……」方雨珍不由得抽了抽嘴角，視線轉移到秦冉手上的籃子裡面。「妳這是去廚房下廚，來讓自己冷靜冷靜？」

「嗯。」秦冉繼續點頭。「我瞧著我們院子的小廚房裡面還有些柿餅，材料也夠，就乾脆做了點冰糖琥珀糕。果然，我現在冷靜多了。」還好她們院子的小廚房就在最偏的角落裡，再加上她只是做點心而已，沒有什麼大動靜，這才沒有吵到大家。

一時之間，孔昭和方雨珍都不知道該說些什麼好了。阿冉讓自己冷靜下來的方式，還真是一如既往地別樹一幟啊！

秦冉眨眨眼，而後微微提起手中的籃子，說道：「冰糖琥珀糕，妳們要吃嗎？」

孔昭和方雨珍對視一眼。「要！」阿冉的點心那可是無上的美味，她們怎麼會不要呢？

「那就都給妳們了。」秦冉將手中的籃子遞給她們。「我做得足夠多，妳們也給其他姊妹們留點。我先去睡一會兒，臨近午飯了再喊我。」楚丞相的講學時間是午飯後，所以還是有空補眠的。

方雨珍正美滋滋地提著籃子，想要打開蓋子呢，聽見秦冉說要回去睡一覺，便說道：「妳先用了早點再去睡，不然對身子不好。」身為醫藥世家的女兒，她在這方面總是比其他人更為注意些。

秦冉笑著說道：「我做點心的時候吃了好些，不餓。好了，妳們也漱洗一下去吃琥珀糕吧，我現在真的好睏。」

孔昭點頭。「我們自己會打算的，妳趕快去休息。下午的講學若是沒有精神聽的話，那才是虧了呢。」楚丞相的講學可是難得一遇，這樣的機會再不好有，若是錯過了，當真是抱憾終身。

秦冉認真點頭。「我知道的。」說完，她就回自己的房間了。

關上門的時候，她聽到其他人出門的聲音，怕是因為聽見了她們說話，所以全都起來了，一個個嚷著叫孔昭和方雨珍不能把阿冉做的冰糖琥珀糕全給吃了，要不然只能校場見了。

秦冉笑得很是開心。她做的東西招人喜歡，自然是高興的，看到自己做的東西這般受歡迎，心裡總是會有幸福的感覺。

她走向床鋪的時候，下意識地看了一眼桌上的策論。那一篇策論被她小心地捲起來，放進了竹筒裡面，保證不會出意外的。秦冉不知道自己寫得算不算好，但感覺已經是入學來寫得最好的一篇了。

若是楚丞相沒有抽中自己的策論，她就找一個人看看，有沒有什麼需要改的吧。現在卻是不合適了，畢竟大家都在為了楚丞相講學的事情忙碌，若是麻煩別人，實在是太不好了。

希望能夠好好聽課，倒楣的事情就不要發生在自己的身上了啊！臨睡前，秦冉的腦子裡還在這般想著。

讓整個嶽山書院為之激動不已的楚玉楚丞相，其實早就來到嶽山書院了。只是她一身布衣，輕車簡從，還是從後門進書院。是以，除了山長和引路的雜役，其實誰都不知道她已然到了。

說好的下午來，卻是早上就來了。

山長看著比起致仕之前倒是精神了幾分的楚玉，不由得笑了。「怎麼，楚丞相都已然致仕了，還要暗地裡體察民情？可惜了，老夫的學生們還想著好生歡迎妳呢！」

楚玉淡淡地瞧了山長一眼。「不，我只是覺得麻煩。人多，麻煩，歡迎，更麻煩。」她已然六十好幾了，看上去卻不怎麼衰老，也和普通會保養的婦人無甚不同。

只是她深邃的雙眼，訴說著那波瀾起伏的一生。

誰能想到呢，最初的楚玉只是不想任人宰割而已，卻一步步往上爬。一人之下、萬人之上，名動天下，無人不知。

山長大笑不已。「誰能知道呢，名動天下的楚丞相就是個憊懶的。」

楚玉瞪了山長一眼。「誰又能知道呢，名聲在外、桃李滿園的嶽山書院山長是個討人嫌的人。」

山長又是一陣笑。「許久未見，妳還是這般不肯吃虧。」

楚玉神情淺淡。「這麼多年了，最不肯的就是吃虧，我以為你記得。」

山長點頭，笑著說道：「不會忘、不會忘，當然不會忘。年少之時不過是說了一句女子無甚能耐，就被妳報復好幾次。如此經歷，我怕是想要忘記都難。」想想當初的狼狽，他還是記憶猶新呢。

這一晃眼，幾十年都過去了。

「誰教你出言不遜呢？」楚玉看著山長，心中也泛起了淡淡的惆悵。「當年那個少年雖然嘴臭，但是長得面冠如玉，哪裡像現在，就是個糟老頭。」

山長挑眉。「妳也是個糟老婆子了，歲月不曾饒人啊。」

「不，」楚玉理了理自己的衣袖。「我們兩人若是走出去，定然說你老的人更多些。」

是的，她就是這般自信。

山長啞口無言，而後便放棄了。算了算了，他們都多少年認識的老朋友了，還能不知道她的性子？

第九章

山長無奈地問道：「這麼早來，用早點了嗎？」

「沒有。」楚玉理直氣壯。「嶽山書院的大廚都是好手藝，我可是來蹭飯的。」

山長很是無奈。「宮中御廚做的妳都不稀罕吃，不要顯得好像妳很喜歡嶽山書院的廚子手藝一樣。」

「不一樣。」楚玉眉眼不動。「宮中御廚做得好吃是好吃，可我不愛吃冷的。」宮中的菜，從做好到端上到能吃，那都涼了，能好吃到哪裡去？她這個人，就是愛吃口熱的。

山長一滯。「罷了罷了，我這就吩咐人去給妳做一碗蝴蝶麵。」這個人這麼多年來，就是喜歡蝴蝶麵，從來未曾變過。就猶如她的性子一樣，想要做的事情就一定要做，寧死不肯回頭。

「多加肉臊。」楚玉順手抽出了一本山長書桌上的書翻開來看。「下午的講學，我先休息休息。」

山長嘴角抽了抽。「行吧，妳就休息吧。」他走到了另外一邊，決定眼不見為淨。從少年到老年，這麼多年了，他總是鬥不過她，習慣了。今日不過是一本書一個位置而已，已然很好了。

楚玉從書中抬眼，看了一眼坐得遠遠的山長謝如初，眼底帶了些笑意。

這麼多年來，風風雨雨的，她認識的那些朋友，也就剩下這麼一個了。離開的，反目成仇的，至死不曾相見，多了去了，唯一就謝如初這麼一個糟老頭子，雖然生得難看了些，但也忍了。

誰讓她就剩下這麼一個朋友了呢？

若是山長知道了楚玉的想法，怕是要氣得鬍子都翹起來了。雖然他都六十幾歲了，仍是一個好看的老頭子。要知道他當年可是名動京城的翩翩佳公子，就算是老了，也是一個好看的老頭。

書院的大課堂也是當年在開國長公主的要求下建立的，當時許多人都認為無用，後來卻發現並不是。很多時候，開國長公主的想法總是教人覺得奇怪，但是到最後都會證明，她要求的都是有理有據，很是實用；不實用，那只有一種可能，就是後人不會用而已。

畢竟對於一群拿著一個半成品的暖水壺一直研究，還認為這是一個利國利民用具的開國長公主粉絲，秦冉實在是控制不住想要吐槽的心。

至於為何她知道，當然是因為她爹就是這些死忠粉絲的上司啊。

往日的大課堂在今日似乎帶了神聖的光芒，每個人的眼底都帶著激動的神采。哪怕平日裡的性子再是如何沈穩，今日也是忍不住激動。畢竟，他們可都是聽著這位大人的事蹟長大的。

不管楚丞相憑著女子之身而身居高位引來了多少非議，都是令人敬佩的。尤其是女子們，簡直就是將楚丞相封為神壇之上的第二人。至於第一人，自然就是開國長公主了。

「阿冉，我們的位置在那邊。」孔昭拉著秦冉的手，朝著坤字院天字班的方向走去。

秦冉有點愣住。

「不對啊，阿昭，那是妳們班的位置，我們班的在後面呢。」

孔昭回過頭對著秦冉眨眨眼，笑著說道：「院子裡的姊妹們拿著妳的冰糖琥珀糕去賄賂了天字班剩下的那些同學，她們都答應了，讓妳坐在我們中間。」

「啊？」秦冉瞪大了雙眼。「這樣不好吧？」

「有何不好的，她們都同意了，夫子們也不會管的。」孔昭拉著秦冉的手往前，不給她掙脫的機會。「妳的策論實在是太差了，要是靠得楚丞相更近點，聽得更多、更清楚些，說不定就開竅了呢。」

她往日裡也是教過秦冉的，最後除了自己頭暈眼花，還有阿冉暈頭轉向，什麼也沒剩下。現在有這樣的好機會，斷斷不能教它從手中溜走了。

秦冉很是無奈。「大課堂底下有擴音裝置，我便是在黃字班那裡坐著，也是聽得見的。」

孔昭還是拉著她悶頭往前走。「不一樣。」

秦冉無奈，阿昭有的時候就是很執拗，不達目的不甘休。不過，她看著孔昭的背影，眼底滿是暖意。雖然開竅這個可能是不會有了，但是阿昭的心意，她卻是收下了。

能夠來嶽山書院讀書其實也很好啊，至少能夠認識阿昭和阿雨，還有其他的同學們。秦冉笑得眉眼彎彎，彷彿遇見了天大的好事一樣。

坤字院天字班的女孩們和乾字院天字班的郎君們就隔著一條過道，沈淵無意間側過頭，就看見了坐在天字班中間的秦冉。她手中攥著一個竹筒，和身旁的女子小聲說話，面上帶著動人的笑意。

春林初生，春水初盛，波光粼粼。

也許她不是那些女孩中最好看的，卻是笑容最動人的。

坐在沈淵旁邊的唐文清挑了挑眉，心中想，這麼多人，一眼就看到人家女孩的所在了，還說不喜歡呢。嘖嘖嘖，這可是稀罕事啊！

沈淵看了秦冉一眼便收回視線。剛才不過是無意之間看到的，尚算是有理可據，不好繼續看下去。

可是他一回頭，就看到唐文清的神情。於是，他便用一種難以言喻的表情看著唐文清。唐文清皺眉。「你為什麼要用這種奇怪的眼神看著我，好像在說……『對面這個思想齷蹉的人是誰』？」他居然把沈淵的表情都給解讀出來了。

沈淵微微彎唇。「你如此有自知之明，也很是不錯了。」他拍了拍唐文清的肩膀，就像是在鼓勵他改過自新一樣。

唐文清愣神，回過神來就想要和沈淵算帳。他人總說沈淵如何如何君子，但在他看來，這就是個氣死人不償命的傢伙。這種時候，還是直接動手更為合適些。

「楚丞相來了。」

沈淵一句話，教唐文清停下了伸出去的手。他本以為是沈淵騙他，可是抬頭一看方才知道，原來當真是楚丞相。這下他便不好和沈淵計較了，若是為了與他計較而浪費了時間，那就實在可惜了。

畢竟這麼個氣人的傢伙，隨時都能找得到機會揍他的！

楚玉看著臺下的六百學子，不由得莞爾。「其實若不是你們山長總是寫信來煩我，我是不耐煩出門來的。我都這把老骨頭了，出門有風險啊。」她的話語之中帶著笑意，就像是在和小輩們談天說笑而已，哪怕調侃了一下他們的謝山長，也無人生氣，反而是引來了一波笑意。

謝如初就坐在下面頭一排的位置，無奈地笑笑。楚玉的性子向來如此，他早就習慣了。而且當年那些針鋒相對的人，現在就剩下他們兩個了。

人生七十古來稀，他都六十好幾，沒有多少年好活了，教楚玉笑話笑話也無妨，誰讓自己現在是她唯一的好友呢？

楚玉見下面的學生們都不再緊繃了，便開始講學。她當年能夠成為狀元就是因為策論，破題實在是一絕。只是她今日沒有說有關於策論的東西，反而說著自己早年外放做官的時候遇見的一些事情。

雖然嶽山書院畢業的學生不一定會踏入仕途，但是不可否認的是，絕大部分的學生都是走上仕途一路的。既然如此，楚玉便認為他們需要好生學學如何關心民事。

即便有嶽山書院這樣的教學，但畢竟就只是在學校之中而已，還是需要經驗。是以，楚玉才會選擇說這些。

她的眼神掃過下面坐著的嶽山書院學子。他們青春正茂、意氣風發，還有許多的時間，還有漫長的歲月。朝廷正需要這樣的人才，為整個大魏朝注入新血。

楚玉非常贊同開國長公主說過的話，少年強則國強，這也是為何她會同意來到嶽山書院講學的原因，決計不是因為她年輕的時候沒有進入嶽山書院，不是！

楚玉的經歷時常被人稱頌，也被眾人所知，只是這內裡的具體情況如何，現在真正清楚的，也就只有楚玉自己了。於是，對於楚玉的講述，六百學生很是認真，聽得都入迷了。原來，為官民事為先是如此的啊；原來，為官也會有這樣的無奈啊！嶽山書院的學生之中也有家人在朝中為官的，可是無法像楚玉這般給他們講得如此深入淺出，往日眼前的迷霧，似乎全都一一消散了。

半個時辰過後，楚玉說當年外放為官的經驗說得差不多了。她笑著說道：「嶽山書院從不要求學生要如何如何，我今日若是全部只講這為官之道，怕是你們山長就要和我著急上火了。」

學生們憋不住，輕聲笑了出來，有的還忍不住去偷看山長的神色，發現山長並沒有生氣，就全都放鬆了下來。山長沒有生氣，他們就不怕被懲罰了。

謝如初在心中冷笑。呵，他雖然沒有生氣，但是並不代表不會懲罰這群小兔崽子。楚玉他惹不起，但是這幫自己的小兔崽子們，教訓他們一二還是沒有問題的。

楚玉又再說了一些學問上的事情，而後道：「今日便暫時到此為止了。聽說每個學生都寫了一篇策論，如此，你們都交上來，我會在離開前都看完的。」她當年看書就飛快，批改奏摺的速度就是一等一的。曾經還有人想要借此來收拾楚玉，說她為官敷衍，敷衍天子，敷衍百姓；可惜了，最後證明楚玉就是天資過人，他們不夠聰明，只能怪他們笨而已。

是以，楚玉說會看完六百篇論文，不是在說笑話的。

一時之間，嶽山書院的學生高興不已。能夠得到楚玉的指點，那是多好的待遇啊，求都求不來。

此時，秦冉也鬆了一口氣。按照阿雨的說法，原本山長打算請楚丞相現場看文章而後現場指點；若是如此，她恐怕要在嶽山書院全體師生面前露怯出糗。現在，她可算是鬆了一口氣。

還好還好，不會出糗了。嗯，偷偷吃一顆酸梅壓壓驚。秦冉偷偷摸摸從荷包裡摸出一顆梅子塞進了嘴巴，動作又快又熟稔。

只是，這小心快速的動作，還是讓人給看見了。

沈淵當真不是故意要見到她這小動作的，他只是知道她在那裡，下意識就朝那邊看了一眼，誰知就看到了她在偷吃東西。

他的嘴角微微勾起。當真以為她如何鎮定呢，原來還是緊張的啊。

唐文清因為想要抓沈淵的小辮子，是以一直盯著他瞧。啊哈，果真又教他發現了，沈淵這傢伙一直看著那個女孩。嘖嘖嘖，少年情竇初開，心頭火熱啊這是，即便是沈淵，也不能逃脫。

沈淵感受到有人看著自己，回頭便見著一臉猥瑣的唐文清，無奈地別開了眼。當真是我見青山，這心中滿是污濁之人，見到的也都是污濁之事。唉，世風日下，人心不古。

唐文清的嘴角抽了抽，雖然不知道沈淵那傢伙的心中在想些什麼，但是也知道是在心中腹誹他呢，一定沒有什麼好話！

第十章

講學的事情暫且算是告一段落，秦冉覺得六百份策論，楚丞相定然要看上許久。她願意待在嶽山書院的時間不長，肯定是挑好學生的策論來看，而且在那麼多出色的策論之中，自己那一篇就像是小孩子畫畫一般，肯定不會脫穎而出的。

也就是說，自己的策論定然不會被細看的。

秦冉鬆了一口氣，內心深處卻是帶了些失落的，畢竟，這可是她很用心才寫出來的策論啊！

既然心情不甚如何，那就乾脆來做點東西吃吧。秦冉摸了摸自己的肚子，要是心情不好，就一定要吃些好吃的教自己開心起來，她一直都是如此。

對了，小廚房裡面還有上好的粳米，自己屋中還存著今年春日的乾桃花花瓣，正好用來做桃花粥。

雖說本應該是用新鮮的桃花瓣更為好些，但是這時節本就沒有新鮮的桃花瓣，更何況，乾的桃花瓣也別有一番風味。

方雨珍一湊到秦冉的身邊，就聽見她在小聲念叨著，好奇地問：「阿冉，妳在碎碎唸著些什麼啊？」
秦冉抬起頭笑了。「我在想著回去做些桃花粥。」
「真的?!」方雨珍雙眸晶亮。「那好，我們回去院子，我給妳打下手。」
一旁的孔昭笑著說道：「那我和其他姊妹們去食堂買一些配粥的小菜，我們院子的姊妹們一起用一餐。」晚上喝粥也不錯，好消化，省得晚上有人睡不著在院中轉來轉去的，消耗第二日上課的精神。
孔昭看了方雨珍一眼，無奈笑笑。還是醫藥世家出來的呢，平日裡一副如何如何保養身體的樣子，一遇見阿冉做的東西，就控制不住了，什麼用飯只用七分飽，無用的。
方雨珍可不知道孔昭在心中是如何腹誹她的，高興地拉著秦冉回去寢舍所在的院子。有阿冉做的桃花粥可以喝，今日真是教人開心的一天呢！
夫子們和學生們都用了晚餐，回去自己的寢舍了。有的是因為今日聽了楚玉的講學有感，需要將心中的感想都寫下來。有的人則是要為第二日的課程備課或預習，畢竟他們無論將來到底做什麼，結業才是最首要的；若是不能夠在嶽山書院順利結業而是強制畢業的話，那對將來可是大大地有影響的。
還有的學生在和姊妹們開心用餐。她們屋中的書桌都搬了出來，擺在院中靠在一起，桌子上擺滿了從食堂買回來的各色小菜，女孩們都坐在位置上，卻是眼巴巴地看著小廚房的方向。

從小廚房飄出來的桃花粥清香，教她們每個人的心神都被吸引走了。唉，也不知道阿冉到底是如何做到的，她的手藝啊，當真可以說是出神入化了。便是簡簡單單的桃花粥，都教她們無法抗拒。想到今年春日時候喝到的桃花粥，再聞著這飄出來的味道，當真是令人難以忍耐。

於是，等到秦冉端著一大鍋桃花粥出來的時候，第一眼看到的就是一雙雙冒著綠光的眼睛，她沈默了。

這些在外面也是有許多郎君傾心不已的女孩，如此這般，不覺得會把人嚇走嗎？不覺得。女孩們才不管什麼郎君呢，又不是沈郎君，能夠比眼前的桃花粥更為重要？不可能的，死也不可能的。

乾字院的天字班寢舍中，唐文清正在和盧紹成小聲地嘀嘀咕咕，好像在說什麼重要的事情一般；而且兩人還會時不時地轉過頭看一眼沈淵，而後繼續嘀嘀咕咕。

但凡只要是個沒有眼睛的人都會明白，這兩個人嘀嘀咕咕的內容正是沈淵。

可是沈淵就像是沒有看見一般，自顧自地在書桌前記著些什麼。他今日聽了楚丞相的一席話，心中有所感慨，準備將心中的感懷記下來。是以，他還真是沒有空理睬那兩個幼稚鬼。

盧紹成本以為沈淵要問一問呢，結果他居然根本不理睬他們兩人。盧紹成本就不是什麼有耐性的人，於是便上前問道：「沈淵，你不想知道我們在說些什麼？」

沈淵的姿勢半點不改，下筆的速度也沒有慢上半分。「他人之事我自是不會過多掛心，你若是肯說我便聽著，若是不說我也不問。」

盧紹成癟癟嘴。「你啊，向來都是如此無趣。」

沈淵停了筆，側過頭看著盧紹成。「你們在說我，不是嗎？我不問，但我知道。」

「好吧好吧，我——」

唐文清的手搭上了盧紹成的肩膀。「算了，你又不是不知道，我們的沈郎君可是嶽山書院第一聰明的人呢！」

「不是的。」沈淵已然寫完了，放下了手中的筆。「我不過是比他人勤勉些，並不是第一聰明的人。」

唐文清和盧紹成對看一眼，聳聳肩。好吧，沈淵最沒有自知之明的地方，就在於他居然從不覺得自己是個聰明人。

「沈淵，」盧紹成才不管呢，他向來都是有話憋不住的。「你真有喜歡的女子了？你告訴我們呀，我們定會為你保密的。」

沈淵搖搖頭。

「嗯？」唐文清歪頭。「是不告訴我們？」

沈淵微微挑眉。「我並無意中人，所以我沒有什麼好說的。」他眉目清正，顯然心中毫無隱藏。

唐文清突然笑了。「沈淵，你可要記住自己這句話哦！」真沒有想到啊，沈淵居然不是推脫，而是真的認為自己沒有動心。

不過也是，他可是沈淵，怎麼會推脫撒謊呢？

自己所在的唐家雖然亂了些，卻是足以讓他明白許多事情。很多時候，情之出現沒有任何規律，也不講道理。沈淵若是對那位女孩不上心的話，怎麼會三番五次忍不住去瞧她呢？

雖然唐文清不知緣由為何，但是沈淵的確是不一樣了。

嘖嘖嘖，他忍不住想要看到沈淵意識到自己動心的那一天，會是怎樣的情景了。一定很是有趣，畢竟，這是「神仙下凡」呢！

煤油燈下，楚玉還在翻看嶽山書院學生們交上來的策論。

上一刻皺眉，下一刻又舒展了，她手中的毛筆蘸著朱砂，時不時便會在策論上寫下評語，很是認真。

只不過她的速度太快了，若是在不知道她本事的人眼中，便會覺得她是不是過於兒戲了，如此粗略一眼，能夠看得出什麼呢？

謝如初進入書房的時候，就見著楚玉還在翻看學生們的策論，不由地說道：「也不必趕在這一時半刻的，妳若是需要夤夜看這些策論的話，倒不如就在這嶽山書院多留幾天，如此也不必這般累了。」

楚玉一心二用，手上的動作不停，口中還在和謝如初說話。「那倒是不必。我若是在嶽山書院待得久了，到時候什麼神神鬼鬼的都要出來了。就這麼兩、三日，已然足夠了。」

謝如初心中頓時一痛。「妳又何必將自己鎖起來呢？雖說還有些人不死心想要妳出山或者收徒弟，但妳也不是對付不來，不必如此的。」

楚玉手中的筆頓了頓，而後轉過頭對著謝如初笑了。「你知道的，我若是不想做的事情，誰都無法強求，我只是懶怠和那些人牽扯。」

她沒有說的是，想要找她的人可不單單是想要讓她重新出山或者收徒弟，還有人有著更大的想望。

她這輩子，為了自己的理想和信念，為了這大魏朝，放棄了許許多多，所以，她是不會允許自己破壞這大魏朝的安定的。若是再起波瀾，而像前朝那般，女子便是連出門一步都要遭到萬人唾罵，那麼她就算是死了，也無法向開國長公主謝罪。

是以，她是絕對不會給那些人機會的。

這一次若不是當真在家中憋得久了，她也不會出來的。在莊子中種種花、養養貓狗，也挺自在的。波瀾過後，方顯如今的平凡歲月的珍貴。

謝如初沈默了下，而後說道：「妳總是對的。」

若說是為人師表的話，他自問無愧於心。可是有些事情他就實在是不行了，倒不是看不透，只是無法像楚玉一樣自如。

當初聽了楚玉的話，自己沒有選擇進入朝堂，而是一心教書，當真是選擇對了。他不適合官場，若是當時在宦海沈浮，也許已然本心，也許終年不得開心顏。

楚玉改完了最後一篇策論，將手中的筆放下。她抬眼看著他，眼帶笑意。「你我都是黃土埋到了脖子的人，不必如此小女兒情態。」

謝如初登時暴起，大聲抗議。「妳說誰小女兒情態？我可是堂堂七尺男兒！」

「哦？」楚玉回過頭笑了。「七尺？好像差了點吧？」

謝如初考慮到他們兩人一個是老頭子、一個是老太婆了，打起架的話不好恢復，還是忍住沒有動手了。呵，他居然會心疼這個女人，絕對是魔怔了！

這個女人，不管是當年還是現在，都是一樣地氣人，半點不曾改過。

楚玉大笑出聲。這麼多年了，謝如初還是這般好玩，哈哈哈！

謝如初很沒有山長形象地翻了一個白眼。呵，和這個女人做朋友，真倒楣。

他走上前幾步，就看到她另外挑出來的兩篇策論。「這兩篇很合妳的心意？」

楚玉將其中一篇拿出來。「這一篇很是亮眼，教我不得不為之側目。此子將來不可限量。」

謝如初湊過去，將那一篇策論拿過來，一看名字就笑了。「原來是沈淵啊，難怪妳如此欣賞。他可是這一屆學生之中最是出色的，往年的首席畢業生總是到了最後才知曉，但是他啊，眾人皆知，他就是當之無愧的乾字院的首席畢業生。我甚至覺得，有時候除開經驗，真是教不了他什麼了，若不是他家中不允許他提前畢業，早就可以離開嶽山書院了。」

身為山長，謝如初會將六百個學生都熟記在心，也許有的學生關注得少一些，但是絕對不會記不住。這個沈淵，從入學開始他就注意了，後來還會去給他們上上課，每一次都教謝如初心中感懷，若是他家中有這般子弟，怕是睡覺都要笑醒了。

楚玉點頭。「沈淵我也有所聽聞，當真很是不錯。可惜了，他居然是沈弘明那隻小狐狸的兒子。」

「哈哈哈！」謝如初笑了。「也就妳敢說沈弘明是小狐狸，他現在可是沈家家主，永安侯爺，二品的尚書。」

楚玉微微挑眉。「我這年紀，如何不能叫他小狐狸？」

二品？看來小狐狸算是收斂了許多，不像年輕時那般張揚了，難怪會壓著他的兒子呢。嘖，這個沈弘明，骨子裡的小心謹慎是改不了的。

謝如初搖搖頭，對此不予置評。他看向另外一篇策論。「那一篇是誰的？讓我瞧瞧？」

楚玉將另一篇策論遞給了謝如初。「如果說沈淵的策論教我側目，那麼這一篇卻很是合我的心意。這篇策論對於大魏律例很有見地，雖然有的部分還稚嫩了些，但是這般來看已然不錯了。而且……這是個女孩子，對吧？」

「秦冉？」謝如初很是驚訝。「居然是她？」

「怎麼，她也是嶽山書院將來的首席畢業生嗎？」

「不是。」謝如初搖搖頭。「她當年進入嶽山書院是憑著一篇黃河水土治理的策論，被評為甲等進入天字班，可惜後來表現平平，很多學科都很是平常。尤其是策論這一課，當初坤字院的策論夫子有多期待，後來就有多失望。每一次出的題目，她都回答得很是一般，於是到了後來，她就去了黃字班。」

對於秦冉，謝如初也是有印象，畢竟經歷這般特殊的，他想要忘掉也不怎麼容易。

楚玉卻是笑了。「如果說沈淵是全能，那麼這個秦冉應該就是偏門了。她很特別，將來不失為刑法的一個好人才。」

和自己一樣，也做過黃河之水的策論嗎？楚玉笑了笑。

「果真？」謝如初有點懷疑，畢竟這個秦冉五年來的表現當真是平平。

「你看看這篇策論吧！」楚玉將手中那篇策論往前推。「你看過以後，就會明白了。」

謝如初接過來認真細看，看完以後，不由得拍桌。「好一個無罪推論，好一個依法治理！尤其是這個無罪推論，當真是說得太好了。歷年來總是有罪推論，我便是覺得哪裡不太對，原來如此，若是有人疑點加身卻本是冤枉的，按照有罪推論而言，那豈不是必然要被判刑了？」

楚玉說道：「她需要好好培養一番。照著你的說法，她可能較為內斂羞怯，不太自信。」見字如見人，再依照謝如初所言，哪怕她沒有看到人，也對這個秦冉的性子猜測到幾分。

謝如初點頭。「這是自然，我肯定要好好注意她。」

第十一章

秦冉到了山長的院子門口，感覺胸腔內的心都快要跳出來了。

聽見雜役說山長想要見她的時候，她只覺得不可思議。為什麼山長要見她呢？難道，是因為自己的成績太差，山長終於忍不下去，所以要把自己給勸退了？

想到這個可能的時候，秦冉都快要哭了。

她要是被山長從嶽山書院給勸退的話，爹爹、娘親還有兄長、阿姊肯定會很難過的。不行，她一定不能夠被勸退，她會好好地求山長讓自己留下來！

謝如初看到站在自己的院子門口，捏著拳頭、紅著眼眶的秦冉，只覺得詫異。怎麼回事，難道嶽山書院還有人敢欺負別人嗎？

「秦冉同學？」

「山長！」秦冉回過神來，就看見謝如初站在自己面前，嚇得立正站好，給他行了一個鞠躬禮。「山長好！」

謝如初被逗樂了。原來不是被欺負了，而是因為要見到自己而緊張的？楚玉當真是沒有說錯，性子的確是羞怯了些。

「秦冉同學不必緊張。」謝如初笑呵呵的。「只是因為妳的策論寫得很是不錯，所以我才想要和妳聊一聊。」

秦冉愣住了，不由得抬起了頭。「我的策論……寫得很好嗎？」她自己都沒有信心，總是被夫子批評的策論，原來也可以寫得很好嗎？

謝如初點頭。「自然。」他將秦冉的策論遞給了她。「妳看看，這可是楚玉寫的批語，是做不了假的。」

秦冉接了過來，一看，果真自己的策論上被朱砂寫著批語——「雖稚嫩，卻很有見地，仍需改進」。不過寥寥數語，就教秦冉整個人都激動了起來。

這是楚玉的批語，是自己的第二偶像的批語。她誇自己，說自己很有見地呢！秦冉受寵若驚，抱著那份策論就像是抱著什麼珍寶一樣。

謝如初瞧著秦冉的樣子，不由得笑了。他做夫子、做山長最有成就的，就是看到這些孩子成長了。「妳的無罪推論寫得很好，若是妳願意的話，我可以為妳書信一封，可以將這無罪推論用在當今的刑獄之中。」

「無罪推論？」秦冉咬了咬下唇。「這不是我想出來的，我只是用到了而已。」所以原來自己被誇獎是因為無罪推論，不是因為策論本身寫得好啊！秦冉很是失落，整個人都蔫了下來。

「無罪推論不是妳想出來的？」謝如初嘆氣。「唉，我又輸給她了。」

「嗯？」秦冉抬起頭，眨巴著那雙水汪汪的大眼睛看著謝如初。

謝如初笑了笑，為她解釋道：「我此前和楚玉爭執，我認為無罪推論是妳想出來的，但她卻說不是。我更欣賞這無罪推論，她更欣賞妳的策論本身。」

「這個秦冉的眼界是你我想像不到的，我總覺得她看過更為廣闊的天地，也許她的內心，是你我二人都比不上的。是以哪怕沒有無罪推論，這仍舊是一篇出色的策論。可惜啊，她年紀尚幼，許多想法展現不出來，是以才會教人覺得很是一般。謝如初，這個學生，她將來也會綻放屬於她的光芒的。這個賭，你依舊是輸定了。」

想到楚玉臨走時所說的話，謝如初不得不感嘆，不愧是楚玉，依舊是目光如炬。謝如初的心中不禁沒有挫敗，反而無比高興。有友如此，難道不應該高興嗎？

「真、真的嗎？」秦冉更是難以相信了。「可是我……」

「阿冉啊，」謝如初笑看著秦冉。「我能如此喊妳嗎？」

秦冉點頭。「可以的，山長。」

謝如初的笑意很是溫和，雙眼滿是如海一般的包容。「阿冉，妳將來會很了不起的。不要懷疑妳自己，自信一些。將來，山長會因為有妳這個學生而被他人嫉妒的。」

「她需要更多的自信。就像是被石頭給緊緊包裹住的玉石，只有經過了打磨，才會展現她的美麗。謝如初，你是山長，這是你的責任。」

秦冉的眼底彷彿被滿天星河給填滿了一樣，璀璨動人。「我、我一定會努力，不讓楚先生還有山長失望的！」

她以後會很了不起呢，嘻嘻。

謝如初點頭。「好，山長等著阿冉。回去吧，好好讀書。千里之行始於足下，妳仍舊需要更多的學識。」

「嗯！」秦冉點頭，給謝如初行禮以後，高興地轉身離開了。和來時的忐忑不同，她現在高興不已，走路都彷彿要飄起來一樣。

她被楚先生和山長誇獎了，她以後會是一個了不起的人呢！

「秦同學，妳走路的時候不看路的嗎？」

「啊？」秦冉被人拉住了袖子，便停下了腳步。她看著拉住自己的人，滿臉的迷茫。

沈淵無奈地指了指秦冉前面的大樹。「我若是再慢些，妳怕是就要撞上去了。」

「咦？」秦冉一瞧，果真，她的腦門離樹幹只有一個拳頭的距離了。若是剛才沒有被沈淵給拉住的話，怕是就要直接撞上去了，到時候，又要暈頭撞向好久。「謝謝你，沈同學。」

她的運氣當真是太好了，先是被楚先生和山長誇獎，而後又被沈淵給拉住了沒撞上樹幹。今天，真是幸運的一天呢！

沈淵放開了秦冉的衣袖，後退了一步。「都差點撞到樹了，還如此高興？」

「可是我沒有撞到樹啊，所以就值得高興，不是嗎？」秦冉笑得眉眼彎彎，彷彿遇見了天大的好事一般。她本就生得秀麗可愛，笑得這般燦爛，看著更是教人覺得眼睛一亮。

沈淵微微一愣，而後也跟著笑了。她的朋友一定很喜歡她，她的快樂是如此容易感染別人。「妳從山長那裡出來的？」他看到了秦冉懷中抱著的策論，便有所猜測。

「對啊。」秦冉點頭，也看到了沈淵手中捲著的東西。「難道你也是從山長那裡拿到了自己的策論嗎？」

沈淵點頭。「嗯。」

秦冉帶著驚嘆說道：「一定是因為沈同學的策論寫得太好了，所以才會被山長特意挑出來。」想想眼前這個人是誰，也就不覺得奇怪了。這可是嶽山書院的學神呢！

沈淵莞爾。「妳的策論我看過了，寫得比我的好。」他的策論不過是老生常談，倒是她的，教人耳目一新。

「啊？」秦冉眨眨眼，大大的眼睛，大大的疑惑。

他看過了她的策論？她的比他的好？秦冉狠狠地擰了一把自己的臉頰。她應該是在作夢吧？

「哎呀！」她疼得眼淚都流出來了。

「妳這是做甚?!」沈淵驚得一把抓住秦冉的手。「妳的臉都紅了。」他是真不明白為何她要對自己下如此重的手，右臉紅了起來，看著甚是嚇人。

「我……」秦冉癟了癟嘴。「我以為我在作夢啊，就想著試一下疼不疼啊？」

沈淵哭笑不得，很是無奈地說道：「那妳現在覺得如何？」

「疼……」秦冉憋著眼淚，臉頰也憋得鼓鼓的，瞧上去可憐極了。也很可愛。這個念頭在沈淵的腦子之中出現，他這才發現自己還拽著秦冉的手，嚇得放開了她，往後退了一步。「抱歉。」

「嗯？」秦冉滿眼迷茫，還未反應過來呢。

沈淵愣了一下，而後笑了。「我陪妳去食堂，買一點冰塊冰一下。」若是不知情的人知道了，怕是會以為她被人給欺負了，臉都紅腫了起來。

他背在身後的手不由得搓了搓手指，似乎還可以感受到剛才接觸的柔嫩。可是下一刻，他就在心中唾棄自己，如此實在是太過於孟浪了，當真是……失禮。

「抱歉。」

「啊？」秦冉正要說話，又被沈淵的話給說得迷茫了。為什麼他要道歉啊？她摸著自己的臉。「這個啊，是我自己的原因，不是你啦。今天實在是太意外了，我覺得我可能真的是在作夢。」

沈淵笑了。「如今呢？」

「是真的，不是作夢！」秦冉笑靨如花，比此時的陽光還要絢爛。「不管是楚先生的肯定還是山長的鼓勵，甚至是沈同學你的誇獎，這些都不是假的。」她好開心呀。

沈淵的眼神閃了閃，頓了頓，而後說道：「我的誇獎，如此重要嗎？」

「當然啊！」秦冉點頭。這是學神的誇獎呢，怎麼不重要呢？而且他還是自己的第三偶像呢，偶像的誇獎，誰會不開心呢？

沈淵的喉頭動了動，良久說道：「去食堂吧，妳不能再疼下去了。」

「嗯！」秦冉用力地點頭，眉眼笑成了月牙。「沈同學，你人真好。」智商高、情商高、為人好又體貼，果然老天造物的時候是偏心的。

此時是午休時間，沒有多少人。沈淵帶著秦冉抄小路，很快便到了食堂，為她買了一些冰塊。

他把碗碟放在了秦冉的面前，坐在了她的對面。
秦冉從懷中拿出一塊絲帕，將兩塊冰塊包了起來，按上了右臉。「嘶——」
沈淵微微皺眉。「疼嗎？」
「我沒有那般嬌氣，不疼的，」秦冉搖搖頭。「就是冰了些。」還好已然是夏日了，若是在冬日的話，那才是心涼呢。
「那就好。」沈淵瞧著秦冉皺巴巴的臉，實在是不相信她的那句不嬌氣，若是不嬌氣，她的臉也不會掐了一下就紅得那般嚇人。
「對了，」秦冉從腰間摘下一個荷包。「沈同學，這個給你，是和上次一樣的松子糖。」別的或許不行，但是對於了解別人是否喜歡某一種食物，她卻是很敏銳的。
所以秦冉早就發現了，其實沈淵喜歡甜的吃食，只是他好像不怎麼表現出來。她覺得大概是因為男孩子的自尊心？這樣就覺得學神接地氣許多了。
沈淵怔了怔。「我……」
秦冉把荷包往前推。「這是謝謝你帶我來買冰敷臉，是謝禮，你應該收下的。」本來是要去餵那些馬兒，希望下次騎射課的時候給自己點面子，但是現在，自然還是第三偶像更重要些啊！
而且，他還誇了自己呢！

沈淵雙目直視秦冉，點頭說道：「那麼，便多謝了。」他伸手將荷包收了起來，心下微暖。

兩人之間突然安靜了下來，一時不知道該如何開口了。

「明日摘荔枝，妳們黃字班在哪一塊地？」片刻後，沈淵開口說話。

「嗯，應該是南邊的某一塊吧？」秦冉想了想嶽山書院後山上的荔枝園，不由得嘸了嘸口水。「乾字院、坤字院有八個班級呢，應該很快就可以摘完了。」到時候就能向書院買一些荔枝，好好地解解饞。

說到嶽山書院的荔枝園，就還是要歸功於大魏朝的開國長公主。誰也不知道為什麼，別人移植荔枝樹從來都活不了，或者都是蔫蔫的，結出來的荔枝都苦澀難吃得很，但是京城之中就有一個地方是例外，便是嶽山書院的荔枝園。雖說還是比不上福省的荔枝清甜，但也是美味得很；且福省太遠了，荔枝運過來以後都酸了。可是嶽山書院的不一樣，那可是新鮮摘下來的。是以，嶽山書院的荔枝很受歡迎，京城的那些達官貴人們都等著呢。

自然，這第一批最好的還是要入宮的，其他的都會賣出去，收入就是嶽山書院的運行資金。這是開國長公主定的規矩，是以不管是誰，包括皇室都是要花錢買的。

不知道當初開國長公主是什麼心思，反正她定下的規矩還有一條，那就是每年的摘荔枝，都要讓學生們來做。對此，嶽山書院的解釋是要鍛鍊學生們的體魄，反正不叫學生們施肥除草，是以大家都是接受得來的。

最重要的是，參與採摘荔枝的學生能優先購買，比皇室還要早些呢，是以大家都很是積極。

明日又是一年一度的荔枝採摘日了，秦冉期待了好久，想到荔枝的美味，她都有些忍不住了呢。可惜每個人能夠買的分額不多，不然還可以做點別的，荔枝酒就很不錯啊！

不過，家中也會買荔枝，那可就不少了，到時候就可以泡荔枝酒了。

沈淵笑著說道：「那我們明日見？」

「啊？」秦冉眨巴著大眼睛，又是兩眼的迷茫。雖說不太明白，但她還是下意識說道：「嗯，明日見。」

沈淵的笑意漸濃，端的是一派的雅正清貴。他瞧著秦冉的右臉只剩下了點點紅痕，放心了許多。

他站起來，對秦冉道別。「秦冉同學，明日見。」

他出了食堂，嘴角笑意不減。在山長那裡看見她的策論的時候，終是知道了她的全名。

秦冉卻是看著沈淵離開的背影，傻傻地點了點頭。

好奇怪，為何沈郎君要說兩次明日見呢？那可是一年一次的摘荔枝，她才不會不去呢！

第十二章

惠風和暢，碧空如洗。書院定下採摘荔枝的日子當真是一個好日子，天氣很是不錯。只是在夏天，天氣很是不錯就代表了，很熱。

嶽山書院的學生們都是有經驗的，將自己裹得嚴嚴實實的，除了一雙眼睛，什麼都沒有露出來。荔枝園裡面都是學生，於是除開可以憑著深藍色、淺藍色的書院院服區別那人是女子還是郎君，其他是當真分不清誰是誰的。

是以，沈淵根本就無法在秦冉說的那塊地方找到她。坤字院的女子們都是不服輸的，一個個上樹採摘，淺藍色的身影來來去去的，沈淵是真的找不出來秦冉在何處。

他輕聲嘆氣。早知道，昨日便問得更清楚一些了。

「喲，我們嶽山書院最是受歡迎的沈郎君，到底為何在嘆氣呢？」唐文清湊到了沈淵的面前，露出來的那雙眼睛裡面是滿滿的戲謔。「該不會是因為找不到自己想要見的人，於是心生遺憾吧？」

雖然唐文清嘴上這般調侃沈淵，但是他不認為沈淵會承認。他總覺得沈淵尚未開竅，對於自己的心意還未曾察覺，根本無法承認。至於對那個女孩的關注，不過是心中不由自主的在意罷了。

「是。」出乎意料，沈淵卻是直接承認了。

「啊?!」唐文清整個人都呆住了。「你你你……你怎麼就承認了呢？」

沈淵反問。「承認什麼？」

「你剛剛……」

沈淵面巾之下的嘴角上揚。「若是不快點將荔枝都採摘的話，我們怕是要晚於其他班了。」隔壁的地字班在盧紹成的帶領下，為了勝過他們，幹勁十足，劃分的荔枝樹都快要教他們摘得差不多了。

唐文清翻了個白眼。明明就是轉移話題，偏生是一副道貌岸然的樣子。呿！「這就來了！」開玩笑，他們天字班的能夠輸給地字班嗎？不可能！不要想！

「阿冉！」

站在梯子上的秦冉正在摘荔枝，聽見了有人喚她，便不由得低下頭去瞧是誰。「阿雨？」那個包裹得嚴嚴實實的，應該是阿雨吧？

方雨珍笑了，開心地朝著秦冉揮手。「阿冉，就是我。妳快些下來，休息時間到了，我們去休息一下。」

「來了。」秦冉麻溜地從梯子上下來，拍拍手。「妳怎麼跑來我們黃字班了？」

方雨珍揮揮手。「我這不是想妳了嗎？走走走，我們去妳放東西的地方休息一下。」

秦冉頓了一下，而後說道：「所以，妳到底是想我，還是想我做的梅子湯？」

「嘻嘻！」方雨珍伸手攬住了秦冉的手臂，拉著她朝著角落裡走。「才不是呢，我只是真的想妳了。」

「哦。」秦冉一臉冷漠。哼，才不相信呢！

於是，等到出了荔枝園走到了秦冉藏東西的地方，她開口說道：「我其實給妳和阿昭兩個人都裝了一整壺的梅子湯，非常大。因為妳今天走得太快了，所以我是讓阿昭轉交給妳的。」

「啊？」方雨珍茫然。

秦冉繼續說道：「一大壺哦，很大的一壺哦。」

方雨珍對著秦冉擺擺手。「我先去找阿昭，不能讓她把我的給喝光了！」要是她去得晚了，說不定阿昭就要默認她不要了，那可不行，是絕對不行的！

於是，下一刻，秦冉就被「拋棄」了。

她看著方雨珍絕塵而去的背影，不由得嘆了口氣。唉，她就知道，對於阿雨這個大吃貨來說，她是比不過一大壺的梅子湯的。

不過呢……秦冉的眉眼又鮮活了起來。哈，她這邊的梅子湯雖然沒有一大壺那麼多，但是有冰塊啊！這般熱的天氣，喝一口冰涼涼的梅子湯，整個人的感覺都不一樣了。

哼，讓妳拋棄了我選擇了梅子湯，妳現在失去了有冰塊的梅子湯！

秦冉帶著點驕傲，從大樹下的草叢之中扒拉出自己的小籃子。她乾脆直接坐在了草地上，將梅子湯從小籃子裡拿了出來，還有用牛皮水壺保溫的冰塊，甚至還有白瓷碗和湯匙，可以說是準備齊全。

對於秦冉來說，享受美食可不是能夠隨意的事情。所以多花點力氣帶上冰塊和白瓷碗、湯匙什麼的都是必須的，找個好地方享受美食配美景，也都是必須的。

咯噹！秦冉將梅子湯倒入了白瓷碗中，又倒入幾塊冰塊，冰塊撞擊著白瓷碗壁，發出悅耳的聲響。瑰豔的梅子湯中浮著幾塊冰塊，教人看了都覺得心曠神怡。

「秦冉同學，妳在這裡。」

「嗯？」秦冉抬頭，然後就看到了一個人。她睜大了雙眼，像是被嚇傻了一般，一動不動。

樹上的那人解下了面巾，對著秦冉笑了笑，猶如清風拂過。「嚇到妳了嗎？抱歉。」

「沈同學？」秦冉沒有想到在樹上的人居然是沈淵。嗯……難道學神是喜歡爬樹的嗎？

沈淵翻身從樹上落下，很直接地坐在了秦冉旁邊的那塊草地上。「妳在喝什麼？」

「梅子湯。」秦冉下意識地回答，而後十分官方地客氣了一下。「你要不要也來一碗？」

「好啊。」沈淵的眉眼間帶著笑意。「煩勞妳了。」

「不會。」秦冉把手中的白瓷碗遞給了沈淵，畢竟是自己的第三偶像，他要的話，自己當然是要給的啦。幸好她有先見之明，覺得一個不夠，帶了兩個碗。

「咯噹。」

盛夏的炙熱陽光中，光影斑駁的樹蔭底下，光風霽月的郎君和嬌憨俏麗的女孩各自捧著一個白瓷碗。他們喝了一口梅子湯，不知怎地，忽然抬頭看了一眼對方，而後同時笑了出來。

「好喝嗎？」

「好喝。」

蟬鳴聲帶來炙熱的陽光，卻似乎沒有給樹蔭下的兩人帶來任何的影響。因為冰涼的梅子湯，已然為他們驅散了暑熱。

樹蔭底下的籃子裡擺著兩個白瓷碗，而旁邊的草地上躺著兩個人。

秦冉不明白如何變成現在這樣，反正就是喝完了梅子湯以後，沈淵就雙手黜著腦袋躺下去了。瞧著他看起來似乎很是舒服的樣子，秦冉也沒有忍住，跟著躺了下來。

至於衣裳髒不髒的事情，那就不管了，反正坐都已經坐下來了，躺下來也是一樣的。而且秦冉覺得此前在樹上來來去去的，這衣服也是乾淨不了的。

還真別說，這樣躺著真舒服。

秦冉伸手擋了擋從頭頂灑下來的陽光，不由得笑了。雖然天氣很熱，但是這樣當真是舒服啊！

沈淵側過頭，看著身邊的女子，笑著說道：「妳們班明日有騎射課，對嗎？」

「嗯。」秦冉點點頭，帶了點微微的苦惱。「我還不知道該如何是好呢！」

「為何？」沈淵微微揚眉。「是因為射箭嗎？」

「那倒不是。」秦冉微微搖頭。「自從和你上次合作了那幾百箭以後，我能命中的算是多了些，連南先生都誇獎我了呢。」雖然，那個命中率對於他人而言實在是慘不忍睹，但若是和以前的秦冉對比，實在是好太多了。

就是因此，連南先生都不由得誇獎了秦冉。畢竟五年了，總算是有突破了，可真是太不容易了。

「那又是為何？」沈淵頓了頓。「可是妳的騎術不好？」

「嗯。」秦冉點頭。「我也不知道為何，每次只要到了馬背上，我就不敢動了。馬兒只要跑起來，我就容易往下摔。唉，要不是我尚算是有幾分氣力的話，摔下來就是必然的了。」

說著說著，她的臉色就苦了起來。這騎術，若是只能騎著馬兒散步的話，那叫做什麼騎術啊？

秦冉每次只讓馬兒散步的時候，動作都是優雅又標準，但若是一旦讓馬兒跑起來的話，她就會在馬背上東倒西歪，再快的話就要摔下來了。

南夫人和家中的人不知道想了多少辦法，還有阿昭和阿雨也是費心頗多，可就是沒有辦法。秦冉當真是絕望了，她覺得自己的霉運光環應該是無比穩固，和鋼筋水泥一樣的了，唉。

沈淵坐了起來。「妳可是害怕那些馬兒？」

秦冉不由自主地跟著沈淵一起坐直了身子，搖搖頭。「沒有啊，我沒有害怕牠們。」因為她有秘密武器，只要不是什麼脾性暴烈的馬，和秦冉都是良好的關係。

沈淵沈思了片刻，而後笑著說道：「妳可願意試一下？」

秦冉疑惑。「試什麼？」

沈淵站了起來，提身縱躍，輕而易舉地就上了樹幹。他低著頭看著秦冉，面上帶著笑意。「可要上來？」

秦冉仰頭，逆著光的沈淵對著自己在笑，風拂過，他的衣角獵獵作響，似乎整個天地都變得明麗了起來。

「秦冉同學？」沈淵微微笑出了聲。「妳要上來嗎？」

「上去？」秦冉像是被蠱惑了一樣，微微點頭。「好。」

「那便冒犯了。」沈淵從樹上一躍而下，伸手摟住了秦冉的肩膀，一個錯眼，兩個人就一起上了樹。

「啊？」秦冉回過神來，發現自己已經站在樹枝上了。她下意識地摟住了身邊的大樹幹，心裡才覺得安穩了些。「這這這……我我我……你你你……」她太驚訝了，話都說不順當了。

沈淵往外站了一步，離著樹幹更遠了些。他對著秦冉伸出了手。「可要過來些？」

秦冉往下一看，又往沈淵那邊一看，整個人開始瘋狂搖頭。不不不，她才不要過去呢！太危險了，她怕是會摔死。

沈淵見狀，也不氣惱，面上的笑意不減，說道：「我帶妳下去？」

「嗯！」秦冉重重地點頭。趕快離開吧，她在這裡連邁出半步都不敢，實在是太嚇人了些。

她往下瞧了一眼，就覺得眩暈得很，實在是嚇人。

「好。」沈淵上前一步，伸手要去搆秦冉的肩膀，想要像剛才那樣把她給帶下去。

可是秦冉因為有點被嚇壞了，在沈淵伸手過來的時候，緊緊地抓住了他的手，整個人緊緊地靠著他。「我們快些下去吧。」這裡她當真是片刻也不想待著了。

沈淵愣了片刻，而後回過神說道：「好，我帶妳下去。」他伸手摟住了秦冉的腰，帶著她一起往下跳。

一個錯眼，秦冉又回到了地面上。她的腳終於是踩著地面了，整個人都放鬆了下來。「呼……」嚇死了嚇死了，所以她剛才到底是被什麼給迷了眼，居然想要上樹？她側過頭看了一眼沈淵，不由得在心中嘆氣。唉，果然是美色迷人，不然的話她怎麼會想要上樹呢？真是的，這腳都軟了。

秦冉在嘆氣，於是便沒有看見身旁的沈淵眼中的笑意。便是再如何完美，他也是一個十六歲的少年郎君而已。

沈淵笑了後，覺得自己實在是有些冒犯，便收回了手，也收斂了自己的笑容。「我想，我知道妳為何不敢縱馬狂奔了。」

「嗯？」秦冉從自己的情緒之中回過神來，驚喜地問道：「你知道啊？那你告訴我，這是為何啊？」

「妳怕高。」

「我？」秦冉的手指著自己，一臉迷茫。「我不怕高啊，我騎在馬背上的時候，並不害怕啊。」

「或者說，是妳害怕沒有可以倚靠的地方，害怕危險。」沈淵想到了剛才發現的事情。「妳抱著樹幹的時候尚算是鎮定，可是一旦我要拉著妳離開樹幹，妳就開始害怕了。由此可知，當妳坐在馬背上散步的時候並不覺得危險，自然也就不害怕；可是一旦馬兒跑起來，妳就開始畏懼。妳的情緒傳給馬，牠也開始不安，於是，妳便不能讓牠跑起來了。」

秦冉仔細回想以前的場景，好像還真的是這樣？她站在高處並不害怕，可若是站在沒有欄杆、沒有防護的高處，就會開始腿軟。「所以，我其實不是怕高，而是怕死？」

嗯，這個答案，實在是有點傷心呢！

「噗……咳咳咳！」沈淵沒有想到秦冉會這般說，猛地被她給逗笑了，又覺得自己行為不妥想要控制，反倒是咳嗽了起來。

「你沒事吧？」秦冉眨眨眼，她是個怕死鬼這種事情，會讓人的反應這麼大嗎？

「我無事的。」沈淵終是止住咳嗽。「其實妳的畏懼不過是人之常情而已，不必說自己是怕死鬼。」說到這個，沈淵的心中還是好笑不已。

總覺得每次遇上秦冉，總會發生些有趣的事情；或者說，是因為她是個有趣的人。沈淵看著秦冉的眼神很是溫和，和往日的眼神似乎有了什麼不同。

「咳，這只是一種形容啦！」秦冉臉頰微微泛紅，不知是因為天氣熱的，還是因為自己說的那些傻話。「只是，雖然知道原因，我的騎術怕也是沒有什麼長進。」

恐懼這種事情，並不是那麼容易克服的。而且秦冉覺得憑著自己的能耐，怕是克服不來。她從來都不覺得自己是什麼能人，就是個很普通的人罷了。

「其實妳不必克服的。」

第十三章

「嗯？」秦冉驚訝地抬起頭來看著沈淵。「可是，不是都說有困難要克服的嗎？」

「但妳這是天生的恐懼，不是嗎？」沈淵聲音柔和。「世間每個人都可以有自己的缺點，不必非要如此完美。妳的恐懼可以不必克服，妳也可以不必為難自己。人生在世不稱意，妳可以保留一點小缺點的。」

秦冉從來沒有聽人和她說過這樣的話，恐懼不必克服，人生不必完美。她仰著頭看著沈淵，眼底似乎有水光。「可是，你就很完美啊！」

沈淵微微搖頭。「其實並不是，我也是有缺點的。也許在他人看來我很完美，不過那是因為他們不知道我的缺點而已。」他只不過是在努力克服，於是在外人看來，他便是完美的了。

「可是，我就是覺得沈同學你做得都很好啊！」秦冉認真點頭，這可是學神呢。「就算你有缺點，那也是小小小小小的一點而已。」

沈淵看著秦冉用手指比劃的那一小點，輕笑出聲。「這樣，倒是多謝妳如此誇讚我了。」

秦冉擺擺手。「這哪裡是誇讚啊，這是事實。」

沈淵的笑意更是溫和。「既然妳的騎術很難克服，便不要為難自己了。妳的箭術倒是可以更進一步。」他頓了頓。「若是妳不嫌我多管閒事，我可以和妳一起練習。」

「真的可以嗎？」秦冉的雙眸晶亮，而後下一刻又黯淡下來。「還是不要了，我會耽誤你的時間的。」要是讓學神為了自己浪費時間，她覺得自己會良心不安的。

沈淵搖頭。「並不會。不管是學業還是其他，並不占據我的所有時間，所以陪妳練習，不是浪費時間。」

陪她怎麼會是浪費時間呢？當然不是。

秦冉眨眨眼。「沈同學，你這句話還是莫要出去外面說了。」

沈淵微微偏頭。「為何？」

「因為很容易讓人覺得天意不公啊。」秦冉點頭，表示對自己話語的贊同。「你就像是女媧娘娘精心用手捏的，更多人就像是用藤甩出來的泥點。為了不讓別人對人生太過於失望，這話還是莫要說了。」

沈淵又被秦冉的說法給逗樂了，而後笑著點頭。「好，我以後絕不教別人知道。那我們便約定好了，妳下次去練習箭術，我便去幫妳。」

秦冉雖然覺得有點麻煩沈淵，但實在是抵不過心中想要讓自己的箭術變強的想法。

「好，我們約定好了。」她想了想，又說道：「那沈同學有沒有什麼特別喜歡吃的點心，我可以做了帶去靶場。就當作……報答你幫我了。」

畢竟她能夠拿出的最好的就是一手廚藝了，其他的東西，秦冉覺得沈淵不缺也不會收下。至於為什麼說是點心，那自然是因為沈淵喜歡甜食啊。只是他好像不教人知道，所以她只說了點心，不說別的。

沈淵說道：「妳的廚藝都很好，我都喜歡。」

秦冉覺得自己懂了，沈淵肯定是因為不好意思。她想了想，說道：「我那裡還存著一些材料，不如我做酥糖給你吃吧。」

「酥糖？」

秦冉點點頭。「用米糖和麵粉做，雖說看起來其貌不揚，材料也沒有什麼特別，但是挺費工夫的，吃起來味道也很是不錯。」說到了吃食，她整個人自信了許多。

而在沈淵的眼中，秦冉整個人都彷彿在發光一般，比方才更為生動可愛。「那麼，便麻煩秦冉同學了。」

「不麻煩的。」秦冉歪頭。「你一直叫我秦冉同學、秦冉同學，感覺怪怪的。我的家人朋友都叫我阿冉，你可以這樣叫我。」

再次感謝開國長公主，因為她，男女之間的平常走動也不會引來什麼奇怪的目光。要不然，秦冉是絕對不敢這樣和沈淵說話的。

沈淵怔了怔，而後點頭。「好，阿冉。不過，我的朋友都叫我沈淵，倒是無甚特別的，你便直接喚我名字就是了。」他尚未及冠，自然也無字。

「為何啊？」

「因為，」沈淵想起了唐文清的話。「說是阿淵阿淵，很像是在公堂上喊冤叫屈。」

「噗哈哈哈！」秦冉笑了出來。「這個說法太有趣了吧？」哪個人才想到的，太好玩了。

沈淵帶了點無奈。「是以他們都喊我的名字。」

休息時間到了，兩人約定了去靶場的時間才告別。

回到了黃字班採摘荔枝的地方，秦冉掩在面巾下的嘴角一直帶著笑意，整個人都洋溢著快活的氣息。

她的同學們微微奇怪，不過是去休息一下，阿冉便如此高興？

至於沈淵，一回到天字班，就被唐文清給逮住了。

唐文清的語氣帶著滿滿的調侃。「喲，沈郎君去何處了啊？」

沈淵說道：「去喝了一碗梅子湯，放了冰塊的。」

「你也太沒有兄弟情義了！」唐文清表面憤怒。「有這般好的事情，你就獨自一人享受？」

沈淵想到了秦冉，眼底帶了笑意。「不是一個人。」

「嗯？那你和誰啊？」

沈淵不再回答，上樹摘荔枝去了。

唐文清卻是很快便想到了。原來是佳人有約啊？嘖嘖嘖，居然這般快就開竅了，他還以為還要等下去呢。

唉，可惜可惜，本以為能夠多看些日子的好戲。果然不愧是沈淵，感情的事情也很是敏銳呢！

「沈淵，」採摘荔枝結束，唐文清跟著進了沈淵的寢舍。「你認真的嗎？」

沈淵回過頭。「何事認真？」

唐文清說道：「你明白我說的意思。」

沈淵輕聲笑了。「自然。」

「可是，你對她未必了解吧？」唐文清卻是憂心忡忡。「最重要的是，伯父他……」他不想自己的好友承受一些不該承受的風雨，也不想那位女子未來傷心。

他沒有忘了自己的出身來歷，若不是生身父親無能，若不是娘親實在是太過於軟弱，就不會有他的存在。唐文清到現在依然覺得自己是不應該存在的，只是既然已經在了，便不會任人欺凌。

但是，他依舊認為自己的生身父親沒有能力擔當，抵抗不了自己的父母就要一個弱女子來承擔他的「真愛」的後果，令他覺得不齒。

唐文清自然知道好友不是他生父那樣的人，可是不被家庭接受的情感，也是痛苦的來源。

沈淵的手一頓，而後肅了神色。「這個無須擔心，我從來不做無把握之事，更何況，我娘會解決一切。」

想到沈家那位夫人，唐文清也笑了，心中鬆了一口氣。「這倒是，伯母向來能耐。」沈家夫人除開做生意，只在乎自己的兒子，若是沈淵和沈伯父對起來，她只會支持自己的兒子。

到時候，勝負尚未可知呢！

唐文清對著沈淵眨了眨眼，滿是調侃之意。「我本以為你會對自己的心意摸不清許久，讓我多看些日子的好戲。」

沈淵溫和一笑。「你想誤了。」若是當真意愛一人，怎麼可能會察覺不到呢？因為總是想要看見那個人，因為那個人對於自己而言總是特別的，因為在看到那個人的時候，總是會不由自主地微笑。

這樣明顯，怎麼可能會不知道呢？

唐文清還是覺得不可思議。「我也見過那位女子，她生得不是最美，功課也不是最好，怎麼你就對她上心了呢？我本以為，你的意中人會是一位和你一樣的人。」

沈淵微微挑眉。「我沒有你那麼自戀，不會喜歡上和自己一樣的人。」至於她的好，不必告訴別人，他自己一人知曉就足夠了。

唐文清抽了抽嘴角。面對這個人的時候，總是很想要打人呢。

「你們在說些什麼？」盧紹成湊了進來，狐疑地看著兩人。「我的直覺告訴我，我錯過了許多好戲。」

唐文清笑了。「的確。阿成，我告訴你……哎呀，你做甚啊?!」

沈淵將兩人推了出去。「我要沐浴更衣了，你們還是回去換衣裳吧。嗯，味道有點重。」曬了一天，上樹、下樹了一天，難道他們沒有聞到自己身上的味道嗎？

盧紹成不滿。「什麼味道，這是男人味！你這個……啊！」他幽怨地看著砰地一聲關上的門。「幸好閃得快，不然我的鼻子就慘了。」

唐文清聳聳肩膀，沒有好戲看了。「好吧，我也回去換衣裳了。」

「不行。」盧紹成勾住了唐文清的脖子。「你要把剛才的話說完。」開玩笑，他的直覺告訴他，那絕對是大事件，是不能夠錯過的！

唐文清無奈。「行行行，我告訴你，先放開我，很熱啊！」

「那不行。」盧紹成勾著唐文清的脖子朝著他的寢舍走。「走，進去就不熱了，快說快說。」

唐文清想翻白眼，這個盧紹成，不知道自己有多重嗎？他嫌棄他啊！

次日，坤字院的一個院子的小廚房裡面，傳來誘人的甜香。

米湯一斤，白麵兩斤。將白麵先入鍋微火炒，然後將糖撳入麵內，和麵揉在一起，而後投入大鍋中加熱，將糖變得柔軟，取起擀薄，再放入鍋內。而後又是揉、又是切，過程很是繁瑣。

廚房內的秦冉忙活得熱火朝天。酥糖雖然用料簡單，但是過程實在是繁瑣，做起來不是那般容易，是以她用過早膳就在做了，因為今日要去靶場練習箭術，要把答應沈淵的酥糖給做出來。

幸好今日坤字院天字班有課，要不然她做酥糖，肯定就要被大家給發現了。到時候，沒有把她們餵飽那可是走不了的。

可是……秦冉看著做好的酥糖，這些不夠分啊。

嗯，下次再做點別的給她們吃好了，反正她們也不知道自己今日做酥糖了，就當作沒有這回事。

秦冉做好了酥糖，用紙包了起來。她聞了聞身上，味道有點重。反正都要換勁裝，就順便梳洗一下。

換上了勁裝帶著酥糖，秦冉一路朝著靶場而去。不知道為什麼，她的心裡面有一種奇怪的心虛。於是，一直小心注意著路上有沒有碰到認識的人。

還好還好，一路順風，都沒有碰到人呢。

只是，到了靶場的秦冉陷入了沈思。就只是和沈淵來練習箭術而已，為什麼她要心虛呢？這又不是什麼見不得人的事情啊，奇怪了？難道……

「阿冉。」

秦冉嚇了一跳，猛地轉身看著那人，而後鬆了一口氣。「沈淵，是你啊。」

沈淵微微皺眉。「抱歉，我嚇到妳了嗎？」他只是看著她站在靶場邊，便走過來打招呼，倒是未承想嚇到了她，心裡帶了些微微的懊惱。

秦冉搖搖頭。「沒有，是我太大驚小怪了。」她剛才好像要想到什麼，但是現在又忘記了。嗯，大概並不是什麼重要的事情吧，那就算了。「對了，這些酥糖給你。」

沈淵接住了那一大包的酥糖，微微瞪大雙眼。「這些……會不會太多了？有兩、三斤了吧。」

「多嗎？」秦冉不由得撓了撓臉。「你要是吃不完，就給你的朋友分一點吧。」她來之前還覺得有些少了，不過既然沈淵不覺得少了，那就好。

沈淵笑笑。「我們開始練習？」不，其實不多，他可以吃完的。唐文清和盧紹成他們兩個，大可不必。

「好呀。」秦冉點點頭。「那今日就麻煩你啦！」

沈淵搖搖頭。「不會。」怎麼會是麻煩呢，她不是麻煩，而是——

「沈淵，」秦冉已經跑到了靶場裡面，順手拿起了一把弓。「你覺得用這把弓如何？」

沈淵笑笑走過去。「書院的弓都是統一的，其實哪一把都行。」

秦冉卻是搖搖頭。「我覺得和這把弓有緣，它一定會讓我今日的準頭上升的！」

第十四章

嗖——

靶場內傳來嗖嗖聲音，只要聽了便能明白，這是有人在射箭。只不過現在沒有哪個班級有騎射課，再加上這裡離書院有些距離，是以除了看守靶場和馬廄的雜役，還有正在練習射箭的兩人，就再無其他人了。

正在依照沈淵的要求練習的秦冉不明白此時為何無人，但是她萬事不過心，也不覺得有什麼奇怪的。再說了，沒有人豈不是更好些？若是有人一直盯著她的話，總覺得準頭就會差了許多。

而沈淵卻是心知肚明。他對每個班級的課程都知道得一清二楚，自然知道此時才能不被打擾。

「射！」

嗖——

秦冉看著靶子上的箭枝，開心地在原地蹦躂了好幾下。「沈淵，你快看，我全都射中靶心了呢！」

「嗯。」沈淵點點頭，目光卻是全在秦冉的身上。「阿冉很是厲害。」

秦冉有些羞怯。「沒有啦，是沈淵你幫我，我才會這般厲害的。要不然啊，才不會這麼厲害呢。」

沈淵想了想，說道：「不如妳我換一個方法來試試妳是否有進步？」

「好啊。」秦冉點頭，期待地看著沈淵。「快說，要如何做呢？」她的眼底滿是對沈淵的崇拜。果然不愧是學神呢，自己厲害就算了，還能夠帶著自己這個學渣起飛。太好了，從今天開始，她也是抱上了學神金大腿的人了呢！

對上秦冉炙熱的眼神，沈淵的眼神飄忽了一瞬間，耳根有些發熱。「那個……我覺得接下來就由妳自己來射箭，我不出聲。我們先試一百箭，看看妳到時候能夠中多少。」

此前已經射了一百箭，再來一百箭對於秦冉而言不是什麼難事，正好也能夠讓他看看她的成果。

「啊？」秦冉眨眨眼，很是沒有底氣。「可是，沒有你的話，我不行的呀！」沒有沈淵在一旁提醒的話，她就只能夠偶爾中一箭。雖然比以前而言還是有提升，可是不能和有沈淵在旁相比。

畢竟有沈淵的話，她可是能夠百發百中呢！

此話一出，倒是教沈淵心中一跳，可是看著秦冉清澈見底的眼神就明白了，心生雜念的人不過是自己而已。他在心中苦笑，卻沒有流露出半分。

他看著秦冉，面上帶著溫和的笑意。「妳莫要擔心，我在一旁的，不是嗎？試試吧，反正就妳我二人，丟人也無人瞧見，對嗎？」

秦冉一聽覺得很是有道理，畢竟自己在沈淵面前丟的臉次數實在是不少。若不是他忘記了最初的糗事，她說不定到現在都不敢和他說話。「那好，我就試試。」

此時，雜役已經把靶子上的箭枝都給拿走了，秦冉拿起了弓箭，拉滿了弓。她心下有些緊張，總覺得還會出現以前那種射歪了的場景。但是一想到身後站著的沈淵，想到他正在看著自己，心底的那份緊張就消失了。

有學神的光芒籠罩著，她一定可以的！

嗖——

秦冉驚喜地看著對面的靶子。「沈淵，你快看，我射中了呢！是七環，第一箭就射中了七環呢！」要知道，在秦冉以往，飛出靶子才是日常，第一箭就射中七環當真是少見的事情。

沈淵笑了，看著秦冉的背影，目光無比柔和，彷彿要滴出水來一般。「阿冉真是厲害，第一箭就中了。」

秦冉轉過身，有些不好意思地看著沈淵。「我、我覺得是湊巧啦。」

「不，不是湊巧。」沈淵看著秦冉，收起了眼底的柔情，真摯地說道：「阿冉妳這五年來都未曾放棄箭術，如今不過是終於開竅了而已。」

「那我，再試試？」

沈淵點頭，鼓勵她。「嗯，再來。」

秦冉只要想到沈淵正在看著自己，就感覺充滿了神奇的力量。她射出去的箭枝再沒有像以前那般到處亂飛，雖然沒有百發百中，命中率卻也是大大地提升了。

每中一箭，秦冉就更加高興一分。太好了，有沈淵真好。

一百箭射完了，沈淵算了一下，對著秦冉說道：「一百箭裡面有六十箭是中了靶子的，還有二十一箭是在靶心的。阿冉，妳的進步太大了。」

沈淵的心底對於這個結果也很是驚訝。他可是見過秦冉射箭的場景，也和南先生詢問過她以往的成績。可以說，一百箭裡面有五枝箭射中靶子就已然不錯了。

而現在，她卻是進步得如此之快，當真是教人驚訝。

沈淵看著秦冉的眼底帶著隱隱的灼熱，他感覺到，其實秦冉的天分並不低，只是她似乎太過於自卑，很是不自信。若是幫她找對了方法的話，她可以進步得很快。

還有那一篇策論，也的確是令人拍案叫絕。不管是楚先生還是山長，他們都說得對，阿冉是一個好苗子，需要好好培養的好苗子。

秦冉卻是搖搖頭。「才不是呢，我今日這般厲害，是因為沈淵你啊！」

「因為我？」沈淵的心跳漏了一拍，聲音微微變得低沈了些。「阿冉此話何意？」

秦冉的眉梢眼角全是笑意。「因為我知道沈淵你站在我的身後看著我，我就覺得好像是被保佑了一樣，然後就擁有了神奇的力量，才會進步得飛快。要是沒有你，我肯定不行的。所以啊，這一切都是因為有你。」

秦冉所說的全都是出自真心，沒有半點摻假，也不帶任何的意思。

可是在本就心有所動的沈淵眼中，卻是教人情難自抑。只不過沈淵卻是知道的，阿冉所說的話，不是他想要的意思。

不能急不能急，否則，她會被嚇跑的。

沈淵收斂了眼底的情緒，笑著說道：「那麼，豈不是妳的功勞有一半應當歸功於我？」

「不只哦。」秦冉點頭，笑容遠比陽光還要耀眼絢爛。「應當說，都是你的功勞才對。」

沈淵眉眼溫和，還是一派謙謙君子溫潤如玉之風，只是他的心，卻是無法控制地跳得飛快。

就是說啊……沈淵在心中感嘆，這樣明顯的情感，他怎麼可能會感覺不到呢？

「練習了這麼久，休息一下可好？」沈淵看著秦冉額頭上的細汗，開口說。嶽山書院在靶場邊修建了休息的地方，他們可以坐著歇一歇。

「好啊。」秦冉點頭。「正好，我還帶著雪梨水，我們可以喝來解解暑氣。」她轉過身，從自己的小背包裡面掏出了一整個牛皮水壺的雪梨水。「事先加過冰塊了，還保著溫，一定還是冰的。」

沈淵笑道：「阿冉當真是有先見之明。」

「嘻嘻。」秦冉笑了笑，眼底帶了些不好意思。「我們來喝雪梨水吧。」她總不好告訴他，其實是因為自己總是惦記著吃吃喝喝，所以準備周全吧。若是說了實話，總覺得自己最後的一點面子都要沒有了。

所以還是莫要說了，直接上水。

這一次，秦冉沒有帶白瓷碗了，而是帶著兩個竹子做的水杯。雖說不是精心雕琢的，卻透著天然的竹子清香。

她倒滿了一個杯子，而後遞給了沈淵。「喏，這個給你。」

沈淵伸手接了過來。一口雪梨水喝下，感覺因為天氣漸熱帶來的暑氣都消散了許多。

「阿冉的手藝真是好，哪怕就只是簡簡單單的雪梨水，經過妳的手，味道都與眾不同了。」

秦冉的臉頰微微地紅了。「你喜歡就好，再來一杯？」他人可真好，總是能夠找到別人可以被誇獎的地方。雖然知道他是客氣，但是她還是高興。

沈淵卻是將杯子給移開了。「妳還未曾喝呢。」

「哦，對哦。」秦冉笑了笑。「我還沒有喝呢。」說著，她給自己倒了一杯雪梨水，而後咕嚕咕嚕地喝完一杯。

瞧著秦冉有些傻乎乎的笑容，和完全不符合此時其他女子的做派，沈淵不僅沒有覺得不適，反而眼底都是滿滿的笑意。約莫書上說的「情人眼底出西施」大抵就是如此了，他瞧著她，就是處處都好，無一處不好。

「嗯？」秦冉快速地喝完了自己那一杯，正要給沈淵倒水的時候，就看到了他的眼神。不知道為什麼，總覺得好像有些奇怪。「沈淵，你……」

沈淵的神色突然變了。「阿冉，妳可有聽見什麼奇怪的聲音？」

「我……」秦冉側耳認真聽了一下。「好像是馬匹的聲音？奇怪，牠們不是應該都在馬廄嗎？這個時候，沒有班級上騎射課吧？」

沈淵突然站了起來。「不好！阿冉，我們走！」他伸手握住了秦冉的手，就要拉著她朝外跑。

「啊？」秦冉還在狀況外，卻還是自然地跟著沈淵跑。因為對於他的信任，就算現在還沒有搞清楚情況，她依舊相信他，乖乖地跟著他。

身後的馬蹄聲越來越大了，秦冉轉過頭看了一眼，登時被嚇得心跳都漏了一拍。

隔壁馬場的馬匹全都跑出來了，全都失去了平日裡的溫和可親，像是瘋了一樣地朝著這個方向跑過來。

「沈淵、沈淵！」秦冉害怕極了。「牠們過來了，牠們過來了！」按照這馬群的瘋狂程度，他們若是慢一點的話，就會被徹底踩成肉泥的！

「失禮了。」沈淵頓了一下，而後停下來，伸手將秦冉整個人打橫抱起。他抱著她運起輕功，朝著書院的方向飛去。

要趕緊通知書院的人，最好是讓山長來解決。

父親曾經說過，嶽山書院其實藏著當年開國長公主一些屬下的後代，他們或許有辦法能夠將馬群的瘋狂之態給鎮壓下來。

若是不能的話……他的心中是滿滿的沈重。若是不能的話，只能夠先讓書院的人撤退了。嶽山書院若是有任何的損傷，只好後頭再行修建了，畢竟人命才最重要。

沈淵不敢再繼續想下去，只能抱著秦冉全力離開這裡。

而秦冉卻是從一開始的呆愣回過神來了。她、她這是被公主抱了？而且，還是嶽山書院的學神加男神？秦冉眨了眨眼睛，面上是滿滿的驚恐。

等一下擺脫了危險以後，一定要讓沈淵把自己放下來，她不要成為整個嶽山書院的焦點啊！

而且，秦冉轉頭看向一直追著他們不放的馬群，牠們的神態很是不正常，就好像是瘋了一樣。

嶽山書院的馬匹都是有專人照顧的，這些人多是養馬的好手，所以，怎麼可能會出現這麼多的瘋馬呢？而且她和沈淵到現在都沒有看到照顧馬匹的人，實在是奇怪。

這其中，到底發生了什麼？

不知道為什麼，秦冉的心底很是不安，就好像有種風雨欲來的感覺。她咬著自己的下唇，面上也滿是擔憂。

沈淵分神看了一眼秦冉，看到了她的不安。「莫怕，我不會教妳受傷的。」早知會嚇到她，就不應該約她來靶場練習箭術。

可若是今日他們沒有來靶場，就無法知道馬群發瘋了。今日又無人上騎射課，若是到時候嶽山書院的其他人被瘋馬給波及了，那才叫做無可挽回。

「嗯，我不怕。」聽著沈淵的聲音，秦冉整個人都安定下來了。她抬眼看著他，整個人又開始出神了。

撲通、撲通、撲通、撲通……

不知道到底是他的心跳還是自己的心跳，秦冉只覺得自己的耳邊是響如鼓聲一般的心跳聲。這難道就是……吊橋效應？嗯，應該是的，沒有錯了，就是這樣的。

秦冉下意識地將另一種答案給丟掉了，她閉上雙眼，不再看他。緊急時刻，一定要把持住啊！

「有人嗎？」沈淵的身手很快，武功高強，再加上嶽山書院地勢特別，他們比瘋馬群還要早到了嶽山書院的鐘樓。

可是，鐘樓無人回答。

沈淵咬了咬牙，果然有問題。這鐘樓平日裡都有人看守，今日居然無人？

「阿冉，妳等著我。」沈淵將秦冉放下來，走到了鐘樓之中最大的那口鐘面前。

鐘樓共有三口鐘，一口是上課敲的，一口是下課敲的，都是平日裡常用的。至於第三口鐘，也是最大的鐘，從建成到現在從未響起過，因為這是開國長公主留下來，用以示警的鐘。

沈淵上前，正要推動鐘錘的時候，秦冉的手也放了上去。「沈淵，我們一起。」

敲動這口鐘需要承擔責任，她不能夠讓沈淵自己一個人承擔。

沈淵愣了愣，而後笑開了，如春風拂面。

「好，我們一起！」

第十五章

咚——咚——咚——

悠遠的鐘聲響了起來，向著四周傳開來。整個嶽山書院的人都聽見了，不論是在嶽山的哪裡，都能夠聽得見這鐘聲，甚至嶽山山腳下的小鎮子都聽得一清二楚。

怎麼回事？發生了什麼？

謝如初聽見這個鐘聲，也是愣了一瞬，而後卻是馬上反應過來。

「不好，出事了！」

他從自己的書桌上拿出了一個小巧的鎮紙，看起來平平無奇，只是鎮紙刻畫的貓兒很是靈動。

謝如初將這枚小巧的鎮紙扔進了書房外面院子裡的水井中，而後匆忙地離開了他的小院子。

書院出事情了，他一定要去看看到底是怎麼一回事。

那一枚被丟進了水井之中的鎮紙，咕嚕嚕地往下掉，卻是良久都沒有傳出東西落到底的聲音。

不知道過了多少時間，這才到了底。

接著，一隻手將鎮紙撿了起來，那個人又匆匆離開了。

敲響了鐘聲以後，沈淵再次抱起了秦冉。「冒犯了。」他抱著她飛身離開了鐘樓，朝著山長的院子而去。

那個鐘是當年開國長公主留下來的，說是給嶽山書院警示用。一旦聽見這個鐘聲，無論真假，嶽山書院所有夫子、學生和雜役都要躲起來。

至於嶽山書院的事情，會有人來解決的。即便是嶽山書院毀了也無妨，人才是根本，書院可以再行建造。沈淵猜測，書院中唯一一個知道如何找尋那些隱藏在書院裡的人怕是只有山長，所以現在要先找到他才行。

被沈淵快速的身手驚呆的秦冉一時之間回不過神來。其實她本是想說，把她放在鐘樓裡面就好了。別的事情或許她沒有辦法幫得上忙，但是躲起來還是沒有問題的。

誰知道沈淵動作這般快，抱著自己就往外跑。這個時候若是說了把自己放在鐘樓躲起來，會不會有不識好歹的嫌疑？於是秦冉沈默了。

這樣緊急的情況，有些事情沒有考慮到也是正常的啊！

自己既然無法幫上什麼忙，那還是閉嘴，乖乖聽話吧。

其實她不知道的是，沈淵自然知道能夠將秦冉放在鐘樓躲起來，可是在書院之中行事的不知究竟是什麼人，他怎麼能夠放心將她一人放在鐘樓呢？況且他武功不算差，帶上一個人不是什麼問題。

哪怕思慮再周全，也抵不上一個不放心。

「山長！」半路上，沈淵就看到了匆匆而來的謝如初，抱著秦冉落在他的面前。

謝如初驚訝。「你們這是？」

「山長，」沈淵將秦冉放下來。「我們二人在靶場練習箭術，發現馬廄之中的馬匹全都狀如瘋癲，跑出來了。」

謝如初臉色驟變。「全部的馬匹？」要知道，嶽山書院之中豢養的馬匹至少將近一百匹，這樣多的瘋馬群，足以造成許多死傷了。

「是。」

謝如初點頭。「我知道了，你們二人快去躲起來，事情會解決的，你們看顧好自己就夠了。」

沈淵瞧著謝如初臉色雖然難看，卻仍舊端得住，於是心中便明白了。果然山長知道如何和那些人聯繫，也已然聯繫了那些人了。「是，山長。」他拉起了秦冉的手，朝著一旁的假山而去。

嶽山書院之中有些假山，看起來似乎只是為了造景而存在，但在嶽山書院讀書的人都知道，這裡面其實有暗道和暗室，為的就是在特殊情況下保護嶽山書院的人。

只是進入暗道需要用到天干地支的口訣來開啟，口訣經常會換。一旦從嶽山書院畢業或者離開了，就再也無法得知接下來的口訣了。

沈淵記憶超凡，甚至不需要想就能夠按照口訣打開暗道入口處的暗門，而後拉著秦冉進去。雖然他自認為武功不錯，但是要面對一大群瘋狂的馬匹，卻是無甚勝算的。他有自知之明，既然書院的事情有人解決，自己就不必逞能做什麼英雄了。

像沈淵這般的少年卻能夠如此沈得住氣，也是上上難得了，這也是唐文清數次佩服不已的地方。少年意氣風發，便就是說少年難以沈得住氣，總想著要證明自己。

偏生沈淵就是個怪人，只要不是非己不可的事情，從來不會過多地出風頭，只會把自己分內的事情做好。也正是因為在他的身邊不會黯淡無光，才會有那麼多人敬佩他。

秦冉一路上就像是個安靜的工具人，被抱著見到了山長，然後被拉著進了暗道，又被拉著進到暗室。

直到周圍徹底安靜了下來，暗室之中的蠟燭被火摺子點亮，她才算是徹底回過神來。秦冉說道：「我現在……可以說話了嗎？」

正在一旁猶豫，不知道該如何開口和秦冉道歉的沈淵，聽見她這般說，卻是笑了。「我好像沒有不讓妳說話？」

「啊，可是……」秦冉眨眨眼。「那麼危險的時刻，我覺得我說話的話很浪費你的時間啊。」重要時刻，讓她浪費了時間的話，豈不是罪不可赦？

沈淵見著秦冉一臉理所當然的樣子，不由得笑出了聲。怎麼說呢，心中的些微忐忑都消失不見了。而後，他鄭重地說道：「阿冉，剛才實在是抱歉了，情況緊急，我冒犯了。」

秦冉被沈淵這般鄭重的態度給嚇了一跳，笑著搖搖頭。「你是為了我的安全，不必道歉。」

沈淵卻是雙手猛地握緊。不是的，他其實心中還有別的打算，自己並沒有她想得這般好。他自來都用君子的行為準則來要求自己，如今卻是為了自己心中的私心，做出了不該做的事情，再迎著秦冉清澈見底的雙眸，心底突然有些不是滋味。

「不是的。」沈淵開口。

他本是想著不要嚇到阿冉，可是今日卻覺得如此遮遮掩掩還冒犯她，實非君子所為，不如，還是說了吧。

「嗯？」第一次進來暗室的秦冉正在觀察暗室的環境，聽見沈淵的話，還有點不明所以。「沈淵，你說什麼？」

「我是說，我……」

呼。

「咦？沈淵，你也在這裡？」暗室又進來了一人，是盧紹成。他瞧見沈淵便高興地打招呼。

沈淵想要說出口的話，就這麼被堵了回來，一時之間，臉色變幻不定。

盧紹成一開始站在暗室門口，室內的燭火也不算光亮，自然看不太清楚沈淵臉上的神色。等到他走進來以後，便見到沈淵的臉色不如何好。「咦，沈淵，你做什麼去了，為什麼臉色這般差？」

沈淵開始懷疑自己是否是十幾年來第一次眼瞎，不然為何挑了這麼個不會看眼色的人當朋友？果然，當初自己的腦子大概是被什麼東西給糊住了吧。

「什麼？臉色不好？」秦冉聽見趕緊看向沈淵，果真見他的臉色不如何好，擔憂不已。「你怎麼了？可是剛才岔了氣？是因為我太重了，連累你了嗎？」

秦冉擔心極了，就怕因為自己把好好的學神給連累了，這樣的話，簡直就是造孽啊，就算是一百個她捆在一起，那也還不起人家一個兒子啊！

沈淵本是氣悶不已，可是瞧著秦冉這般著急又圍著自己轉，心中那些憋悶立時都散去了。他的語氣溫和。「我無礙的，只是阿成他眼花，看錯了而已。」

小姑娘這般圍著他轉，他又如何能夠覺得不歡喜呢？這樣一來，礙眼的盧紹成便不是那般礙眼了。

「欸，我才不可能……唔唔唔！」盧紹成接下來的話消失了，因為他的嘴巴被人給捂住了。

捂住盧紹成嘴巴的唐文清覺得自己簡直就是盧紹成的救命恩人啊！他要是就這樣拆穿了沈淵的話……呵呵，怕是後面要倒楣的，說不定還會連累自己。

畢竟沈淵雖然奉行君子之道，但也奉行以直報怨，一報還一報。所以說，倒楣是一定的，還是閉嘴吧！

「沈淵，好巧啊，沒有想到我們會躲進同一個暗室。」唐文清笑得有些僵硬。「對了，我和阿成有些話要說，我們先出去一會兒啊。」說著，他完全不顧還在掙扎的盧紹成，直接將人給拖了出去。

秦冉眨眨眼，看著唐文清和盧紹成離開，有些不明所以。「為何我覺得他們怪怪的？」

沈淵笑笑。「阿清和阿成向來性子活潑。」呵。

秦冉點點頭。「哦，原來如此。」不過想想也是，雖然現在這個世界的人普遍早熟些，畢竟仍是十五、六歲的少年郎，自然是活潑一些。

盧紹成雖然性子比較不拘小節一些，但也不是完全沒有腦子。憑著他的武功要掙脫開唐文清完全不是問題，可就是隱隱約約感覺到什麼不對，才任由他把自己給拖出去了。

離開了暗室，到了暗道之中，盧紹成就迫不及待地拉開了唐文清一直捂著自己的手。

「你做甚攔我，我的話尚未說完呢！」

「呵。」唐文清一聲冷笑。「我怕你那句話說完以後，接下來半個月的作業都是做不完的。你難道看不出來，沈淵都快要生氣了嗎？」

想到之前自己因為某些原因落在了沈淵的手裡，而後過得生不如死的半個月，盧紹成整個人打了個寒顫。雖然他的成績不太差，但是比起詩詞歌賦策論之類的，他還是更喜歡練武。

那半個月，他好險沒有被憋死。

「沈淵為何要生氣啊，我明明——」盧紹成突然想起了，暗室之中並不是只有沈淵一個人，還有一個女子！他的腦袋瓜突然就開始轉動了。「那個女子，就是你之前說的那個？」

唐文清點點頭，而後用看小傻子的眼神看著盧紹成。「你現在知道，我剛才為何把你拉出來了吧？」

「知道了。」盧紹成的喉嚨不由得動了動，拍了拍唐文清的肩膀。「阿清，救命之恩啊！」他可是知道的，沈淵還沒有對人家女子表明心意，若是自己莽莽撞撞的說了些不該說的，導致沈淵的心上人跑了的話，嘶——

想到可能出現的後果，盧紹成倒抽一口涼氣。

平時無論如何都還好，但若是當真教沈淵生氣了，說不準又是半個月的作業折磨。嶽山書院的夫子們都是相信沈淵的，甚至連他的祖母和母親也是如此，但凡沈淵說的便是對的，自己到時候就完了。

唐文清聳聳肩膀。「你可算是聰明一回了。」

「我一直很聰明的。」盧紹成瞪著唐文清。救命之恩歸救命之恩，該強調的事情還是要強調的才行。

唐文清默默翻白眼，呵呵。

過了不知道多久，終於有夫子進了暗道，一一通知散落的學生回去自己的寢舍。而且每個夫子都鄭重地警告每一位學生，今日不許離開寢舍，而後書院會發放安神湯藥，每個小院子的人都用自己的小廚房自己熬湯。

喝完了安神湯好生睡一覺，明日還要早起上課。

許多學生都不知道發生了什麼事情，只知道嶽山書院的示警鐘聲響了，不由得哀號不已。他們不喜歡安神湯啊！可惜這是山長的命令，所有人都必須遵守。

每個人都回了寢舍，但是秦冉和沈淵卻被帶到了山長的院中。

「沈淵，秦冉，此次的事情，我和書院都要感謝你們。」謝如初看著自己的兩個學生，眼底是滿滿的自豪。若非他們當機立斷的話，恐怕不少人或傷或死，這是他不願意見到的。

沈淵向謝如初行禮。「山長說笑了，這是學生應當做的。」

秦冉也跟著行禮，小聲說道：「其實，都是沈淵做的，我不過是跟著他，什麼都沒做。」所以，山長的感謝實在是讓她覺得有些羞愧。

「不，你們都有功勞。」謝如初對待秦冉的態度溫和，而後看向沈淵的時候，卻是笑得意味不明。

他也曾經年輕過，少年慕艾，再正常不過了。只要不出格，謝如初從來不覺得有什麼問題。

沈淵本是風雨不動，可是迎著謝如初的眼神，不由得有些不自在。他對著謝如初拱拱手，示意他不要說穿。

這件事情，他希望是自己親口告訴阿冉，而不是經由他人的口。

謝如初笑著點頭。唉，少年人的炙熱之心啊！

一旁的秦冉不由得伸手撓撓頭。為何覺得，沈淵好像和山長在幾個眼神之間就有了他們才知道的秘密？好奇怪哦，難道聰明人都是這般？打啞謎就可以交流了？

嗯，高人啊，厲害啊！

一番你來我往以後，謝如初笑看著這對年輕人。「好了，你們回去吧，明日還要上課呢！」

「是，山長。學生告退。」

兩人離開了山長的院子，沒看到謝如初在他們背後露出意味深長的眼神。

謝如初不由得搖搖頭。本以為他們二人是巧合才會在靶場練習箭術，只不過現下看來，倒是某人有心算計了。嘖嘖嘖，年少慕艾，都把聰明勁用到這裡了。

對於沈淵，謝如初只覺得好笑不已。這個學生啊，君子端正，看著比自己更拘謹些，以為他一直都會如此了，倒是沒有想到居然開始改變了。不過也是，一段美好的感情能夠改變一個人，並且將那人變得更好。

想到自己年少之時的那段綺夢，謝如初的心中是滿滿的感懷。這一下，便過去幾十年了，時光催人老啊，他也是個老頭子嘍。

謝如初背著手轉身回了屋內，面上帶著輕鬆的笑意。

第十六章

「沈淵，」秦冉一邊走一邊和沈淵說話。「今日當真是多謝你，要不然我就要被馬踩成肉泥了。」自己的身手自己知曉，而且那樣危急的情況，腦子都呆了，等反應過來，肯定跑不掉了。

所以，她的這條命真的是沈淵救的。

沈淵側過頭微微瞧著她，眼帶笑意。「不過是順手而為罷了，妳就在我眼前，總不能讓妳遭了罪。」

「那是不一樣的，該感謝還是應該感謝。」秦冉認真想了想。「我拿得出手的，好像就只有廚藝了。要不然，我多給你做些吃的？」沈淵出自世家，看他平日行事肯定不缺錢，她自己的東西，實在是不夠好。

思來想去，似乎也只有自己做的吃食還算是拿得出手。在這個世界十幾年了，她覺得自己穿越的唯一金手指就是做的吃食像是有什麼加成一樣，總是比較特別。「你會不會覺得簡陋了些啊？」

沈淵帶著微微的訝異說道：「妳如何會覺得簡陋呢？我家中的廚娘做得都沒有妳的好吃，她們還是我娘花了重金挖來的。妳肯動手做，便已然很好了。」

他本想說其實不用為他費心，但是再一想，若是不教她做的話，怕是會更加難以安心。他知道，她就是這樣的人。

「嗯。」秦冉認真點頭。「我一定會認真做的。」再一想，她又發愁了。「可是這裡頂多只能做些小點心，畢竟缺的東西不少。唉，要是在家中的話，那就全都齊全了。咦！」秦冉突然來了主意。「要不然，你來我家用飯如何？臨近端午，書院也該放假了。」

在書院的小廚房真的沒有什麼可以發揮的地方，而且為了不打擾到別人，她是不做辣菜的；但若是在家中的話，那就可以大顯身手。畢竟是救命恩人嘛，肯定要慎重對待啊！

「去妳家中？」沈淵愣了愣，整個人有些僵住了。

「對啊。」秦冉點點頭，而後像是想到了什麼，有些擔憂。「是不是……不太方便啊？」也許，他不太喜歡隨意上旁人家？

「不，沒有不方便。」沈淵搖頭。「那，我們何時相見？」

秦冉想了想。「不如就端午前一天？看你是午膳時分得閒還是晚膳時分得閒，我可以按照你的時間來。」

「那就午膳時分吧！」沈淵忙不迭地說道，生怕說晚了，秦冉便會換日子一樣。

他心中想著，如此正好借著上門看看阿冉的家人都是怎樣的性子。對症下藥才更能效果顯著，也省得將來扯後腿。

秦冉笑著說道：「嗯，那就五月四日午膳時分見。你若是覺得有些不便，也可以邀請你的好友一起啊。」正好她也請阿昭和阿雨過府，大家都是同學，定然會更輕鬆些。就當作是同學聚會好了。

沈淵嘴角的笑意微微一僵，而後點頭說道：「好，我定然準時到。」

他本是想著要自己上門的，但是聽秦冉一說，這才反應過來自己的行為很是不妥。既然打定主意不驚嚇到她，便不能輕舉妄動。

若是自己一個人上門，怕是就要教她的家人警惕起來了，到時候，也許會弄巧成拙吧！

於是，儘管心中很是不情願，但是沈淵還是決定要帶上唐文清和盧紹成。

「那，我們就此別過？」秦冉站在了岔路口，對著沈淵笑說。

沈淵看了看路口，微微頷首。「如此，暫時別過。」

秦冉對著沈淵揮了揮手，便朝著自己的寢舍去了。

沈淵看著秦冉離去的背影，直到她轉過彎，再也看不見人影了，這才離開。

另一邊的小路上走來了一人。

孔昭奇怪不已。怎麼回事，阿冉和沈淵那般熟識就算了，為何沈淵好似有些奇怪？

帶著疑問，孔昭回到了小院中，推開門便看見正在院中收拾東西的秦冉。她笑著走上前。「阿冉，妳在做甚？」

「我在把曬乾的荔枝肉收起來啊！」秦冉一邊和孔昭說話，一邊將荔枝肉放入瓦罐中。

「之前的荔枝尚未吃完，我就把荔枝肉都剝了出來，和梅滷、紫蘇一起浸在一起而後曬乾，這樣做出來的荔枝酒啊，別有一番滋味。」

唉，荔枝雖然好吃，但是吃多了上火啊，還會流鼻血。於是秦冉只能夠忍痛將剩下的荔枝都曬乾了，打算帶回家做荔枝酒。

嗚，採摘荔枝之時還想著不夠吃呢，結果居然吃不完。唉，人生真是難以預測啊。秦冉的心中想著些有的沒的，完全沒有看見孔昭的奇怪神色。

孔昭想了想，直接開口問道：「方才我從小路走過來，看到妳和沈淵。妳和他，何時如此熟識的？」

秦冉動作俐落地將所有的荔枝肉都收入了瓦罐中，而後將瓦罐封好。「沈淵？嗯，因為採摘荔枝那日我遇見他，便請他喝了一碗梅子湯。大約是覺得要回報我吧，今日他教我箭術呢。」

說到這個，秦冉抱著瓦罐，神色激動。「因為沈淵的幫忙，我一百箭裡面能有二十一箭正中靶心呢！這簡直是不可思議的事情，我實在是太高興！阿昭，我有進步了！」

瞧著秦冉高興不已的樣子，孔昭將原來要問的那些話給吞了下去。「阿冉當真是厲害啊，中了二十一箭呢！」她知道秦冉心中這五年來的煩惱，能夠有所進步也好。

「阿昭，妳剛回來，還沒有喝安神湯吧？快去，就放在小廚房中。喝完好生休息一番，養精蓄銳。」

孔昭點頭說道：「好，多謝阿冉的提醒。」

秦冉笑得明媚，和孔昭再說了幾句，便回去自己寢舍了。她今日也好累，還是進房中休息休息吧。

孔昭去小廚房端起了安神湯，一口氣喝了下去。她轉過頭看著秦冉的房間門，不由得鬆了口氣。

阿冉還小呢，尚未開竅，如此就好。沈淵的父親為人行事很是奸詐狡猾，且頗為重利，怕是瞧不上阿冉，畢竟她的成績實在是一般；若是兩情相悅，怕是阿冉會受傷。沈淵的父親沈弘明是個深不可測的人，連她父親都說過，最好不要成為沈弘明的敵人。

若只是沈淵一人的心思也好，他大約很快便會打消主意，無論如何，她都不希望阿冉受傷。

年歲不過十六的孔昭將十五歲的秦冉看成了自己女兒，總是看著顧著，對於這樣的事情自然是擔憂不已。

可秦冉才不知道孔昭的糾結心思呢，她想著過幾日就放假，可以回到家中就高興不已。嘻嘻，到時候射箭給兄長和阿姊看，教他們看看自己的進步。

她秦冉，鹹魚一條，也有翻身的一天呢！嘻嘻嘻！

嶽山書院馬匹失控的消息傳到了京城，明帝震怒不已。

嶽山書院乃是開國長公主留下來的，是為大魏朝培養人才之地，有人居然膽敢在書院放肆；若不是開國長公主屬下的後人隱藏於此，嶽山書院豈不是要被毀了？

想到這裡，明帝的心中就難以平靜。呵，那些心中只有私利的小人，簡直罪該萬死！

於是，在明帝的一聲令下，京城之中風波不斷，當真是教人心中膽寒。

只不過，哪怕京城之中再是不平靜，也沒有人將消息傳遞去嶽山書院，讓那些學生知道這件事情。那些別有用心的人早就被明帝的人看住了，現在正在被詰問，分身乏術，自然是無法傳遞消息。

至於學生們的家長也不會將這個消息傳遞到書院。他們尚未畢業，無須捲入這風波之中；只有從嶽山書院畢業，能夠獨當一面了，方才能夠被承認，擁有知情的權利。

於是，嶽山書院這幾日便很是平靜地上課、下課，也沒有一個人過問馬群失控的事情，彷彿沒有發生過這件事情一樣。

這並不是他們沒有好奇心，而是他們知道現在的自己沒有能力，便無須過多干涉。

嶽山書院的學生除開一些心思單純的，每個人都猜到了這次的事情不簡單，甚至於對京城之中的事情也是有所察覺，只是都當作不知道罷了。

有些事情，大人說不讓摻和那就不摻和。這不是什麼話本上的故事，擅自行動，反而會連累了家人。

就這樣，一直到了嶽山書院放假的時候。

端午節的前後會放假三天，放學鐘聲響起，嶽山書院滿是一片歡聲笑語。

便是再喜歡讀書的人，對於假期總是喜歡的，更何況嶽山書院的學生都不是什麼書呆子，自然就更喜歡了。

秦冉收拾著自己要帶回家的東西。今日就要叫家中備好東西，明日方可招待客人呢！

「阿昭、阿雨。」嶽山書院山腳下，秦冉站在自家馬車前面和孔昭、方雨珍告別。「明日記得來我家啊！」

方雨珍點頭，滿臉的興奮。「妳可要準備我最愛的滷雞爪啊！」雖然啃雞爪很是不符合淑女的形象，但是好吃呀！

於方雨珍而言，淑女什麼的根本就不重要，好吃才最重要。果然不愧是阿冉呢，便是原本他人不要的部分都做得這般好吃。只要有滷雞爪，她感覺自己可以吃上一整天。

秦冉笑著點頭。「好，我一定記著。」

孔昭倒是無所謂。「阿冉做的我都喜歡。」

告別過後，秦冉登上了馬車，搖搖晃晃地回家去。因著有三日假期，她往家裡帶的東西不多，除了功課，就是那罐曬乾的荔枝肉最是重要了。想到回家就可以泡荔枝酒，而後就有荔枝酒可以喝了，秦冉的心裡美滋滋的。

放假沒有成績單，箭術還有了進步，雖然還有功課，但是課業不重。這樣好的假期，她自然是高興的啊！

咚咚咚！

馬車壁被人從外面敲了敲，秦冉打開馬車的窗戶，探頭往外看。「咦，沈淵？」她往外一瞧就看見騎在馬上的沈淵，正眉眼帶笑地看著自己。

誰家少年牆頭馬上。

秦冉的心中突然出現了這麼一句，而後馬上又甩掉了。什麼亂七八糟的！

「阿冉。」沈淵手上的轠繩緊緊地拽著，微微俯身和秦冉說話。「我經過妳的馬車，來和妳打個招呼。」

其實並不是的，沈淵是一路策馬，直到追到了秦家的馬車。他知道自己明天便能見到她了，卻還是忍不住。就算，只是說句再見也好。

想到這裡，沈淵心中便不由覺得以前的自己甚是自矜。他本以為自己會永遠冷靜自持，卻仍舊逃不過。

這種不分緣由的衝動，若是以前便是教人懊惱不已，可如今這樣的感覺，卻是甘之如飴。因為看見她，心中便覺得歡喜。

原來，這就是娘所說的，情之一字從來都身不由己。

「你可有最喜歡的菜色，我也好備下啊。」秦冉差點忘記問沈淵喜歡的菜色了。他雖是喜歡甜食，總不好都做甜的菜色吧？百味鹹為首，甜的還是不好成席面的。

沈淵本想說什麼都可以，又怕讓她費心不已。「我平日裡甚是喜歡清蒸魚。」

「魚是嗎？」秦冉笑著點頭。「我知曉了。」清蒸魚啊，莫名感覺很適合他呢。

靜默了一瞬，沈淵對著秦冉點點頭。「既是如此，妳我明日見。」

「好，明日見。」秦冉對著沈淵擺擺手，臉上帶著明媚的笑意。

沈淵被帶得跟著一起笑了。「明日見。」話音落，他駕著馬走了。

若是繼續留下來，他真怕自己捨不得走了。

秦冉伸著脖子看到沈淵的馬遠了，這才回到座位上。

馬車繼續晃啊晃的，她漸漸地便覺得有些睏了。反正車中只有她自己一人，便就靠著瞇一會兒了。

第十七章

不知道過了多久，馬車停了下來，秦冉也下意識地醒了過來。

「到家了？」她下了車，第一眼就瞧見在門口等著自己的爹娘和兄長、阿姊。「爹爹、娘親、兄長、阿姊。」秦冉快步上前。「你們怎麼到門口來等著我了？」

她不過是出門讀書而已，就像是上寄宿學校一樣，也不必等在門口吧？他們明明只有在她剛入書院的第一個月的時候才過來等著她的。

秦岩笑笑。「自然是我們想要快些見到阿冉，是以這才等不及了啊。」其實不是的，實是因為嶽山書院馬群失控一事。

雖然說他們知道阿冉是不會有事情的，畢竟嶽山書院沒有任何消息傳過來，但是，他們終究心中放不下。

若不是他們前往嶽山書院實在過於顯眼，且將他人的視線都聚到他們秦家身上的話，一家人早就直接去書院山腳下等著接人了。

所以，現在不過只是在家門口等著，已然不算是什麼了。

「我也好想爹爹、娘親、兄長和阿姊。」秦冉對於秦岩的說法沒有一絲一毫的懷疑，反而因為家人都等著自己而高興不已。

「快些進去吧！」柳氏開口說話。「這外頭熱著呢，莫要中了暑氣。」她看到自己的小女兒安然無恙，心中的巨石這才算是落了地。要是她有一星半點兒損傷的話，她怕是要徹夜不能眠了。

「好，我們進去。」秦冉點點頭，一手攬著秦岩的手臂，一手牽著柳氏的手。「爹娘，你們知道嗎？我的箭術有進步了哦！一百箭裡面，可以有二十一箭正中靶心呢！」

秦冉的話帶著小小的驕傲，這可是她學習箭術以來最好的成績了，自然是高興不已。

「二十一箭啊？」秦岩面上帶著誇張的驚訝。「我們阿冉當真是厲害啊！」若是教他的同僚們看見了這副樣子，怕是都要滿地找下巴了。這就是那個嚴肅剛正的秦大人？難不成是他們眼花？

不過幸好他們沒有看見，這即將過節，下巴落滿地也沒必要啊，嚇人得很。

柳氏自豪不已。「娘親就知道，阿冉以往只是差了些而已，沒有開竅。如今開竅了，這箭術可不就是好起來了嗎？說不定啊，下次考試，阿冉就可以得一個乙上了。」

秦岩點頭贊同。「阿冉自然是可以的。」

這夫妻兩人，都還沒有影子呢，就已經開始想著阿冉的騎射課能夠得一個乙上了。

秦冉眨眨眼。「可是，我只是箭術變好了，騎術還是很差。」

秦岩和柳氏同時沈默了一下，而後馬上說道：「我們不稀罕什麼乙上，乙下就足夠了。」

「就是就是。」

秦冉看著他們，只覺得暖心不已。幸而自己還模糊記得前世的一些事情，這才沒有被寵壞了，要不然，說不定性子就要變得驕縱了。

三人在前面一邊說一邊往裡走，秦睿和秦婉走在後頭。他們兩人搖搖頭。爹娘對於阿冉實在是太過於溺愛了啊，這樣是不行的。

兩人對視一眼，而後做了個口形：乙中。

對的，他們家阿冉這般聰慧，怎麼可能會得一個乙下呢，至少也是乙中啊！

秦睿和秦婉還在心中說秦岩和柳氏過於溺愛秦冉，其實他們對於秦冉的寵愛放縱更是有過之而無不及。畢竟這是辛苦才得以保下的小妹，當年差一點就沒了。

那一場高燒讓他們全家都以為即將失去秦冉了，而後她醒來，失而復得，往日裡的什麼雄心壯志都沒有了，只要她能夠平安喜樂，將來護著一輩子也是無妨的。

「妳說沈淵要來我們家用飯？」大廳裡，秦睿帶著詫異看著秦冉。「是那個沈家的沈淵嗎？」

秦冉點頭。「對啊，除了他，還有另一個沈淵嗎？」京城之中，說到沈淵這個名字，能夠想起來的人就只有一個吧？

以前秦冉從來都不知道沈淵這般厲害，後來漸漸地從大家那裡知曉了他的厲害以後，簡直就是佩服得無以復加。

果然不愧是學神，不，應該是超級學神才對呢！

秦婉也是驚訝不已。「沈家的沈淵，妳怎麼會認得？」

這個沈淵，她也是聽過的，雖然年歲比她小，但畢竟是京城的風雲人物，還是嶽山書院乾字院早就定下來的首席畢業生，她怎麼會沒有耳聞？

她認識的那些女子之中，傾慕他的也不少呢。

秦睿對於沈淵也是認識的，雖說只是見了幾面，沒有過多的交集，但是對沈淵的印象很是深刻。這樣一個人，不論是現在還是將來，都是京城的風雲人物。

至於他們家阿冉，不是他說洩氣話，而是阿冉的確和沈淵不是一個圈子的。

「我請了他喝梅子湯，他就幫我練習箭術啊！」秦冉高興地揮了揮自己的手臂。「就是有他的幫忙，我才能夠有那麼高的命中率呢！」每次想到這個，她就好生開心。

嘻嘻，日後南夫人回來，她能夠和南夫人說自己終究還是進步了呢！以後啊，再不會讓她覺得頭疼了。

秦睿卻是挑眉。「就這麼簡單？」沈淵的確是個人物，可是，當真會這樣好心？

以己度人，秦睿向來對自己認定的人以外的旁人很是不在意，是以也覺得沈淵不應當這般熱心才是。

不過是一碗梅子湯，值得這般的回報？

咳，好吧，其實秦睿心中還有一絲絲的嫉妒。自己這些年來認認真真地教秦冉箭術，可是她都未曾長進；結果這個沈淵隨隨便便一教就有長進了？心中難免不是滋味。

「哪裡有什麼複雜啊？」秦冉對著秦睿鼓鼓嘴。「沈淵可是一個大好人，要不是因為他救了我，我可是要被失控的馬群踩成肉泥。」雖然她是喜歡做菜，但是讓自己變成肉泥這種事情，就大可不必了。

「什麼?!」

不管是原本帶著情緒的秦睿，還是在一旁看著他們兄妹兩人說話的其他家人，全都驚訝不已。秦岩和柳氏甚至從椅子上站了起來，趕忙圍著秦冉察看。

「阿冉，妳可有受傷？」

「難道妳直接面對馬群了？」

「這樣大的事情怎麼不跟家裡說呢？」

秦冉被他們四人一人一句，還被圍著轉圈圈，不多時就覺得自己開始頭暈了。

等到她終於不頭暈了以後，秦家人們也是當真相信她無事了，對於她邀請沈淵來秦家用飯一事，更是積極了起來。

其實除開秦冉，其餘四人都在想著要備下哪些禮物上門感謝沈淵的救命之恩，畢竟是救了他們阿冉一條命，一頓飯可不能抵銷。只不過他們家阿冉這般高興，他們卻是不必說話潑她冷水。

有的時候，赤子之心才是教人動容的。

「娘親，」秦冉依偎在柳氏的身邊，神情乖巧。「阿雨說要滷雞爪，家中有沒有啊？」

「有，自然是有的。」柳氏用愛憐的眼神看著自己這個失而復得的女兒。「你們都喜歡這些，娘知道要放端午假，早就命人給備好了。」

雞爪子雖然上不得檯面，但是只要她女兒喜歡，那就沒有什麼不可以的。只不過若是單純為了雞爪子就要宰殺一隻雞，倒是教人覺得奢靡浪費了；他們秦家本就不是這樣浪費的人家，所幸柳氏手下的那些酒樓什麼的可以供應。

於客人而言，只是少了雞爪又不是少了雞腿，他們不在意的，更何況，這看上去還更加美觀了呢。

「娘親最好了。」秦冉高興地蹭了蹭柳氏，眉目之間是滿滿的依戀。她對前世的事情記得不多，除開廚藝，很多都差不多忘光了，要不然就是模模糊糊的。

但她知道的是，自己好像是沒有母親陪伴的，所以，秦冉對於柳氏的依戀是非常深的。

「都十五歲了，還像五歲的孩子一樣撒嬌呢。」秦岩淡淡地說了一句。其實他並不是說秦冉的行為不好，反而是心中嫉妒了。娘子就是能夠收買人心，和自己搶奪阿冉的歡心，哼哼！

柳氏瞪了秦岩一眼。「我們家阿冉啊，永遠都可以撒嬌。」

秦婉點頭贊同。「爹爹莫要太過於苛責，阿冉還小呢！」說這話的秦婉全然忘記了，其實自己也不過才大了秦冉三歲。

秦睿雖不說話，神情卻也是一副贊同的樣子。他們家阿冉永遠都可以撒嬌，怎麼都可以的。

秦岩默然無語。敢情他還成了壞人了？

秦冉靠著柳氏，笑看著她的家人，眼底是滿滿的溫情。真好，爹爹、娘親、兄長還有阿姊，都和阿冉在一起，真好！

秦家用過午膳以後，下人們就把餐桌收拾個乾淨，將東西都給搬了上來。於是，桌子上便擺滿了東西：糯米、豬肉、香菇、鹹蛋黃、紅棗、紅豆、甜蜜豆……還有兩大籃子的粽葉和兩種不同顏色的線。

每年秦家人都會聚在一起包粽子，秦岩和柳氏喜歡吃甜粽子，因為他們從小就是在北方長大；但是秦睿、秦婉和秦冉三兄妹卻不一樣，他們此前跟隨秦岩、柳氏出任南方地方官的時候，愛上了鹹粽子。

是以，秦家的粽子都是有鹹有甜的。巧了，豆腐腦也是如此，總而言之就是大家喜歡吃什麼樣，就吃什麼樣的。

於是乎，在其他地方可能會教雙方打起來的鹹甜之爭，在秦家完全不是問題。我吃我喜歡的，你吃你喜歡的，我們吃的都是粽子，有什麼問題嗎？沒有問題！

秦冉在糯米中間放了一顆鹹蛋黃。「阿昭最是喜歡我包的粽子了，明日就教她吃個夠。」

秦婉笑了，手上俐落地包好了一個粽子。「那倒是不必吧，粽子吃飽了，其他的好菜就吃不上了。」他們家阿冉的手藝，不是她吹噓，她就沒有吃到過更好的。

所以啊，粽子雖好，可不好多吃，不然啊，就吃不下別的了。

秦冉想想點點頭。「阿姊說得對！」

鹹粽子是白色的棉線，甜粽子就是粽子葉撕成的線，擺在不同的籃子裡面，對比很是明顯。

好吧，其實對比明顯的是笨手笨腳的秦岩、秦睿父子和柳氏母女的心靈手巧。不成形狀、雖然結實但看起來實在醜的粽子，和小巧漂亮、有棱有角的好看粽子，對比當真是慘烈啊！

不過秦岩和秦睿早就已然習慣了。醜就醜了點，味道沒有差就好了；再說，那可是他們自己包的粽子，自己還能嫌棄不成？

一旁的下人們靜靜地候著，等著秦家人的吩咐才行動。

一家子其樂融融的，教人看了便很是暖心。

只是這邊和風細雨的，另一邊卻是嚴肅不已。

沈弘明看著自己歸家的兒子，開口便是考校功課。雖然這個兒子天資聰穎，但他卻還是要看著的，可不能教他就這樣飄了。

不過是考校功課而已，對於沈淵而言，自然不是什麼難事。

父子兩個一問一答，可是書房的氣氛卻很是不輕鬆，也許是因為父子雙方的表情都太過於嚴肅了。

「兒啊，你回來了！」旁人不敢，張氏卻是直接推開房門，進了沈弘明的書房。「快讓娘看看，可有瘦了？」

沈淵轉身看著張氏，面上帶了笑意。「娘。」

張氏上前，伸手拍了拍沈淵的手臂。「瘦了、瘦了，娘已經讓廚房給你燉了湯，補一補。」

沈弘明微微皺眉。「明明此前他放假的時候妳已然看過，哪裡瘦了？」

張氏卻是瞪了沈弘明一眼，說道：「我說他瘦了就是瘦了，這是我兒子！」說著她就要拉著自己兒子出去。

沈淵卻是對著沈弘明行禮以後，才跟著張氏離開書房。

娘的一番熱情，還是莫要教她難過了；不過是補湯，他……可以的。想到那些補湯的味道，沈淵的心中微微沈重。

沈弘明剛想說那也是他的兒子，而後就看到母子兩個已經離開了，無奈地搖搖頭。罷罷罷，好男不和女鬥！

其實沈弘明的心中對於沈淵也是自豪的，他雖是嚴肅了些，但也是為了他好啊！

第十八章

張氏拉著沈淵離開書房，一邊走一邊說道：「莫要總是和你爹學，瞧他那副老頭子的樣子，哪裡還有當年的風采？」早知道這麼早變老頭子，當初才不嫁給他呢！

要不是還有一個長相更為出眾的兒子，她都要懷疑自己當初是眼瞎了才會瞧上沈弘明，同意嫁給他。留什麼鬍子啊，她最是討厭沈弘明把自己弄成這副老頭子的樣子了。

說起來，張氏雖然出身名門，但想法向來和他人很是不同。少時讀書的時候，為了家中的面子，她倒是好好地學習一番；可張氏最喜歡的還是算學，因為她喜歡銀子，喜歡做生意。

這在許多名門之中，其實很是為人詬病，畢竟名門世家都講究視錢財如糞土；只不過張氏偏不，她就是喜歡這些。於是張氏的爹娘無奈，只能夠叫她假裝一番，至少也別教家中的姊妹們面上無光。

張氏自然是同意的，不過是裝一裝，她向來最會了。

後來到了出嫁年齡，堂姊妹、表姊妹們都是一副羞怯的樣子，張氏卻是直言告訴父母，她想要一個長得好看的郎君來做夫君，若是不夠好看的話，她是不會同意的。

張父、張母又是一陣無奈，乾脆遂了張氏的心意。反正他們這個女兒啊，向來有主意，是不會教自己吃虧的。

而後，張氏便在一群上門求婚者之中，選中了沈弘明。不為其他的，就因為他生得最是好看；便是整個書院、整個京城，都沒有比沈弘明生得更合她心意的了。於是，她便嫁到了沈家。

因為愛的只有那張臉，還有婚後自己可以名正言順地打理手底下商鋪的機會，所以張氏向來都不拈酸吃醋。有那機會，多算幾筆帳目、多賺幾筆銀子不是更好？

是以，張氏對於沈弘明的兩個姨娘和一個庶子、一個庶女向來都不上心。她給他們正常的待遇，其餘的，與她無關。因此這些年來，張氏向來過得很是自在。

她如今嫌棄沈弘明沒有當初好看，就更不在意了。張氏只在意自己的兒子和銀子，只要是兒子喜歡的，那就什麼都行。何況她兒子如此優秀，還有什麼不可以的嗎？

沈淵一路由著張氏拉著自己，也聽著她的嘮叨。這是娘親的關心方式，他又怎麼會拒絕，而教娘親傷心呢？

「對了，娘親。」到了正院中，沈淵頓了頓，而後繼續說道：「明日孩兒要去同學家中用午膳，便不在家用飯了。」

張氏點頭。「好啊，去盧家是嗎？」關心兒子的張氏自然知道兒子最要好的兩個朋友，一個是唐家庶子唐文清，一個是盧家獨苗盧紹成。因為唐家相對較為複雜，他們若是一起，不是在盧家就是在沈家，再不然就是出去。

說到底都是唐家掌家的沒用，唐家後宅亂七八糟的，這才教她兒子少了一個去處。愛屋及烏的張氏不會怪兒子的好友，那麼自然是要怪唐家人了。

沈淵搖搖頭。「不是的，是去秦家。」

「秦家？哪個秦家？」張氏有些疑惑。「你新交了一個好友嗎？」她的兒子雖然是嶽山書院最受歡迎的，交友也遍天下，但是知心的並不多。這個秦家，她還真的是不認識。

「咳！咳！」沈淵的面上帶了些不好意思，眼神微微飄了一下。「是一個女孩家。」他為人做事向來講究一個赤誠，面對自己的娘親，自然是不願意隱瞞的。是以，他便直說了。

「嗯？」張氏突然來了精神。「女孩？你的心上人嗎？哪家的啊？長得如何啊？是不是要上門提親了？娘這聘禮都還未備好呢！你怎麼就不早些說呢，這教娘如何是好啊！」

「娘、娘！」沈淵趕緊攔住張氏。「只是因我幫了她一個忙，所以才請我上門用飯而已，阿清和阿成也去的，妳不用著急，冷靜些。」

張氏一聽，果然就冷靜下來了。她轉過身來看著沈淵。「什麼意思啊？難不成，你還未將人家女孩拐到手？」

沈淵無奈扶額。「娘，什麼拐啊！」

張氏點點頭，知錯就改。「哦，那就換一個字，你怎麼還未將人騙到手？」

沈淵一時之間竟然不知道這兩個字到底是誰更勝一籌了。「娘，我只是尚未和她表明心意。」

「為何不說？」張氏伸手捶了一下沈淵的肩頭。「你怎麼這般不爭氣啊！說了不要像你爹那個老頭子，磨磨蹭蹭的，要不是當初娘下手快，未必有你的出生呢！」

當年那一幫子求親的，就數沈弘明動作最慢，若不是她看中那張臉的話，根本就輪不到那個慢性子的。她本以為沈淵像自己，倒是未曾想到這性子也這般慢，氣死人了。

沈淵哭笑不得。「娘，不是如此，我只是……」他頓了頓。「阿冉性子嬌憨，我怕將人嚇跑了。」

若不是如此的話，他得知自己的心意的那一刻便會告知於她了。

終歸是太過在乎，於是便患得患失，無法像他在學業上那樣，得心應手。

張氏凝視著自己兒子，而後笑了出來。「原來啊，我兒子居然也有畏懼的東西了呢。」從小這孩子就執拗，只要是不對的事情，哪怕是他父親說的，他也是不聽從的。

她本以為沈淵不會有畏懼的東西，若不是他以君子正道為金科玉律，她還要擔心他走上歪路呢！這樣一個兒子，居然會對一樣東西開始踟躕不前了，怎能不教她覺得好笑呢？

沈淵很是無奈。罷了罷了，自己娘親，笑就笑了，還能如何？

「那行吧！」笑夠了的張氏總算是停下來了。「娘親給你備些禮物，你明日去了，好好看看那女孩的父母家人喜愛些什麼，知道了嗎？」

「是，娘親。」沈淵點頭。可算是停下來不笑了。

「正好快端午了，就備些雄黃酒，那是娘的娘家秘法釀造，味道很是不一樣。」張氏在盤算著送些什麼。「再備些薄禮吧，不要太過於貴重，將人嚇到了。」

沈淵點頭。「聽娘親的便是。」

「對了，」張氏神情突然嚴肅了下來。「你有意中人一事先不要告訴你爹，誰知道那個老頭子會不會搗亂。他向來看重門戶，非世家不可。」

京城之中可是沒有秦家這個世家的。她不在乎未來兒媳婦的家世背景，只要是清白人家，女子品行好就夠了。因為她相信自己的兒子喜歡上的女子，定然有她的優點。

可是沈弘明那個老頭子就未必了，她擔心到時候兒子的好事被老頭子搞砸了。

「我什麼就非世家不可了？」此時，沈弘明不明所以地看著張氏和沈淵。「夫人該不會是在背後說我壞話吧？我何時只看重家世了？我何時非世家不可了？」他不過是從書房過來看看他們母子二人在做什麼，結果就聽到了這麼一句話。

這話定然是自己夫人所言，畢竟兒子沈淵是個死腦筋，不會這般說。嘖，自己這個夫人多年來總是如此，實在是教人頭疼。

張氏敷衍地笑了笑。「沒有啊，你聽錯了。哦，用膳時間到了，命下人傳膳食吧！」

沈弘明很是無奈。「夫人，妳過於敷衍了。」

張氏假笑了一下。「不，是老爺看錯了。」

沈弘明微微扶額。夫人，妳敷衍得越發明顯了啊！

而後，他把眼神投向了沈淵。

沈淵卻只是笑笑，並不回答。且不說他和娘親之間的對話不能告訴父親，即便是能，在娘親不同意的情況下，他也是不會說。

唉！沈弘明在心中默默嘆氣，早就知道自己夫人和兒子的性子，他明顯是白問了。

五月四日，沈淵到了秦府門口。他微微深吸了一口氣，而後往裡走。

「沈淵！」門裡面跑出來一人，穿著一身青色衣衫，靈動翩然，教人動心不已。

「阿冉。」看著奔過來的秦冉，沈淵的眸色溫柔。「妳難不成是專門在門口等著我嗎？」

「不是啦！」秦冉搖搖頭，而後領著沈淵往裡面走。「我是出來送爹娘和兄長、阿姊的，正想著在門口略站一站，看看情況，而後就等來你了。」她只是順便，不能夠說是專門。

沈淵跟在秦冉身邊，微微一愣。「伯父、伯母和令兄、令姊都在今日有事出門嗎？」

正好要上臺階，秦冉微微提了提自己的裙角。「是也不是。他們的確是有事出門，都是約好了的。」上了臺階，她便放下了裙子，側過頭來看著沈淵。「他們都覺得讓我們自己同學相處會更自在些，是以就離開了。」

這是過世了的秦爺爺和秦奶奶的做法，他們覺得要給孩子們自由的相處時間，不必摻和。秦家歷來是如此，是以秦岩和柳氏也這般做。家中沒有了大人，的確會放得更開些。

沈淵一時之間心中不知是喜還是憂，他自然是想要和阿冉更為自在地相處，卻也是想著要好好看看阿冉的家人是如何的性子，他們喜歡的是什麼。罷罷罷，只好另闢蹊徑了。

不過，瞧著秦冉一副歡欣活潑的樣子，沈淵的眼底也不由得染上了笑意。她總是開心的時候居多，教人看了也會不由得跟著開心。

「你是最早來的。」秦冉領著沈淵去了用飯的左室。「我們略等等他們。我燉了綠豆水，冰好了的。外面暑氣重，你先用上一碗，如何？」

沈淵笑著點頭。「如此，自然是多謝阿冉了。」

「不必、不必。」秦冉讓沈淵坐下，而後自己親手將桌子上的陶盅打開，要給他盛一碗綠豆水。

因為不想太過於拘束，也覺得不必太多人圍著，是以下人們都是在門外候著。若是秦冉和客人沒有囑咐，他們不會隨意進來。再者，盛綠豆水這樣的小事，秦冉懶怠喊人了，反正自己動手又不是什麼難事。

沈淵微微仰著頭，看著秦冉，眼底微微帶光。他不由得站了起來，伸手過去想要幫忙。

秦冉盛了一碗綠豆水，轉過身來，想要問問沈淵是否要多加些蜜糖。她沒料到他就在自己身後，撞了上去，卻下意識地後退了一步，而後又感覺自己沒有站穩，咯噹一聲，碗中的勺子碰到了碗壁。

沈淵反應極快，一手摟住了秦冉的腰不教她摔倒，另一手端過了綠豆水，沒有濺在她的身上，只是濺了自己一手。

兩人四目相對，一時之間寂然無聲。

撲通！撲通！撲通！

沈淵只覺得耳尖微微發燙。「阿冉，我……我有話要說。」

秦冉眨眨眼，不明所以。「嗯？」

「我、我心……」

砰——

突如其來的聲響教秦冉嚇了一跳，而後下意識從沈淵的懷抱中掙脫開來。她也不知道為何自己的反應這麼大，就是這般做了。

沈淵的懷中失去了原本的柔軟和溫度，眼底的柔和也消失了。這一次，又是怎麼一回事?!

兩個人都朝著門口的方向看去，看見的卻只是一個蹴鞠。

蹴鞠？

「看我的準頭！」左室外傳來了盧紹成的聲音。「阿清，等下用完飯後，我們再去蹴鞠。你看我的準頭多好，上次的馬球輸了，這次我一定要在蹴鞠上扳回一局。」

「阿成，這是別人府上！」唐文清的聲音帶了些氣急敗壞。「你能不能……欸，你給我回來！」

門口已然出現了人影，那人就是盧紹成。他伸手將地上的蹴鞠撿了起來，而後一抬頭就看見左室裡的沈淵。

盧紹成笑著和沈淵打招呼。「喲，沈淵，你來得挺早啊！秦同學，今次麻煩妳……了。」

盧紹成的聲音越來越小，不知為何，還心虛地縮了縮頭。因為此時沈淵的眼神實在是嚇人，他總覺得有萬千壓力。這樣一想，他就不由得倒退了好幾步，離得遠些，才有安全的感覺啊。

唐文清此時也走到了門口，而後就看到了左室裡的沈淵和秦冉。他向來觀察力強，於是一眼就看出了他們兩人之間似乎發生過什麼。憑著他的腦筋想一想便知道是為何了，而後又看了看身邊的盧紹成。

嗯……唐文清默默地離盧紹成遠了些。

第二次了，第二次了啊！他覺得盧紹成接下來定然是要倒楣的，自己還是離他遠一些，不然若是城門失火，殃及池魚就不好了。

要知道，他可是清白的呢。

秦冉偷偷地吐了兩口氣，要自己鎮定許多，而後笑著對他們說道：「盧同學、唐同學，都進來吧，外面日頭曬著呢。」

唐文清的眼角瞟了一眼沈淵，見他算是收拾好了心情，便笑著點頭。「多謝秦同學，此次當真是煩勞了。」

「不會的。」秦冉微微高聲喊下人進來，叫他們將綠豆水盛給客人喝，還叫另一個下人拿乾淨的濕帕子過來，給沈淵淨手。

一連串的事情當真是讓沈淵鬱結在心。他不由得懷疑，到底自己是不是犯太歲？為何他只是想要好好地將心中的話說出口，偏生就是如此難呢？還是誰……沈淵的目光放到了盧紹成的身上，眸色微沈。

第十九章

盧紹成一口氣將碗中的綠豆水喝了個乾淨，正想要說些什麼，便感覺到身邊有如刀一般的眼神，說話便不由得有些磕絆。「沈……沈淵，你怎麼……不喝啊？」

他今日剛剛見到沈淵，沒有做錯事啊，沈淵為何要這般看著自己？他功課沒有不做，也沒有惹是生非，為何又有一種要大難臨頭的感覺？

一旁的唐文清無奈地搖搖頭。阿成這個笨蛋，都知道沈淵心悅秦家女了，怎麼就沒發現自己兩次破壞了沈淵的好事呢？唉，若是他倒楣的話，自己還是離得遠些吧，免得被波及了。

此時，孔昭和方雨珍也到了。她們是在路上碰見的，乾脆就一起進來了。人來齊了，左室立時熱鬧了許多。

眾人都是嶽山書院的學生，除開平日裡總是不怎麼關注其他事情的秦冉，大家都是嶽山書院相對有名的，家世背景也都是京城數得著的，所以哪怕不熟識，也都有幾分面子情。

於是，幾句話後就聊了起來，剛才左室之間那些淡淡的尷尬和隱隱的情緒，全都消散乾淨了。

「既然人都到齊了，那麼我就讓人上菜了。」秦冉的左手邊坐著孔昭，往外是方雨珍，右手邊坐著的是沈淵。她早就把菜都給做好了，一直在爐火上溫著。還好她的時間計算得好，應該不會差太多，但還是早些上菜為好，省得少了幾分滋味。

其實原本方雨珍想要坐在秦冉身邊的，但是沈淵早就坐下了，而且一副風雨不動的樣子，教她不能如何。於是，聽到上菜，她立時就將心中的小小糾結都拋之腦後了。「好啊好啊，我可是餓了呢！」

為了今日中午這頓飯，她早點都沒有用多少，爹娘和兄長們還以為她生病了，一個個都要伸著手把脈，而後知道她是要來秦家用飯，又全都放心了。畢竟她和阿冉也相識了好幾年，雙方的家人都對彼此有些了解。

秦冉笑笑，拍手喊了下人，命他們趕緊去廚房傳菜上來，莫要耽擱了時辰。

「哇——」

擺得滿滿一桌子的好菜，色香味俱全，一時之間倒是只有讚嘆聲了。

盧紹成覺得自己大開眼界。「秦同學，這都是妳做的？妳太厲害了吧！」像他就根本不會做吃的，頂多會烤肉，這還是因為他喜好打獵，和家中的老士兵學的。

可惜了，很多時候他烤的肉都是不能吃的。他大約是沒有任何廚藝上的天分，於是對這樣有好手藝的人，當真是佩服得五體投地。

方雨珍滿是驕傲。「當然是我家阿冉做的，全部都是。」

秦冉微微笑了，帶著一點點的羞澀。「大家都起筷吧，不要愣著了。」

「好！」方雨珍一下子就衝著她盯了很久的那盤滷雞爪下手。這可是她想了許久的，自然是要先吃這個。

此時，沈淵心中的抑鬱早就消失不見了，因為他看見了離自己最近的那盤菜。那是一道清蒸魚，很明顯是為了他特意準備的。

他微微側過頭，便見著秦冉也轉頭看了過來。

沈淵對著秦冉微微笑了。「這道清蒸魚非常不錯，我從未吃過這般鮮嫩的清蒸魚。」

秦冉的眼底帶了笑意。「你喜歡最好了。」她可是特意挑了這尾魚，還一直算著時辰，就怕魚給蒸得老了。

「多謝阿冉。」沈淵的聲音很輕，像是為了不教別人聽見一般。

秦冉抿嘴一笑，趕忙低頭用湯了。

沈淵深深地看了秦冉一眼，而後才笑著繼續用餐。他下筷子最多的，就是那盤清蒸魚了。

孔昭手中的筷子微微一頓，悄然看了他們二人一眼。

她一知道沈淵三人也會來阿冉這裡用飯的時候，便覺得有些不對，但是阿冉說了是救命之恩，她看著阿冉還是不開竅，便不在意了。
她本想著也許是自己的錯覺，畢竟她覺得阿冉好，可是在世人看來，阿冉的成績還是差了些的，何況對方可是名滿京華的沈淵沈郎君啊！
只是現在看來，沈淵當真是動心了的。
孔昭的嘴角微微一緊，而後決定假裝什麼都不知道。反正他人的情感還是莫要摻和進去，何況阿冉年紀尚小，未曾開竅，自己若是說了，怕不是要起了反效果。
唐文清也是抬頭看了一眼，而後便垂下眼，假裝沒有看見。只不過他是怕自己若是也壞了沈淵的事，要倒楣的。只有盧紹成這個沒心沒肺的，才會總是在沈淵的底線上試探。
用過飯後，秦冉命人將桌子都收拾乾淨，他們卻是移步小花廳，接著往下聊。
方才方雨珍提起了明日的龍舟比賽，眾人很是有興趣。六人坐在小花廳中，每個人手裡面都捧著一盞山楂果茶消食。
盧紹成一下子喝掉了半盞的山楂果茶，而後說道：「既然大家明日都要去看龍舟比賽，何不乾脆一起呢？如何？」
孔昭正要拒絕，方雨珍卻是滿口應了下來。「好啊，我們明日約著一起啊！」
方雨珍覺得盧紹成三人都很是風趣，若是約在一起看比賽，倒是無有不可。畢竟大魏朝不是前朝，沒有什麼男女七歲不同席的破規矩，只是一起看比賽，並無不可。

孔昭無奈地看了一眼方雨珍。「阿雨，妳忘了，我們每年端午龍舟比賽都是跟著家人一起的。」

方雨珍反駁道：「可是每一年，我們三個人最後還是一起看了啊！」

孔昭一噎，登時不知道說些什麼好。她經常覺得自己總有一日會被方雨珍的憨給氣死。

秦冉笑著打圓場。「既然如此，不如我們明日先和家人一起過去，等到了地方，再相聚就是了。」

沈淵點頭。「如此甚好。」

唐文清看了沈淵一眼。嘖嘖嘖，當然是什麼都好啊。

「也好，反正我明日無事要忙。要不然，我先去找地方？」唐家根本就沒有唐文清的家人，所以他從來都不愛待在唐家。

若不是因為放假時不好待在書院的話，唐文清甚至想要一直留在書院裡，免得去看那一家了，心中除了煩躁就再無其他的了。

「好啊！好啊！」方雨珍開心點頭。「正好，明日我們就來賭一賭，看看到底是誰的眼光好，能夠一眼就看中今年龍舟賽的勝者，如何？」

孔昭卻是挑眉看了方雨珍一眼。「書院有訓，不得參賭。」這個阿雨啊，嘴巴總是沒有個把門的，若是在外面，難保不會有人借此做文章。

方雨珍對著孔昭討好地笑笑。「只是嘴上打賭，沒有涉及銀錢，沒有事情的啦！」她自然知道阿昭是為了她好，所以心中沒有半點惱怒，反而有些心虛。

盧紹成擺擺手。「無礙，反正只是嘴上打賭，不會有事情的。再者，誰要是敢來找我們麻煩，到時候就看我的。」

聽到盧紹成這麼說，眾人登時全都笑開了，小花廳裡面是一片的快活氣息。

說起來還真的是，這滿京城的人，沒有幾個會去開罪盧家的人；倒不是說盧家有多麼權勢滔天，而是因為盧家的特別。

大魏朝開國至今，盧家人都是朝中的將帥之才，滿門英豪。只是滿門英豪卻是用無數鮮血換來的。

十幾年前，蠻族入侵邊關，盧家的老太爺帶著剛新婚的大兒子和未曾成婚的小兒子上戰場，將蠻族都給打了回去。

不僅如此，盧家父子三人還幾乎打到了蠻族的王庭，教蠻族人聞風喪膽。

可是誰知道蠻族有一個王子，一直都隱藏在眾人背後。他陰險狡詐，用了毒計設計盧家老太爺。因為以前從不知道有這麼個人，盧家老太爺便中計了，險些死在當場。

不過盧家老太爺還是躲過了，雖說受了傷，但也是回到了大魏朝的營帳之中。此時雖然盧家老太爺受傷了，但是盧家大兒子和小兒子尚在，只要有他們，一切都是安穩的。

但是當時監軍的順王爺被蠻族王子的人給挑撥了，硬要說是盧家老太爺貪生怕死，不肯出戰。

這大魏朝的監軍其實並沒有多少權力，只是因為順王爺是皇家人，教軍中的人忌憚不少。

就是這幾分忌憚，而後出了大事。

順王爺憑著自己的身分，偷偷地帶了一隊人馬離開營地，要去迎戰蠻族，而後便是陷入蠻族小王子的圈套。只是他沒有死，因為小王子要用他來引盧家的人上鉤。

雖然盧家大兒子和小兒子心中憤恨，不想去救人，可是他們知道，若是不救人的話，到時候班師回朝，他們盧家會遭到問責。於是，便只能帶著人前去營救。

好不容易浴血拚殺將順王爺救出來了，這個順王爺又覺得盧家兄弟肯定會想要殺了他來平息軍中的不滿，乾脆先下手為強，給盧家兄弟和他們所帶的人的飲水中偷偷下了毒。如此就沒有人知道他是被救出來的，他可以說是自己逃出來的。

此時，一直緊跟著不放的小王子殺了出來，將浴血奮戰後本來就疲憊不堪、現今又中了毒的盧家兄弟殺死，還將他們的頭顱砍下，綁了順王爺，將這兩樣送去了營帳之中。

盧家老太爺本就身上有傷，見到自己的兩個兒子都如此屈辱地死去了，登時一口鮮血噴出來。只是他還是忍住了，帶著人憑著最後一股氣追殺蠻族小王子，硬是將他的命留在了大魏朝。

而後，耗盡了所有氣血的盧家老太爺，在殺了小王子的下一刻，從戰馬之上倒了下來，再也沒有起來。

盧家滿門英豪，竟然因為順王爺的愚蠢，父子三人死傷殆盡。還有因為順王爺帶出去白白送死的幾千人馬，以及下毒所害的那幾千人馬，全都是大魏朝悉心培養的士兵。

這個消息傳回了京城，滿城譁然。

哪怕是和盧家有所摩擦，想要看他們倒楣的人，也沒有想到盧家會是這樣的下場，頓時都是滿心不忍。盧家父子三人死了，順王爺卻是活著，一時之間，滿朝上下都是兔死狐悲之感。

原本大魏朝並沒有監軍一職，開國長公主也說過了，將在外，君命有所不受。不是因為不聽命，而是因為戰場瞬息萬變，若是一直等待，只能失去好時機；而且監軍更是不必要，跌腳絆手的。

可是先帝最是疼愛順王爺，非要給他沾功勞，就給了監軍一職。朝中上下都覺得，順王爺只是跟著盧家父子去沾功勞的，監軍就監軍吧，不過是虛職而已。誰知道這順王爺又蠢又毒還自以為厲害，不僅害死了盧家三父子，甚至還害死了幾千將士。

先帝再是疼愛順王爺，看著被將士們裝在棺材中帶回來的盧家三父子屍首，看著盧家兄弟身首分離，看著滿軍將士悲憤不平，看著朝中臣子上書彈劾，終究還是拚著將順王爺的性命留了下來，只是圈禁在府中，革去了所有名號。

而後心虛的先帝追封了盧家三父子，還加恩於盧家，並且安撫喪命將士的家人。

可是，看著只剩下一門女子的盧家，所有人都不免寒心。對於先帝而言，只有他的兒子的命是命，其餘的人都是草芥？

正當那些將士悲憤不平，想要上書抗議的時候，就見葬禮之上悲痛欲絕而昏倒的盧家大兒媳。本以為她是撐不下去了，誰知道竟然是懷了身子。一時之間，許多人似乎都看到了希望。

好歹盧家未曾斷絕子嗣呢，若是斷子絕孫了，教他們如何對得起九泉之下的將軍和少將軍啊！

盧紹成就是在這樣的情況下出生的，他一出生就讓盧家恨不得跟著盧家三父子去死的盧家老太太和盧家大少奶奶都活了下來，他揹負著整個皇室的愧疚，和整個大魏朝將士們的寵愛。

於是從小，盧紹成就是無人敢惹的。就在他五歲的時候，如今的皇帝，也就是明帝登基了。他下令將順王爺從府中拖出來，在菜市口斬首示眾，為當年逝去的盧家三父子和將士們償命，不管先帝留下遺命，要他善待順王爺。

當年若不是明帝不受寵，只得隱忍，早就殺了順王爺了。因為盧家大兒子是他的伴讀也是他的好友，明帝一直將心中的怨恨隱藏著，直到一朝登基，便開始清算。

明帝手段強硬，讓一些想要開口說不改父命的臣子都不敢出聲。

而後，盧紹成就更是受寵了。明帝似乎是將這些年來對於盧家的愧疚全都化成了對他的寵愛，莫說是皇室了，即便是太子，也不會和盧紹成過不去。因為不管如何，明帝總是幫著盧紹成的。

當年，盧紹成考上了嶽山書院的時候，明帝那個自豪，還開了宮宴。若不是因為明帝也很疼愛太子，只怕還會做更過分些。

於是，即便現在盧家就只有兩個女人和盧紹成，家中根本無人擔任要職，但盧紹成若說在京城橫行，都是往小了說的。

所以盧紹成這話，自然是教眾人覺得好笑了。誰敢惹到盧紹成的頭上啊，那豈不是要讓明帝「親自垂問」？不不不，還是罷了。

「就這麼說定了！」盧紹成開心地以拳頭擊掌。「如此，我們明日就一起看龍舟比賽了。」

其他五人點頭應下。

第二十章

一年一度的端午龍舟比賽很是熱鬧，幾乎整個京城的人都來湊熱鬧了。不僅是王公大臣，還有百姓們，全都趕著來河邊看熱鬧。也有許多小販很是聰明，跟著出來賣吃食，河邊熙熙攘攘的，一片熱火朝天。

百姓們觀看龍舟比賽是在河邊的北岸，至於王公大臣及其家眷們，都是在河邊的南岸。一家一戶用帳子圍了一塊地方，比起北岸來是安靜了些許，但人來人往的，也很是熱鬧。

唐文清早早來到了南岸，挑了一塊好地方，既不會離那些大戶人家太近，到時候麻煩不斷，也不會離河邊太遠而看不見。

他帶著下人把帳子給圍好了，然後讓幾個下人趕緊去沈家、盧家、秦家、方家和孔家傳消息，讓沈淵他們到時候過來這裡找他。

因為唐文清能夠帶的人就這麼幾個，所以他將人都派出去以後，就只剩下自己一個人在帳子裡面。不過倒也無妨，雖然他喜歡和自己的朋友們一起熱鬧，但是很多時候，其實也是很享受這樣安靜的時刻。

只是，這份安靜沒有多久就被破壞了，因為帳子裡走進來一個人。對方是自己闖進來的，還帶著下人。

唐文清的眼底帶了些不耐煩，卻沒有表現出來。他拱拱手，說道：「見過大哥。」

唐文海看著唐文清，眼裡帶著滿滿的惡意，假情假意地說道：「二弟不必多禮，大哥只是過來看看你是否需要幫忙。」

唐文清坐在席子上，八風不動。「不必煩勞大哥，我已然弄好了。」

「是嗎？」唐文海卻是左右看了看，而後搖搖頭。「聽母親說，你是約了沈家郎君和盧家郎君出來看比賽的，怎麼弄得這般簡陋啊？要是讓外人覺得我們唐家不懂禮數，你可是罪人啊。」

唐文清笑了，抬眼看著唐文海。「大哥說笑了，這些都是『母親』派人送來的，我覺得已然很好，怎麼會簡陋？不過也是，大哥自小錦衣玉食慣了，當然是看不過的。若是大哥當真心疼二弟的話，不如將這些東西換得更好些？」

他的語氣雖然雲淡風輕，眼底的嘲諷卻很明顯，實在是教人氣惱，尤其是原本就看不慣唐文清的人。

唐文海的心性本就不如何沈穩，看著唐文清這樣說話，假裝出來的和善也消失了。他一腳踢翻了旁邊的一張矮桌。「你一個低賤的庶子，能夠給你用這些個破爛就不錯了，怎麼，你還敢肖想更多的東西嗎？你可不要忘記，唐家是我母親當家，你最好給我收斂一些，不然到時候，你連破爛都沒有！」

唐文清卻好像沒有動怒，甚至還笑著反問道：「是嗎？」

他根本就不稀罕唐家的東西，要不是為了讓嫡母心中氣得要死，面上卻不得不端著一副賢妻良母的架勢，他也不會頻頻要東西。

一切為的就是要嫡母不好過啊！還有他的好父親，他是不會就這樣教他過得開懷的。他不是想要妻妾和樂嗎？他偏不，他就是要他的好父親看著，他的後宅其實從不安寧，就是一灘子爛泥！

唐文清的眼底開始帶了些許的陰鬱。他親生娘親被他的好父親所騙而苦了一生，後被嫡母刁難，又為了保護他，無藥可醫，撒手人寰。還有他的好大哥，從小就欺辱他，他怎麼會就這樣放過他們一家子呢？

「你這個低賤的庶子，看我今天怎麼教訓你！」唐文海就是不想看到唐文清這個樣子。明明不過是個庶子，偏偏讀得比自己好，長得比自己好，憑什麼呢？

他就應該是自己腳下的一灘爛泥，永遠都爬不起來才對！這個樣子的唐文清最讓他噁心，只要把他臉上那個笑容打掉就好了。

「你在幹什麼?!」方雨珍氣勢洶洶地掀了簾子進來。「唐文海，你要敢動手的話，我就讓你好看！」

方家的帳子離這裡比較近，所以她是第一個過來的，只是她沒有想到，剛剛靠近帳子就看到唐文海，接著就聽到他在欺負人，還想要動手，頓時忍不住掀了簾子進去阻止。

唐文清可是她的朋友，朋友有難，她怎麼可能會放任不管呢？

「方雨珍？」唐文海回頭，沒想到竟然看到方雨珍。「妳怎麼會在這裡？」

「這個很重要嗎？」方雨珍從袖子裡面拿出了一個小瓶子，笑得陰險。「我呢，只知道一件重要的事情，你要是敢欺負人，我就把這個小瓶子裡面的東西送給你。」

她和唐文海認識的經過簡直活脫脫一齣紈袴想要調戲別人，反而被收拾了的好戲。回去告狀不成還被收拾了的唐文海，對於方雨珍，當真是看都不想要看到。

誰教方家是醫藥世家，也是大魏朝醫術最是厲害的，誰都不敢保證會不會求到他們方家頭上的一日，自然是不敢得罪方家。更不要說一開始就是唐文海想要調戲女子才會倒楣，唐家自然只能忍下來。

甚至於，唐家老爺還收拾了唐文海一頓，就怕疼愛女兒的方家和他們唐家計較，到時候就得不償失了。

唐文海氣惱地看著方雨珍，最後恨恨地說道：「哼，唐文清，我倒是要看以後還有誰護著你！」說罷，便氣憤地帶著人走了。

等到唐文海撂下了這句話，方雨珍才覺得不妥。她看著唐文清。「唐同學，我是不是做錯了啊？他會不會回去告狀，你會不會被責罰？」想到這裡，她就很是懊惱，自己太過於衝動了。

唉，如果阿昭在就好了，她比自己聰明，一定可以想出來一個更好的辦法，不會教唐文清為難的。

唐文清卻是看著方雨珍這個樣子，開懷地笑了。「不用擔心，他欺負不了我的。不過，多謝妳幫了我。」

除開阿成和沈淵，她是第一個幫了自己的人；而且，她還是不問緣由就幫著自己的人。這樣的認知，教唐文清覺得心中的沈鬱消散了許多。

他平日裡看起來吊兒郎當的，似乎很是開朗，但是唐文清自己知道，他其實是一個內心陰暗的人，只是因為遇到了朋友，才將那一面都壓了下來。現在，他遇見的朋友是越來越多了。

其實，撇開唐家，一切都挺好的，不是嗎？

看到唐文清好像是真的有辦法，方雨珍這才鬆了口氣。「沒有連累你，那就最好了。」她伸手將倒了的桌子扶起來，然後就這樣坐在席子上了，這樣的動作很是順手，沒有半點為難的樣子。

唐文清微微訝異，而後笑了。「妳怎麼沒有帶丫鬟？雖然附近有衛兵守著，但身邊還是要跟著人，會更安全些。」

方雨珍毫不在乎地擺擺手。「沒事的，且不說我家帳子就在不遠處，就說丫鬟身手還比不過我呢，帶著也是累贅。」

唐文清點點頭，說道：「以後若是離得較遠，還是帶著丫鬟好些，若要傳話或者有其他的事情，也較為方便。」

方雨珍點頭，很是無奈的樣子。「好啦，我知道啦！哎呀，你怎麼和我兄長們一樣呢？」

唐文清失笑了。「抱歉，倒是逾越了。」

方雨珍聳聳肩。「沒有，其實我也知道，是因為我比較粗心大意，所以身邊的人總是比較操心。」

「你們兩人倒是聊上了。」沈淵和秦冉同時進了帳子，沈淵的手中還提著一個大食盒。

唐文清反問道：「你們兩人為何是一起來的？」而且，那個食盒上的徽記怎麼看都不是沈家的，那麼應該不是沈淵帶來的，也就是說，是秦冉帶來的。

但是呢，現在這個食盒卻是在沈淵的手上，嘖嘖嘖！

沈淵眉眼不動。「我家的帳子就在阿冉家的帳子隔壁，於是我就約著她一起過來了。」

至於這個帳子選擇的地方為何不是和往年一樣，為何要在秦家旁邊，那就是張氏做的了。

張氏現在為了自己這個兒子著急啊，連一個女子都騙不回來，她這個當娘的自然是要幫忙的。

沈淵和秦冉進來以後，沈家下人也進來，將茶水和點心都擺了上去。

方雨珍這才想起來，為何剛才自己覺得怪怪的，原來是帳子裡面沒有茶水點心。她看著唐文清，突然想到會不會是他被嫡兄刁難習慣了，知道對方會跟著過來，所以方才才沒把茶水點心擺上去。

這樣一想，方雨珍覺得唐文海更加可惡了。唐文清的存在是因為唐家老爺，又不是因為他自己，身為長兄可以無視、可以厭惡，但是怎麼可以這般小心眼，時時找麻煩呢？

哼，果然是小人，下次乾脆偷偷地收拾他，給唐文清出氣。

秦冉自然也看見了，但是她不問，也裝作不好奇，反而打開自己的食盒。「我做了一些小食過來，和大家一同享用。」

「哇！」方雨珍馬上就放下了心裡各種為唐文清生起的不平，開心地湊到了秦冉身邊。「阿冉、阿冉，妳太好了吧，居然還親手準備了小食？」她撲在秦冉的身上。「我最最喜歡阿冉了！」

秦冉被方雨珍猛地一撲，沒有穩住身子，差點就往後倒了。但是秦冉身後的沈淵眼疾手快，將人給扶住了。

方雨珍看到自己闖禍了，不由得吐了吐舌頭，趕忙放開了秦冉。「阿冉，對不起啊，我太高興了。」

秦冉感覺到剛撐在自己腰部的那隻手離開了，剛才湧上面部的熱意也消下去了些。「無礙的，下次小心些就好了。」幸好有沈淵幫忙，不然自己怕是就要倒在地上了。

至於剛才心底的微微異樣，秦冉直接忽視了。

方雨珍雙手揪著自己的耳朵。「我是真的錯了，下次絕對不會這般做了。」

秦冉看著方雨珍熟練的動作，無奈地笑了。「好啦，我答應妳，不會告訴阿昭的。」

「告訴我什麼？」孔昭正好挑了簾子進來。「阿雨，妳又做什麼了？」

方雨珍縮頭，不敢說話。

一旁的唐文清在心中憋笑。這個「又」字，當真是博大精深呢。

孔昭只是隨意問了一句，雖然一看便知道方雨珍定然是又莽撞地做了些什麼，但是她的神情不算慌張，想來不是大事，就不準備細細問下去了。

她們兩家是通家之好，也算是有些血緣關係的，雖然有些遠，但是孔昭算是方雨珍的阿姊，所以對她要求相對嚴格了些。

看到孔昭放過自己了，方雨珍鬆了口氣。還好還好，要是讓阿昭知道自己威脅了別人，還差點將阿冉撲倒在地上，然後讓阿冉被一個郎君接住了的話，定然要將自己的功課翻倍。

不，她才不要做功課呢！

「好香啊！」此時，盧紹成挑了簾子進來。他一進來就看到桌子上的小食，高興不已。

「這是秦同學的手藝對不對？比宮中御廚做得還好呢！」

秦冉笑笑。「盧同學過獎了。」

「沒有過獎。」盧紹成盤腿坐在唯一剩下的席子上。「宮中規矩多，很多時候遞到眼前的吃食，不求有功、但求無過，吃了許多年啊，早就膩了。」他揮揮手，很是隨意。

唐文清笑了。「也就只有你，敢說吃膩了宮中的御膳。」畢竟他深受明帝寵愛，在宮中不說是來去自如，卻也是時時進出，御膳用得也的確是足夠多了。

盧紹成聳聳肩。「我說的本來就是真的。」

沈淵卻是問道：「我記得盧家的帳子離這裡不算遠，怎麼你過來得這般晚？」

盧紹成挾了一片滷豬耳朵放進嘴裡，面上滿是滿足的神情。「早上去了一趟宮中，皇帝叔叔親自給我綁了五色絲線，所以出發得晚了些。」

他動筷子的時候，右手露了出來，頓時，帳子裡面一片笑聲。

原來啊，因為盧紹成的手腕上是滿滿的五色絲線，看著實在是……嗯，壯觀呢！

第二十一章

盧紹成無奈。「你們笑什麼啊，我就不信你們的手上沒有繫五色絲線。」

「有啊，」沈淵伸出了自己的右手。「不過，就只有一條。」那是張氏為他繫上的。

唐文清伸出手腕。「兩條。」他生母早逝，根本就沒有人會為他操心這樣的小事。這兩條分別是他的兩個好友沈淵和盧紹成派人送來的。

方雨珍的嘴裡被東西占著，沒空說話，晃了晃手，一條。

孔昭也笑了笑。「一條。」

秦冉伸出手腕，有些不好意思。「四條。」爹娘和兄長、阿姊都要為她繫五色絲線，一開始吵得不行，後來她乾脆說一人一條算了。於是，每年她的手腕上都有四條五色絲線。

她以往都是又害羞、又高興，因為只有她手腕上的絲線是最多的。可這是家人的祝福，她自然願意戴著。結果，她今日終於見著了一個比自己手腕上的五色絲線還要多的人，真是不容易呢。

盧紹成趴在桌子上，一副懶懶散散的樣子。「我就知道我的是最多的了。皇帝叔叔和太子哥哥，還有祖母和娘親，甚至還有京城之中的其他叔叔們，我每年都覺得自己就是根繫線的柱子。」

眾人相視笑笑。沒辦法，盧紹成的身上承載得實在是太多了。皇家是愧疚和寵愛，盧家則是唯恐他出事，其他的則是來自於當年盧家父子三人的下屬或者同僚。

在他們的眼中，盧紹成不僅僅是盧紹成，自然更在意些了。

盧紹成也是隨口說說，並沒有抱怨的意思。他自從懂事起就知道自己和別人不一樣，但是他看到的都是好的方面，每個長輩都是真心疼愛他的，雖然一開始的目的可能不一樣，但是結果一樣不就好了？

他才不會一邊享受著長輩們給予的一切，又一邊說著什麼要自由不要拘束。他可是有擔當的男子漢，才不是口是心非的人呢！

下人們都退了出去，在帳子外面守著，帳子中的六人聊得很是開心。他們什麼都聊，書院、功課，甚至一些小麻煩，帳子中滿是快活的氣息，只不過，總有一個人的目光是不一樣的。

沈淵哪怕告訴自己要克制，目光卻還是不由自主地跟隨秦冉。只不過他仍舊是克制的，若不是觀察力過人，怕是瞧不見。

唐文清和孔昭的眼神從沈淵和秦冉的身上離開，而後又撞到了一起，他們互相看了對方一眼。

好吧，看來對方也是知情的。

兩人的態度都是一樣的，不說破。他人的感情終究還是莫要摻和，萬一是一段美好良緣，卻因為他們的插手而出了意外，那才應被天打雷劈呢！

「奇怪，」秦冉不由得朝著帳子外面看出去。「怎麼比賽尚未開始？」往年這個時候已然開始比賽了，今年卻好像連龍舟都沒有推出來。

沈淵微微沈了臉色。「這個……」他的話音未落，就看到河面上搭好的檯子上有人出來了，不知道說了些什麼，對岸的百姓倒是一副高興的樣子。「來人。」

「大郎君。」沈家的下人走了進來，恭恭敬敬地聽候命令。

沈淵說道：「去問問，出了什麼事情。」

「是。」下人趕忙出去打探消息了。

方雨珍很是好奇。「難道是有什麼意外要延遲比賽嗎？」以往的端午也不是沒有延遲比賽，所以她覺得自己的猜測應當是沒有問題。

盧紹成卻是搖搖頭。「不可能，往年延遲比賽是因為當天下大雨，為了安全才不得不延遲，可是今日天氣甚好，不可能會為此延遲比賽。」

除非，出事情了。

每年端午的龍舟比賽都是由皇家舉辦，為的就是要與民同樂，同時也是讓百姓們開懷一下，忘卻平日裡勞作的辛苦。不僅如此，還有向百姓們宣揚大魏國威的意思，讓百姓們心生凝聚。這是當年開國長公主定下來的規矩，皇室是不會破了的。

因此每一年的端午比賽，皇室都鄭重對待，如果不是影響很大的大雨，這龍舟比賽從來都未曾延遲過。

盧紹成和皇室親近，所以對這裡面的門道更清楚。他往日只是懶怠管這些事情，並不是代表他什麼都不懂。

沈淵點頭。「阿成說得沒有錯，應當是出了什麼意外了。」

沈家下人很快就回來了，還在喘氣，是一路跑著回來的。

「回稟大郎君，是宮中使者出來代表皇上給百姓們賜福，說是今日來看比賽的百姓們，每家每戶都能夠領上一個宮中做的粽子。龍舟比賽就在發完粽子以後才要舉行，百姓們都高興地排著隊呢！」

沈淵揮揮手。「嗯，退下吧。」

「是，大郎君。」沈家下人從帳子中離開了。

孔昭肅了臉色。「果然出事了。」若是沒有出事的話，皇上是不會下這樣的命令的。

唐文清點頭。「內裡怕是你我不能過問的。」

盧紹成遙望著水面上的那個檯子。「但願不是大事。」否則的話，京城之中只怕又是一場風雨。

沈淵端坐著。「既然皇上有命，那麼我們便等著比賽，總要讓百姓們看見你我都安然端坐的樣子，否則，豈不是此地無銀？」

三人點頭。「極是。」

果然，這一邊的官宦人家，每家每戶都沒有要離開岸邊回去家中的樣子，一派祥和，彷彿什麼事情都未曾發生一樣。

秦冉和方雨珍茫然地看著對方，無奈地眨眨眼睛。他們四個人在說什麼啊，為什麼有一種自己突然搞不懂的感覺呢？

嗚，好高深哦，她們兩個聽不懂啊！

四人瞧著秦冉和方雨珍困惑的樣子，頓時就笑開了。帳子中的笑聲傳了出去，近一點的人家都聽見了。

隱藏在笑聲之下的那些風雲詭譎，與這些少年無關。

轟隆——

雷聲過後，便是一陣大雨落了下來。

秦冉推開窗戶，深深地呼吸了一口。終於下雨了，可算是解了這些日子的暑熱，當真是渾身都舒暢了。

「二姑娘。」杏月走了過來。「莫要再站在窗子邊，當心沾了雨。」

秦冉回頭對著杏月笑了。「無妨，這般熱，沾了雨還算是解暑呢。」

杏月哭笑不得。「二姑娘，下雨了，讓奴婢把您手腕上的五色絲線拿下來，等雨停後就隨著河流放走吧。」

「好。」秦冉伸手將自己手上的四條五色絲線都拿了下來。「喏，給妳。」

杏月接過了五色絲線，仔細地收在腰間的荷包中，等著雨停後便拿去丟了。

看到五色絲線，秦冉又忍不住笑了起來。她想到了盧紹成手上滿滿的五色絲線，就像是他自己說的那樣，就是根繫繩子的柱子，哈哈哈。

橘月端著果子走進來。「二姑娘笑什麼呢？這般開心。」

秦冉晃了晃腦袋。「自然是因為我想到了好玩的事情啊。」

杏月和橘月對視了一眼，也跟著笑了。姑娘不說就不說吧，反正她自來都是這麼開心的，便是傷心也傷心不了多久。

「嗯……」秦冉看著窗外的雨打在院子中，沈思了片刻說道：「杏月，今日廚房那裡有鴨子嗎？」

「有。」杏月點頭。「二姑娘問這個做甚啊？」

秦冉笑瞇雙眼，像是兩彎小月牙一樣，很是可人。「因為下雨天要吃鴨子啊。」

「嗯？」橘月一臉茫然。「奴婢怎麼沒有聽過這句話啊？」

「那是當然的，」秦冉搖頭晃腦。「因為這是我剛剛才編出來的呢！」

其實也沒有什麼別的原因，就是她純粹想要吃鴨子了。尤其是那種鴨腹中全塞滿了青螺的青螺鴨，不管是鴨肉還是青螺都很是美味。

啊！越想就越饞，心動不如行動，行動就要趕快動。好，今天就下廚做一隻青螺鴨。

而秦家正院裡，秦岩和柳氏正在說話。

柳氏微微皺著眉。「不知道為何，昨日裡，我總覺得沈夫人張氏對我很是熱情。」沈家畢竟是世家，她的娘家柳氏都是趕不上的，更不要說秦家了，因為秦家就是因為她的夫君才會起來的。

如此，沈家似乎沒有必要對他們這般熱情？

「是嗎？」秦岩微微思索。「沈大人倒是態度一般，不過也是同朝為官，還是滿客氣的。」

「也許是因為沈夫人性子熱忱吧？」柳氏自言自語，而後又搖搖頭。「不可能啊，圈子裡的夫人們都是知道的，沈夫人向來只對自己看得過眼的人熱情，對待其餘人都是不冷不熱的。」

秦岩想著沈弘明完全沒有任何異樣的態度，應當不是因為他們家有什麼需要拉攏的，而後說道：「約莫是因為沈郎君？便是我也是知道的，沈夫人對自己的兒子很是看重。沈郎君和阿冉也算是朋友了，所以愛屋及烏吧？」

畢竟昨日阿冉和誰在一起，他們夫妻也都是知道的。雖然很是驚訝他們家阿冉和沈郎君、盧郎君幾人有交集，但是想想女兒無敵可愛，也不覺得有什麼了。

是的，秦家人全都深深地認為，他們家的阿冉就是京城之中最最可愛的，不容辯駁！

柳氏點點頭。「說得也有道理，我們家阿冉這般討人喜歡，誰會不喜歡呢？」

秦岩說道：「如此也好，阿冉多交幾個朋友，也多一些選擇。」

將來他們家阿冉的夫婿也許是要在嶽山書院中挑選的，但是往日裡，阿冉從不認識那些郎君，也無甚交集。

現在好了，阿冉和沈郎君等人都是好友，將來也能認識其他的郎君了，說不定就看中一個好人選呢！

柳氏經秦岩這麼一說，也覺得有道理。她的阿冉啊，還是太內斂了些，都沒有認識幾個郎君，將來挑夫婿就麻煩了些。她自己是看上了夫君才出嫁的，自然也希望女兒能夠如此。

也許秦家的顯貴比不上娘家，但柳氏卻過得很好。夫君上進努力又疼愛她，兒子、女兒都很是出色且孝順，自己過得好，便希望自己女兒也是如此。

一旁的秦睿和秦婉聽著爹娘說話，不由得看了對方一眼，而後無奈嘆氣。爹爹終日裡都是和工部那些注重技藝的人打交道，實在還是心思簡單了些；娘親也是，向來都是把人往好的地方想。

難道他們都不覺得沈夫人的熱情其實很有問題嗎？明明救人的是沈淵，態度熱情的人應該是他們秦家才對吧？

秦睿和秦婉再次嘆氣。家中爹娘和妹妹都太過於單純，看來還是要看他們了。

張氏看著秦家送來的謝禮，滿意地點頭。

這些東西雖然貴重卻不會過分，用來感謝自己兒子救了他們女兒很是合適，既能夠教人感受到他們的感激之意，也不會讓人覺得他們是要攀附。

張氏非常滿意啊，雖然她認為只要兒子喜歡，女子只要沒有品行問題，那就什麼都好。但若是將來的親家家風清正，就再好不過了。

沈弘明不太明白為何張氏會這樣滿意，明明不是什麼稀世罕見的珍品。張氏系出名門，又是沈家掌家，什麼好東西沒有見過，為何這樣高興？

張氏翻了個白眼。「我是覺得我們兒子沒有救錯人，秦家是個好人家。」想要她說實話？那是不要想了，不可能的，呵！等到將來事情定下來了再說吧。

反正誰都不能勉強她兒子做他不樂意的事情，不然就算是沈弘明，她也會教他知道自己的厲害。

不過是收拾個男人而已，有什麼難的，呵！

沈弘明對於張氏的嫌棄早就習慣了。他知道她看不慣自己的鬍子，但這是男人的尊嚴，不能剃掉。「我還有些公務，先去一趟書房。」

「去吧、去吧！」張氏很是不耐煩。「不要來煩我了，我也忙著呢。」

沈弘明微微憋氣，走出了正院。自己當初怎麼就認為這是一個端莊大氣的賢妻良母呢？不過畢竟是自己娶回來的夫人，還能如何？

忍著吧！男人，沒有什麼不能忍的。

沈淵練習了一遍劍術以後就來到正院，正好看見沈弘明頗有些蕭索的背影。他不由得笑了笑，怕又是在娘親那裡吃癟了吧？看了太多次，都不覺得有什麼特別的了。

這樣想著，沈淵走進了正院。

「兒子，快來！」張氏看到沈淵進來了，滿臉笑意。「是秦家送來的謝禮，不知道裡面有沒有阿冉挑選的東西呢？」

自從昨日以後，張氏對於秦家更是滿意了。這樣夫妻恩愛、家宅安寧的家庭養出來的孩子絕對差不了。於是，她乾脆直接叫上阿冉了。

反正日後也是要這般叫的，沒差。

沈淵看了一眼那些禮物，笑著說道：「阿冉怕是不知道。」

張氏疑惑。「為何這般說？」

沈淵想到秦冉，眼底便帶著溫柔的光和笑意。「我了解阿冉，她心思澄澈，想不了這麼周全。伯父、伯母應當是覺得阿冉自己想要酬謝我的心意很是難得，不想破壞了，所以才背著她送了謝禮來的。」

就是因為他們全家都這樣護著阿冉，她才會有那麼澄澈的心思吧！

第二十二章

「去去去，出去做功課去，和你爹那個老頭子一樣，見天的氣我。」張氏無奈地瞪了沈淵一眼。她的兒子啊，什麼都好，就是有時候說話實在是氣人。「你還是快些將人家女兒騙回來陪我吧，不然啊，我要被你們父子氣死了。」

「是。」沈淵笑笑，而後拱手行禮，離開了正院。他其實很想要說那個不是騙，是娶。

沈淵離開了正院以後，並沒有回到自己的院中做功課。他的功課早在放假的第二天做好了，根本不會留到今天。

他朝著沈弘明的書院而去，因為他知道，父親正在等著自己。

「來了。」

果然，沈淵進了書院，便見著一直在等著自己的沈弘明。他拱手行禮。「父親。」

「嗯。」沈弘明放下了手裡的書。「昨日的龍舟比賽，想來你應該察覺到其中的怪異之處了。」

「是的。」沈淵直直站著，身子挺正，就像是山間的青竹一般。「或許和嶽山書院的馬群失控有關係。」

沈弘明滿意地點頭。「是，的確有關。」不愧是自己的兒子，洞若觀火。沈家有他在，將來幾十年都不必發愁了。「嶽山書院一事，聖上下令詳查了，接著昨日又發生龍舟被鑿穿一事，從中發現了相關聯之處。京城怕又是一場風雨，不過明日你去了書院以後，不要理睬這些事情。」

雖然他認為自己兒子應該知道這些事情，卻還是不必過早地攪和到這些風風雨雨當中。畢竟仍舊是少年，手段和心性還是稚嫩了些，若是貿然攪和進來，難保不會受到波及。

沈淵卻是說道：「父親，您當真認為只要身處在嶽山書院之中，就可以躲避風雨了嗎？」

即便嶽山書院私底下有人守著又如何，即便嶽山書院相較於其他地方更清淨又如何？大風大雨來臨的時候，有嶽山書院的遮擋，也不過是感受多少的區別。

沒有真正地避世，就無法完全逃開。這是沈淵早就意識到的。

沈弘明深深地看著自己的兒子，良久才嘆了一口氣。他的兒子啊，成長得實在是太快了，倒是教他這個父親有些措手不及。「莫要隨意插手，不要牽連己身。」

沈淵應聲答道：「是。」他只是應承了父親的話，但若是有不得已的情況，他還是會酌情的。

沈弘明頭痛。兒子太聰明，其實也未必是一件好事，至少，他這個父親就管不動。

三日的端午假很快就過了，學生們又要回到嶽山書院了。看著眼前長長的、似乎要看不到盡頭的樓梯，秦冉無奈地嘆了口氣。

每次回到書院的時候，總是給她一種在前世的某個城市上學的感覺，那簡直就是山路十八彎啊！

幸好嶽山書院要求學生全面發展，她的體能也不錯，不然的話，每次上學爬山都累慘了。

秦冉這樣一邊想著，一邊往上走。她不由得用上了書院夫子教授的吐納，這會讓她更輕鬆些。其實不僅是她，其他的學生也都是如此的。

噹——噹——噹——

糟糕了，是備課的鐘聲，很快就要上課了，再不快些的話，上課就要遲到了，遲到的話可就慘了！

秦冉急匆匆地往上跑。她可不要去打掃馬廄，雖然馬兒很可愛，但是馬廄實在是太臭了啦。

不僅是秦冉，其他的學生也都匆忙地往上趕路。開玩笑，若是遲到了就要打掃馬廄，他們才不要呢！

「秦冉。」

「到！」緊趕慢趕的，秦冉終於趕到了課堂上，只是這口氣也有點喘不過來就是了。上來的那條路，實在是太長了啊！

東先生笑看著趕到課堂的秦冉。「先緩一緩。」

秦冉朝著東先生行禮。「學生來遲了，還望東夫子恕罪。」

東先生微微一笑。「無妨，妳趕上了。好生休息一下，我們便要開始開課了。」

秦冉被東先生的笑容晃了一下，趕忙說道：「是，夫子。」不管看了東先生的笑容多少次，秦冉還是會被她的笑容給晃了眼。

若說沈淵是嶽山書院乾字院中當之無愧的下一任首席畢業生，那麼東先生就是嶽山書院中當之無愧的第一美人。因為東先生，秦冉第一次認識到居然會有「絕代風華」這四個字的真實例子。

這是一個美人，真真正正的風華絕代、風情萬種的女人。只是沒有人知道東先生的來歷，也沒有知道她的真實姓名。

據說東先生自稱為東，是因為她第一次來到嶽山書院的時候，看到的人是南夫人。她和南夫人甚為投緣，所以就乾脆自稱為東了。她就是這樣任性，只有一個字，乾脆俐落地告訴別人這根本不是她的真名。

只是，她自稱為東，但是別人卻不能只稱呼她為東，如此太無禮了。於是，有人聽到謝山長稱呼她為東先生以後，旁人也跟著這般稱呼了；若是學生，卻是稱呼她為東夫子的。

東先生是嶽山書院舞蹈課的夫子，她平時很是溫和，對待嶽山書院的學生也都很慈愛，總覺得像是在看待自己的孩子一樣。只不過東先生教課的時候卻頗為嚴厲，可即使如此，喜歡東先生的學生還是很多，無論是郎君還是女子。

對此，秦冉想要說的是，人類的本質就是看臉啊！在東先生的美顏暴擊之下，誰會不喜歡她呢？何況東先生是一個很好的夫子，對待所有學生都是一視同仁，哪怕嚴厲也是對於舞蹈的堅持，卻不會因為誰的天資好而偏寵，也不會因為誰的天資差便無視。

東先生，真的是人美心善。

察覺到目光，東先生看回去，就看到自己的學生秦冉眼中的癡迷，而後發現自己在看著她了，便不好意思地笑了笑，認認真真地去暖身了。

東先生只覺得好笑不已，很多時候這個學生都教她覺得不是在教學生，而是養了一隻探頭探腦的小松鼠。

其實不僅是秦冉如此，其他很多學生都是如此。但是東先生從不會覺得這是冒犯，因為她在學生們的眼神中看到的都是純然的讚嘆；尤其是秦冉，她的眸底清澈，更是教東先生覺得很是可愛。

這裡真好啊，她喜歡這裡，想要一直待下去。

東先生想到馬群失控和端午龍舟賽的事情，不由笑得更是風情萬種。要是有誰想要毀掉她如今的平靜的話，那麼就不能怪她了。

黃字班的學生們，包括秦冉，都在認認真真地暖身，等著一會兒和東先生學舞，所以沒人看見東先生面上的笑意和眼底的冰冷。

「好了，」課後，東先生拍手叫所有人停下來。「今日的課程便到此為止，在下一次上課之前，妳們可不要忘記時時複習啊。」

黃字班的學生站得整整齊齊。「是，東夫子！」

看著活力十足的學生們，東先生笑了，笑意之中帶著暖意。「好了，快走吧，回去收拾收拾。」

「夫子再見。」行了禮，黃字班的學生們一起走出了教室。她們要回去寢舍漱洗一番，把身上的舞衣也換下來，而後去食堂用午飯，再休息一下，就要繼續下午的課程了。

時間實在是安排得滿滿的，不得浪費。

秦冉跟著同學們朝著寢舍的方向走，一邊說著端午的時候做了些什麼。聽到秦冉說她在家中做了青螺鴨的時候，一個個都很是嚮往。

唉，什麼時候她們也能夠有阿冉這般的手藝就好了，每次就只能想像一下，實在是為難死人了。

「阿冉。」

秦冉聽見有人在喊自己，一回頭，便看見一人站在自己的身後不遠處。她笑著和他打招呼。「沈淵。」

黃字班的女孩們妳看我、我看妳的，突然都鬆開了秦冉的手。「阿冉，妳和沈郎君聊著，我們身上黏膩得很，先回去收拾一下了。」

「對啊，阿冉，我們的寢舍接下來也要分開走了，妳就和沈郎君聊，不著急的。」

說完也不等秦冉回答，就這樣笑著結伴走了，留下一臉愣愣的秦冉。

喂喂喂，這是怎麼一回事啊？怎麼突然感覺事情變化太快，自己都有點跟不上了。難道，大家今天練舞很是積極，於是身上的汗味太重，忍耐不住了，所以才這般著急？

沈淵走了過來，在秦冉的面前站定，他凝視著她，眼底帶著驚豔。

原來，穿上舞衣的阿冉，如此好看，便是她黏在額角的髮絲，都教他覺得好看不已。

「妳今日上舞蹈課了？」

話音剛落，沈淵便想給自己一拳，問得這都是什麼啊！她穿著舞衣，身上還帶著微微的熱氣，怎麼看都是剛剛從舞蹈課下課的。

他覺得自己今天好像犯蠢了。

秦冉對於沈淵的懊惱是半點也不知道，她點了點頭，帶著甜笑說道：「對，今日是東夫子的課。」

見著秦冉的笑容，沈淵心中的懊惱登時便消失了，他的眼底帶著點點的溫柔和克制。「這裡熱了些，我們移步去那邊吧。」他指著距離他們只有幾步路的樹蔭底下。

「好啊。」秦冉也覺得站在樹蔭下會好受許多。

其實這裡的夏天不算是特別熱，最起碼比起前世來說，肯定還是涼爽些的。可是，這裡沒有冷氣啊。

想到這個，秦冉就不由得可惜，就連開國長公主都沒有能夠把冷氣做出來，她這輩子大概是沒有指望再一次吹上冷氣了。算了，反正還有冰塊呢，聊勝於無了。

果然，站在樹蔭底下，涼風拂過，秦冉登時感覺好了許多。

「妳的臉上還帶著汗呢。」沈淵下意識將自己袖中的帕子拿了出來，遞給秦冉。「妳擦擦吧。」

「好啊。」秦冉也很自然地接了過來，對著自己的臉就是一頓亂抹，可是抹到一半的時候，她才想起來，現在遞帕子的人是沈淵，不是她家的杏月和橘月。於是，她的動作就僵住了。

沈淵看見秦冉僵在半空中的手，這才想起來自己的行為似乎是過了。他只是想叫她擦擦汗，而後鬆快些，沒有別的意思，可是現在，是自己孟浪了。

兩個人站在樹蔭底下，默然無言，因為一時之間不知道該如何開口，便僵持住了。

撲通、撲通、撲通、撲通——

不知道為什麼，秦冉覺得自己有點怪怪的，好像有些不自在，但又不是真的不自在。更教她覺得奇怪的是，為什麼好像還聽到了自己的心跳聲？

「我……」

兩人同時開口，不由得同時看向對方。

秦冉抓著帕子的手已然放下來了，可是帕子依舊抓得緊緊的。她微微仰頭看著沈淵，突然意識到他比自己高出好大一截。

沈淵微微低頭看著秦冉，餘光瞟了一下四周，正好並無他人經過，他沈心定氣。「阿冉，我有話想要和妳說。」

「啊、啊？」秦冉眨眨眼，眼底滿是茫然。「說、說吧。」

「我心……」

「沈淵——阿冉——」

聽見這個充滿活力的聲音，沈淵的臉色在一瞬間就黑了下來。秦冉剛好轉過身去看來人是誰，便沒有看見沈淵臉上的變化。

秦冉笑了笑。「咦，是阿成啊！」

端午假期的小聚會讓六個人成了朋友，是以彼此也就不用那些客套的稱呼了。

大魏朝的民風開放，對於稱呼名字這樣的小事情並不在乎，自然，郎君和女子們之間來往也比前朝多了許多。何況都是學生呢，尚未畢業取字，根本就無傷大雅。

盧紹成幾下就跑了過來，臉上帶著明朗的笑意。「沈淵，我可算是找到你了，夫子說有事情找你呢！」

秦冉聽後便明白了，說道：「那，沈淵、阿成，我們下次再聊吧！」她對著沈淵和盧紹成道別，而後提著裙角走了。

莫名的是，她跑到一半的時候回了頭，對著沈淵笑了笑，而後轉過頭，一路朝著自己的寢舍而去，半點不敢停留。至於為何不敢，她也不知。

她只知道，自己的心，都快要從喉嚨口跳出來了。

第二十三章

沈淵面上一直是帶著笑意的，可是直到秦冉的身影消失了以後，他的臉色就沈了下來。

他轉過頭看著盧紹成，眸色深沈。

盧紹成不由地後退了一步。「嗯，為什麼你看起來……好像有點生氣呢？」他仔細地想了想，自己最近沒有做別的事情；既沒有作弄別人，也沒有惹是生非，也沒有不做功課。

所以，為什麼沈淵的臉色這麼難看呢？

「第三次了。」沈淵皮笑肉不笑。「事不過三。」說完，他便朝著乾字院而去，步履生風，只有這樣才能夠壓住心中的怒氣。

下次，下次定然要找一個沒有人的地方！不對，是要找一個盧紹成根本就不會去的地方！

被丟下的盧紹成卻是丈二金剛摸不著頭腦。怎麼了這是？今天大家都怪怪的，明明是夫子讓阿清來找沈淵，但是阿清卻讓自己來了；然後，自己明明沒有做錯事情，但是沈淵的臉色卻很不好。

盧紹成一臉茫然，怎麼了呀這是？

身在寢舍的唐文清卻是微微一笑。今日本該在乾字院的沈淵卻不在，想也知道是出去尋阿冉說話了，說不定還會說一些悄悄話。他若是去了，打攪了沈淵，豈不是要倒楣？所以，他才會讓阿成去喊人。

至於阿成？嗯，沒有關係，他已然習慣倒楣了。而且最近京城風大雨大，讓沈淵多多拘束一下阿成也好，免得他一個心性不穩，就出去跟著攪和在風雨之中。

唐文清感慨，自己當真是深藏功與名啊！

另一邊，秦冉一路跑回了自己的寢舍，卻因為一路低著頭，砰的一聲，又撞到了門上。她倒退了兩步，整個人顯得茫然不已。

她摸了摸腦門，剛才是又撞上了？

正好回來拿書本的孔昭聽見了聲響，出來一看，很是哭笑不得，她趕忙上前扶住了秦冉。「阿冉，妳怎麼又撞上了？」

「我……」秦冉眨眨眼。「我低著頭，沒看見門關著。」

孔昭只覺得好笑不已。「這一次怎麼又低著頭跑回來了，啊？」她看著秦冉就像是在看自己家那個不懂事的小妹妹一樣，莽莽撞撞的，才讓自己撞到頭了。

「我……」秦冉一時語滯。「我也不知為何啊，就、就這樣跑回來了。」

孔昭搖頭。「還疼嗎？」

秦冉摸了摸自己的腦門，搖搖頭。「不疼的，就是剛才有點愣住而已。」

想到剛才那個聲響不大，孔昭這才放心了。「妳剛下了舞蹈課，先休息休息，等到熱氣散了再去沐浴，不要讓自己著涼了，知道嗎？」嶽山書院每個班之間的課表安排都不太一樣，所以孔昭在午膳之前還有一節課。

秦冉乖巧點頭。「嗯，我知道的，我不會馬上就去沐浴，我可以給自己調一杯青梅飲，等到喝下去，熱氣也散了，才會去沐浴。」

孔昭滿意點頭。「如此才好。」她摸了摸秦冉的臉頰。「熱呼呼的，看來今日的舞蹈課有些難度。好了，我先走了。」

秦冉微微垂著眼眸，對著孔昭揮了揮手。「嗯，阿昭再見。」她臉上的熱氣其實不是因為上課，今日的舞蹈課於她而言並不難。也許是因為自己跑著回來，所以才會這麼熱吧？

嗯，就是這樣的。秦冉忽略了自己跑回來的地方距離她的寢舍並不遠，不會有這麼紅熱的臉。

她進了自己的寢舍，拿出早就調製好的糖漬青梅和酸梅、熟水，給自己調了一杯青梅飲。一口下去，酸酸甜甜的，感覺暑氣都散了許多。等到喝完了一整杯青梅飲，她站起身來，拿了一身新衣裳要去沐浴。

只是到了沐浴間的時候，解開衣裳，一塊帕子突然掉了出來。

秦冉下意識就將帕子撿了起來，再次藏進了袖子裡，還左右看了看有沒有人。等到反應過來自己的動作很是鬼祟以後，便頓住了。

啊，為甚自己要做這般事情啊，好奇怪啊！

秦冉把臉埋進了自己的雙手裡，空無一人的沐浴間教她將自己的心跳聽得清清楚楚的。

撲通、撲通、撲通——

唉，好丟人哦！幸好沒有人看見，萬幸了個萬幸……但是，還是好丟人。

東先生收拾好了自己，一路到了山長的院子。即便院門敞開著，她依舊敲了敲門，等到謝如初回應了，這才邁步進去。「山長。」

「東先生。」謝如初笑看著東先生。「請坐。」

「不必了。」東先生搖搖頭，而後將一個東西放在謝如初面前的桌子上。「原物奉還。」

桌子上的東西赫然是幾日前謝如初扔進院中水井的那枚鎮紙。

謝如初將它拿了過來，隨意地放在桌子上。「東先生，前幾日的事情，還是要多謝你們。」

「不必言謝。」東先生雙手置於腹前，神情淺淡。「任何想要傷害嶽山書院的人，都是我們的敵人。」

謝如初卻是微微嘆氣。「東先生可要避一避，妳出手了，應當有很多人都知道妳的身分，這會為妳引來許多麻煩的。」

「不必了。」聽見謝如初這般說，東先生的神情溫和了許多。「我從來到嶽山書院的那一天起，就已然有許多人注意著我了。這是我的選擇，所以不必避讓。」那些只敢在背後搗鬼的人，若是當真敢面對她，她倒是要說一聲勇氣可嘉呢。

如今只敢行鼠輩之事，卻是教人真真正正地看不起。

謝如初啞然，而後微微嘆氣。「我當初要為妳安排一個身分，可妳就是不願意。」若不然，也不會如同今日這般沒有退路。明槍易躲、暗箭難防，他終究還是擔心。

東先生笑了。「我便是要教他們都知道，我就是身分有異。可是他們，又能如何？又敢如何呢？」

看著東先生張揚的笑意，謝如初不由得收起了那份擔憂。是啊，長公主留下來的人，誰欺負誰還不一定呢！

方雨珍回院子的時候，發現小廚房裡面有人，猜想定是阿冉在做好吃的。果然，她一走進去就看到忙碌的阿冉。

「阿冉，妳在做什麼？需要我幫忙嗎？」

正在認真做事的秦冉被突然出聲的方雨珍嚇了一跳，卻是沒有尖叫出聲，而是瞪大了雙眼，傻愣愣地站在原地。

「哈哈哈！」瞧著秦冉這般可愛的樣子，方雨珍不由得笑出聲。

秦冉終於回過神來了，瞪了方雨珍一眼。「妳嚇了我，還笑呢！」

「對……對不起。」方雨珍趕忙止住笑聲，只是面上還是不由得帶了笑意。她當真不是故意的，只是瞧著阿冉實在是太可愛了些，沒有忍住。哪有人這般呆呆的，被人嚇到了就站在原地發傻的。

嘖嘖嘖，幸好阿冉無須和別人動手，要不然啊，敵人都衝過來了，她還在原地站著呢！

「哼！」秦冉轉過身。「今日的葡萄糕妳不要想了，沒有！」

方雨珍一聽，這如何能行啊！「我錯了啊！阿冉不要這般狠心啊，妳要是教我看得到吃不到，豈不是很殘忍？」人生一大幸事就是可以吃到阿冉做的吃食，若是只能看不能吃的話，那當真是太殘忍了。

秦冉側過頭瞥了她一眼。「若是要幫忙，來幫我把葡萄擰汁吧。」哼哼，知道害怕了吧？

「好好好！」方雨珍點點頭。只要能讓她吃上葡萄糕，莫說是給葡萄擰汁了，就是現在去摘葡萄都沒有問題。

她趕忙上前幫忙，生怕晚了就什麼都沒有了。「對了，妳今天不是上了舞蹈課嗎？往常的話，妳都不會做東西吃了啊。」

因為舞蹈課比較耗費力氣，這個時候的阿冉一般都是沒有心思做甚吃食的，今日倒是不一樣，教方雨珍奇怪不已。

不過啊，幸好自己用過了午飯，覺得無聊就回來寢舍準備午休，這才能夠趕上吃著熱呼呼、新鮮出爐的葡萄糕。

這麼一想，便覺得自己今天當真是幸運無比。

秦冉不知道方雨珍其實沒有要細究的意思，不過是隨口一問而已，她整個人都僵住了，心虛不已。

在沐浴間愣怔了許久的秦冉還是把自己打理乾淨了，然後換好衣裳的她匆忙趕去食堂用飯，假裝沒有誤拿別人的帕子這回事。只是她回來以後，還是忍不住瞧著帕子許久，最後仍是洗乾淨了。

帕子可是要還給沈淵的，自然是要洗乾淨。

可是，瞧著在自己房間裡晾著的帕子，秦冉只覺得自己腦子不知怎的，就是無法冷靜下來。她想，應該是因為自己又在沈淵的面前發生了尷尬事，所以尷尬得難以冷靜下來？

為了教自己冷靜下來，她決定動手做點東西。每次下廚的時候，秦冉都可以讓自己沈浸在食物的香味之中，從而靜下心來。她的心實在是太亂了，所以一定要做點什麼才行。

而後，秦冉便見到了小廚房裡面的葡萄。這也是書院的山上種出來的，只不過沒有像荔枝一樣往外賣，單純提供給夫子和學生們。

正好，可以做葡萄糕。於是，秦冉便捋袖子開始做點心，只是沒有想到方雨珍會回來，被她嚇了一跳而已。

「就是……」秦冉的神情飄忽。「就是看到葡萄，想要吃葡萄糕了。」

「這樣啊。」方雨珍生性單純，也就信了。

秦冉鬆了一口氣。幸好是阿雨，如果是阿昭的話，肯定是不會相信這個理由的……咦，等等，自己為什麼要對阿雨隱瞞呢？直接說不就好了？

秦冉的手又僵住了。

嗯，大概、也許、可能……是因為自己覺得太尷尬了，不想要別人知道？嗯，是了，沒有錯，就是這個原因。

秦冉鄭重點頭。就是因為尷尬，沒有錯！

認認真真地擰汁的方雨珍沒有注意秦冉的神情有異，否則便是一定要問清楚了。

砰——

盧紹成被打倒在地上，揚起一陣塵土。

沈淵對此卻是眉眼不動，淡然說道：「起來，再來。」

盧紹成不服輸，爬起來再朝著沈淵攻過去，只是，不過一時半刻卻又倒下去了。

砰——

沈淵的神情依舊沒有任何波動。「起來，再來。」

「不來了、不來了，再來我就死了。」盧紹成卻是不行了，乾脆躺在地上裝死。「說是切磋，你這分明是單方面揍我。不不不，我又不是個傻子，不來了，不來了！」

沈淵從夫子那裡出來以後，就說要和自己切磋。一直想要和沈淵過招但是不成功的盧紹成別提有多高興了，開心地跟著沈淵來到後山的寬闊處。

誰知道，沈淵一上來就是大殺招，逼得自己也不得不用上全力。

現在呢，自己躺在地上像一條死魚，但是沈淵除了衣裳沾了些塵土，呼吸凌亂了些，還是那一派翩翩風度。就這樣還要叫他繼續來？不，不來了，再來他就玩完了。

這個時候的盧紹成已然明白了，現在的沈淵就是在收拾自己。只是不知道自己到底哪裡做錯了，讓他又出狠招了。明明他最近很乖，都沒有做壞事啊？

說起來，盧紹成自小就是被寵愛長大，脾氣自然是比較大的；更不要說明帝登基以後，更加明目張膽地偏疼，讓盧紹成成了一個小混世魔王。雖然沒有做大壞事，但是調皮搗蛋什麼的簡直就是家常便飯。

可以說，對於盧紹成而言，平日裡做得最多的事情就是鬧事了。若不是明帝在他的學業一事上從不放鬆，他還會是一個沒有學識的混世魔王呢！是以後來他考上了嶽山書院，當真是教明帝喜出望外，喜得大擺宮宴慶祝。

只不過，盧紹成飛揚跋扈的日子在進了嶽山書院以後就一去不復返了。不僅僅是因為夫子們的嚴厲教導，還因為有沈淵的存在。他和盧紹成明明同齡，卻總是能夠輕而易舉地將他壓著。

盧紹成的那些把戲，在沈淵的面前根本就不夠看。他當時那個後悔啊，早知道他就不要在街上看見有人想要欺負沈淵而出手幫忙了，不然自己也不會被鎮壓得這麼慘。最慘的還是他不管向誰告狀都沒有用，因為誰會相信沈淵做壞事呢？

後來盧紹成漸漸長大，也知道沈淵是為自己好，是真的在報恩。雖然……咳，其實當時的沈淵並不需要自己幫忙就是了，畢竟，他的武功遠超過自己。

於是乎，盧紹成就和沈淵成了至交好友。當然，沈淵也是他心中的大魔頭，尤其是生氣時的沈淵。

可是啊可是，他最近真的好乖的，沒有惹事情啊！

不遠處看好戲的唐文清笑出了聲。哎呀，看熱鬧這種事情，他最是喜歡了。這樣想著，他便走了過去。

「我倒是覺得沈淵下手輕了些。阿成，你最近又在熬夜看兵書了，對嗎？」

盧紹成的身子一僵，面上露出了我命休矣的神色。

沈淵聽見這句話，神色卻是緩和了。

他看著盧紹成。「你還不死心嗎？」

第二十四章

「我……」盧紹成盤腿坐在了地上，雙手握得死緊。「我不死心，我如何能死心？我是盧家兒郎，身上流著盧家的血液，戰場才是我的歸宿。」他猛地抬起頭來，雙眸晶亮。「當年蠻族受了重創，卻並未真正死心，有朝一日，蠻族還是會捲土重來的。於公於私，於國於家，我都不想要死心，也不想要放棄！」

因為盧紹成是盧家最後的血脈，所以整個盧家，甚至是無數的將士，還有明帝都將他看得很重。他們願意培養一個文武雙全的盧紹成，卻不願意看見一個專精於沙場謀略的盧紹成。

因為他們都禁不起再一次的失去了。

可是這對於盧紹成而言，其實才是一種負擔，一種枷鎖。只是他的心底卻是一個很能體諒他人的溫柔之人，從不將自己渴望沙場的事情展現出來，因為他不能夠教在乎自己的人傷心。

於是，盧紹成總是假裝不在乎。可是他畢竟還是個少年，無法排遣心中的難過，便開始搗亂破壞了。

最近，盧紹成在御書房外不小心聽見明帝和臣子們的商討，知道了蠻族私底下的動作，和從未消失的南下野心。這件事情，讓盧紹成開始偷偷拿起以前只有在課堂上才會拿起的兵書。

儘管，盧紹成早就對許多兵書內容了然於胸；儘管，盧紹成的沙盤推演每每都是勝出的，可是他現在什麼都不能做，只能夠看兵書以為消遣。

「唉！」唐文清嘆氣，他如何不了解阿成呢？他們可是好兄弟啊；可是他也知道，阿成想要上戰場是難於登天的事情，那麼多人對他的偏愛，也是一種沈重的枷鎖，無法掙脫的。

何況，阿成心思體貼，不願那些人傷心，就更加無法掙脫了。

盧紹成聽見唐文清的嘆氣聲，整個人都蔫了，垂頭喪氣的。

沈淵理了理衣裳，留下了一句「看就看吧」，而後便離開了。

盧紹成驚呆了。自己不用繼續挨揍了嗎？

唐文清笑了笑，手中的扇子敲了敲盧紹成的腦袋。「笨啊。」

「為何說我笨啊？」盧紹成很是不滿地跳了起來。「我可是皇帝叔叔親口誇讚過的聰慧，還是嶽山書院地字班的學生，我哪裡笨了，哪裡笨了?!」

唐文清笑了。「那你告訴我，為何你今天挨揍了呢？」

「我……」盧紹成一時語滯。「我……我不知道啊。」只是他下一刻卻又馬上理直氣壯了起來。「沈淵的心思向來不是我能夠懂的，這不是我笨啊！」

唐文清將手中的扇子合了起來，無奈地用扇子抵著自己的頭。自己當初為何會和他成為好友呢？約莫是眼睛被什麼東西給糊住了吧。

「我之前是否告訴過你，沈淵喜歡上了一個女子？」

盧紹成點頭。「知道啊，你說過的。」

「那你知道是誰嗎？」

「嗯……」盧紹成不由得撓了撓腦袋。「我、我不記得你有沒有和我說過這件事情了。」

莫生氣、莫生氣，看在阿成今日為你擋了一劫的分上。唐文清在心中這樣說服自己。

「那我就再說一次吧，是阿冉。」

「啊?!」盧紹成驚訝不已。「原來是阿冉啊，原來沈淵喜歡阿冉這樣的女子啊？」

唐文清被盧紹成的聲音嚇了一跳，下意識地左右看了看，沒有看到其他人，這才鬆了口氣。「小聲些，教沈淵聽見了，你我二人都要倒楣。」

盧紹成也嚇了一跳，當即左右觀望。還好，還好沈淵沒有回來。「所以……」他想到了剛才的事情。「我挨揍是因為我攪擾了他們兩人相處嗎？」

唐文清挑眉。「你說呢？」而後他轉身朝著寢舍走去。「好了，莫要繼續呆站著了，回去漱洗，下午的課還要上呢。」

「哦，好。」盧紹成應了下來，而後又覺得好像哪裡不對。等等，是不是這個原本去找沈淵的人，好像不是自己來著？「唐文清！」

等盧紹成反應過來，唐文清早就走遠了。

開玩笑，若是留下來，豈不是要和阿成過招？雖然阿成打不過沈淵，但卻是打得過自己的。

溜了溜了，識時務者為俊傑，他可是俊傑中的俊傑呢。

書院的日子一如既往，就是在學習學習再學習的過程中度過。雖然偶爾有放鬆，但是嶽山書院的學生都是很自律的人，並沒有浪費時間。下課時間吵吵嚷嚷的，幾乎都是在說學業的事情。

除了最近的騎射課，只有箭術練習沒有馬術練習這一點和以往不一樣，其餘都無甚不同，好像一切如常。

只不過對於秦冉而言，卻是有大事發生。

因為她被謝如初山長點名，說是要親自教導她的策論。這一點可是讓整個嶽山書院的人都側目了，難道這位女子是什麼天縱奇才，才會教山長另眼相待？

可若說是天縱奇才，好像在嶽山書院中能稱得上這四個字的人，也就只有沈淵了吧？這位秦冉，好像無甚特別的。

後來大家在打聽了秦冉的成績以後就想明白了，看來就是因為她的策論實在是不夠好，才會讓山長費心。也是，畢竟山長很是關心嶽山書院的每一位學生，他們之中許多人都是被指點過的。

這樣一來，書院的學生們就不怎麼關注這件事情了。畢竟都是學生，自然是以學習為主，有時間，多做幾道題不好嗎？

至於和秦冉同一個班的學生，還有同住在一個院子的姊妹們，都很為秦冉高興。她的策論成績實在是差，當真是需要好好補一補才行。雖然大家都認為其實她的策論寫得不算太糟，但是策論的夫子卻總是不滿意。

能夠讓山長親自指點，一定會有進步的。

秦冉也這麼覺得，雖然因為成績太差引來山長的注意，而後教他親自給自己指導，這實在是有些難為情。可是想想，也算是壞事變好事？更何況，山長還誇讚過自己呢！

其實秦冉和眾人都不知道的是，當初秦冉考入嶽山書院的那一篇策論實在是太過於出色了，教當時的策論夫子驚為天人，覺得秦冉一定是一個天才。畢竟年方十歲就能夠對黃河之水說得頭頭是道，將來應是一位能吏，可以造福百姓。

只是沒有想到，秦冉入學以後，再沒有寫出這樣令人眼睛一亮的策論了。這教策論的夫子很是失望，覺得應該是秦冉的潛能還沒有被激發出來，策論不應當寫得如此一般，應當更為出色才對。

於是，夫子對於秦冉的策論要求其實比其他人都還要嚴格，以至於她的策論成績也比起其他人還要更低些。若不是嶽山書院用得是等級評分，怕不是還要更低呢！

眾人總是不懂為何他們覺得秦冉的策論尚可，但是在夫子那裡就是不能過關。至於說夫子的刻意刁難，那就更加不可能，畢竟策論夫子對於秦冉也很是在意的。

若是秦冉知道了，定然是要大喊冤枉的。當初入學那一篇有關於黃河的策論，她是站在了前人的肩膀上啊，雖然秦冉記得的前世東西實在是少，但畢竟還是留下了記憶的，有些習以為常的東西，在這裡看來卻很是不平常。

所以，入學後所做的策論才是秦冉的正常水準，只是，誰都不了解罷了，她自己也毫無所覺。畢竟，現代沒有一個人會覺得手頭的圓珠筆很難得，不是嗎？道理是一樣的。

秦冉不知道其中緣由，因而對於自己的策論實在是無甚信心。於是，為了在山長那裡表現得好些，這幾日學習更是努力了。若不是孔昭看管得嚴，怕是就要通宵看書了。

叩叩叩。

秦冉敲響了山長院子的門，乖巧地在門口等待。只是好久了都沒有人回應，她又敲了敲，這次的聲音就比較大了。

「進來。」從裡頭傳來一個有些模糊的聲音，但是一聽就知道是山長的聲音。

秦冉揹著自己的書包往裡面走，走到了山長的書房門口。「山長，學生秦冉。」

「進來、進來。」這一次，聲音清晰了些。

秦冉踏步進了書房，就看到謝山長從書架後面擠了出來，當真是擠出來的。「山長？」

謝如初樂呵呵地笑著。「今日想要找尋一本書，發現總是找不到，就去了書架後面找，果真找到了。」謝如初的手中拿著一個木盒子，很是仔細地擦著上面的灰塵，全然不顧自己的臉上和手上都是塵土，他笑著自我調侃。「人老了，變醜了，記性也差嘍。」

「不是的。」秦冉搖頭。「山長依舊是儒雅英俊，不醜的！」說實在話，雖然山長上了年紀，但是一身長衫氣質儒雅，渾身打理得很是乾淨，就連鬍子也很是整潔。

在嶽山書院學生們的心中，山長可是排名最好看的老頭第一名呢！

謝如初高興地笑了。「哎呀，不行了、不行了，比不過了。」雖然嘴上謙虛著，可是高興的神情卻沒有掩飾，顯然他也是樂意聽的。「秦冉啊，妳坐。」

「多謝山長。」秦冉跪坐在謝如初的對面。這麼多年了，她跪坐蓆子也算是有點心得了，再不會像以前那樣，雙腿都麻了。

唉，說多了都是淚。明明開國長公主都把桌椅做出來了，但很多時候大家還是跪坐的，尤其是在正式場合的時候。對她而言，當真是太不友好了。

謝如初將盒子放在了桌子上。「我去洗個手，髒了些，妳稍等。」

秦冉點頭。「是，山長。」

謝如初走了出去，準備給自己打點水洗手，而後又看到自己也該洗洗臉。

秦冉跪坐在書房之中，很是端正，不多時就聽見有人進來了，便轉頭過去看。「山長……沈淵？」

沈淵的手中提著食盒，對著秦冉笑了笑，眼底溫柔如水。「阿冉。」

「沈淵，你怎麼也在這裡啊？」秦冉原本因為待在山長的書房有些緊張，怕自己等一下跟不上山長的進度，教他失望，但是一看到沈淵，整個人都放鬆下來了。

不知道是不是因為他救過自己的命，她便好像有些依賴他。

「我啊，」沈淵笑著提高了食盒。「給山長和他今日教導的學生送些小吃食。」

秦冉眨眨眼，有些反應不過來。「嗯？」

此時，謝如初也走了進來，整個人乾淨如初，又是迷人的老頭一個。「沈淵來，正好正好，我們三人先用點吃食，而後一起。」

「一起？」秦冉覺得自己頭上滿是問號。

沈淵跪坐在秦冉的一旁，將食盒中的三碗豆腐腦拿了出來，又拿出了幾個碟子，裡面有醬菜之類的鹹菜，也有紅豆、白糖之類的甜料，顯然顧及到口味不同。

「山長教導的人不僅阿冉一人，還有我。」沈淵很是自然地將醬菜的小碟子推到謝如初那邊，而其他的都放在他和秦冉這邊。

他其實早就注意過，秦冉的口味多和南方人重疊。

謝如初端坐後看了沈淵一眼，心中嘖嘖稱奇。難道是天賦不成？如此會討好女子。唉，秦冉這個丫頭啊，怕是逃不出他的手掌心了。

秦冉對於謝如初的眼神毫無所覺，正在為山長教導的是兩個人而高興呢！原本她還覺得緊張，怕山長失望，但是現在看沈淵也在，瞬間就安心多了。而且若是自己教山長生氣了，好歹還有一個學神在呢，他總是不會讓山長生氣的。

「要加何物？」沈淵很自然地端起一碗豆腐腦放在秦冉的面前。「妳可以自己選。」

謝如初瞧了一眼三人的碗中，心中冷笑。呵，居然給秦冉丫頭的豆腐腦是最多的，不過看在沈淵自己的是最少的，就暫且不計較了。

「嗯……」秦冉看了一圈，而後給自己加了白糖紅豆還有葡萄。「居然還有葡萄啊？」

沈淵嘴角帶著溫柔的笑意。「之前書院用冰塊冰著，還是很新鮮，是以，我就帶了些過來。」

「沈淵，你真有心，我超愛葡萄的。」秦冉覺得美滋滋的。今天真是幸運的一天，好開心呀！有人陪著一起讀書，還有豆腐腦吃，豆腐腦上面還有葡萄。今天，真的超幸運！

沈淵依舊溫柔。「妳喜歡就好了。」

第二十五章

謝如初抬眼看了一眼沈淵。呵，書院摘下來的葡萄要是還沒有吃，到現在都爛了吧！就算是用冰塊冰著，也早就沒有那份清甜了，這分明就是其他地方送過來的。

唉，也就秦冉這個傻丫頭相信了。好了，不用看了，她十成十逃不開了。

秦冉加好了料，正要開始吃，微微抬頭就看見還沒有動手的謝如初，手上的動作就停了下來。

她歪著頭，微微疑惑地問道：「山長，您不吃嗎？」

「吃啊，」謝如初笑笑。「我這就吃。」說著他給自己加了醬菜之類的料，而後看了秦冉一眼。「妳也可以開始吃了。」

「嗯。」秦冉點頭，而後側過頭看著沈淵，一副催促的樣子。

沈淵的唇角彎了彎，而後給自己加好料，這才看到秦冉滿意的神色。

只有謝如初注意到，他加的東西和秦冉的一樣，甚至連順序都一樣。不知道為什麼，往日裡覺得美味無比的豆腐腦，似乎失去了它原有的滋味。

秦冉看到另外兩個人都有了，這才高興地端著碗開始吃了起來。嗯，好好吃哦，她最喜歡吃甜豆腐腦了。

沈淵注意到秦冉臉上滿足的神色，嘴角的笑意加深。

謝如初看看秦冉，再看看沈淵，啊，莫名覺得好飽，晚飯似乎都不需要了呢，呵呵。

用過了豆腐腦以後，沈淵和秦冉兩人幫著將桌面收拾乾淨，而後拿出自己的筆墨。

只是，謝如初卻是阻止了他們磨墨的動作。「先不急，我這裡有本書給你們看，你們一起看，看得通透、明白了，我再給你們出題。」

沈淵和秦冉對視一眼，而後點頭。「是，山長。」

謝如初將剛才找到的盒子打開，小心地把裡面的一本書拿了出來，放在桌子上。「這是十年前楚玉寫的一本書，是她畢生心血，天底下也就這一本。你們兩個好生瞧瞧，而後再來寫我出的題。」

「楚先生的書?!」秦冉雙眸晶亮。「多謝山長饋贈，學生一定好好研讀。」是偶像的書啊，還是只有一本，開心！就算沒能學到什麼，只要看到這本書，都覺得好開心了。

沈淵也很是鄭重。「多謝山長。」楚先生的書可不是誰都能拿到手的，更何況據他從父親那裡了解到的，楚先生性子狂傲，也向來不愛寫書，這一本，怕是因為山長吧！

沈淵想到父親說過，山長和楚先生只能算是舊年相識，並沒有多深的交情。看來父親錯了，山長和楚先生的交情是外人都無法了解的深厚，不然的話，楚先生也不會將自己的心血送給山長。

只不過，沈淵摸了摸那本書。這件事情他是不會往外說的。

謝如初看著沈淵的神情就知道，他怕是想得有點多了。

唉，其實啊，這本書是他硬是要賴讓楚玉寫的。楚玉那個人向來都不如何在乎身前身後名，也不覺得她需要將自己的什麼思想心血記錄下來。

但是謝如初卻覺得有必要。他認為，若是以後都無人知道，豈不是太可惜了？於是就在楚玉家賴了一個月，硬是讓她寫了下來。雖然也答應了以後絕不刊印，但是沒有關係，如果他選定了足以信任的人，等到他和楚玉都過世了，那就可以刊印了。

反正答應不刊印的人是自己，又不是別人。當年正直守禮的謝如初，早就因為楚玉，學會了耍賴鑽空了。

謝如初站了起來。「我去忙點別的事情，你們好好看。秦冉啊，若是有看不懂的，問問沈淵。」

「是，山長。」秦冉的眼睛已經無法從書上離開，只能這樣回話了。

謝如初走到了書房外面，回頭看了一眼。因為只有一本書，是以兩個人的距離越來越靠近了。他不由得笑了笑，不知道，他們兩人的心什麼時候會更靠近一些呢？

此時的陽光還是熱的，謝如初不過是在院子裡站了站，便感覺到了熱意。只是他並不在意這個，而是看著京城的方向，眼底帶著深深的思念。

他這一生從未成親，無兒無女，當年的親人、老友也都一個個離開了，雖說家中還有晚輩，卻算不上如何親近。如此想來，在這世上，和自己最是靠近的人只有楚玉一人了。

只是她的心像是深淵一般教人看不清，不知道，她是否也在意自己呢？

也許吧。謝如初在心中微微嘆氣。想當年，誰能不為她的光彩所傾心呢？那是一個，屬於楚玉的時代。

莊子裡，楚玉的手一抖，那一筆就寫得差了。

她放下了手中的筆，不再繼續往下寫。這一整幅字都被這一筆毀了，不寫了、不寫了，難道當真是人老了，連筆都握不住了？

楚玉不想要承認這件事情，她覺得說不定是有人在咒罵自己，才會讓她握不穩的。不知道那個人是誰，不然她一定要罵死那個人。

唉，敵人太多了，好像也有點困難。往日總是因為這個而自豪的楚玉，默默地嘆氣。

書房中，沈淵和秦冉還在研究那本書。

秦冉的手輕輕地放在了一個字上面。「沈淵，這個字怎麼讀啊？」唉，雖然是楚先生的書，但是她不得不說一句，這個字當真是……潦草。可以看得出來，當初楚先生在寫的時候，一定寫得很是開心，因為這一篇的字幾乎都要飛起來了。

可是她平生最認不出來的字就是草書了，尤其是狂草。不管別人如何誇讚，在她的眼中那都不能算是字，因為根本就認不出來啊！

沈淵瞧著秦冉不由自主地靠近自己，眼底的溫柔彷彿都要凝結了一般。「是『屑』字，不屑的屑。」

「哦，原來如此啊！」秦冉看著那個明明就和「屑」沒有半點像的字，懵懵懂懂地點頭。真是未曾想到，拜讀自己偶像的書的第一步居然是認字？唉，好丟人哦。

瞧著秦冉有些懊惱，沈淵說道：「想必當時楚先生心情激蕩，這草書確實好，只是有些人對於草書無可奈何，倒是有些為難了。」

秦冉一聽，立時點頭。「對對對，好為難的。」不愧是人見人愛人人誇的學神，太體貼了吧！她就是那些為難的人之一，頭要禿了的那種為難啊！

沈淵側過頭，雙眼凝視著秦冉的雙眼。「無妨，我一字一句唸給妳聽，也是一樣的，如何？」

「嗯，多謝你。」秦冉對上了沈淵的雙眼，不知為何，心跳好像變得快了些。她馬上垂下雙眼看著書，再不敢看沈淵。

生得太過於好看，也是一種犯規。唉，幸好自己拿沈淵當朋友，不然在這樣的容貌之下，怕不是要動心。

那可不行，學神配學渣的話，太浪費了。嗯，沒有錯，就是這樣的，太浪費了啊！

這樣想著，秦冉剛才還有一些快的心跳就恢復了，她也不由地坐得離著沈淵遠了一些些。

這樣一點的小距離，卻是教沈淵一眼就發現了。他的眼底掠過了一些失落，卻也沒有縮短這點距離。他們現在終究是朋友，他不能逾越，只是，心中還是有些失落的。

雖說心情低落了些，但沈淵不是會糾纏於此的人。他認真地為秦冉讀著書上的內容，總是關注著她的神情，也總能夠發現她的迷惑，從而為她講解一二。

秦冉聽著聽著，又自然地朝著沈淵的方向靠近了些，只是，她自己卻是毫無所覺。而沈淵，本就只是小小的失落，也因此都消失了。阿冉她的內心裡也是想要靠近自己的吧？否則，不會如此。

夕陽投在地上的光漸漸地拉長了地上的影子，時間也在一點一點地過去，只是書房之中認真讀書的兩人，卻是毫無所覺。

謝如初在書房門口看了看，笑著搖搖頭。他當年讀書也是如此認真，只不過他可沒有佳人在側。

這樣想著，他悄聲走開了，到了院門外面。

謝如初找來了書院的雜役，讓他去食堂提三份晚飯過來。看著他們兩人讀書認真的勁兒啊，恐怕早就忘記吃飯這回事了。

人是鐵、飯是鋼，一頓不吃餓得慌。這可是開國長公主說的呢，要認真執行。

「原來當年的東南海戰是這樣的啊！」秦冉眼中的光芒璀璨。「果然治國無小事，這都由小事成大事了。」

沈淵點頭。「或者可說是國與國之間無有小事。扶桑的確是如當年開國長公主所說，一直對我們虎視眈眈。楚先生大才，將之鎮壓，還教扶桑安靜了下來。」

秦冉說道：「還有西南的治理，也是不易。當年百夷族雖然早已對著大魏朝俯首稱臣，卻沒有想到有人私下裡竟然敢肆意打壓；若不是楚先生那時候在西南任職，而後發現蛛絲馬跡，並且早日解決的話，西南怕也是一片混亂。」

沈淵眼底的光也不弱於秦冉。「三十年來天下相，不只是短短的一句話而已。」若自己能有楚先生的一半功績，倒是不枉來這世上一遭了。為的不是求名，而是教世間百姓都安居樂業。

他向來都知道，安居樂業這短短四字，從來都不是易事。

謝如初走進了書房，看著已經燃盡了大半的燈油，無奈地說道：「你們二人都看了這許久，還未看完嗎？」
沈淵站了起來。「山長，實在是抱歉，學生覺得這本書尚未研究透，怕是無法應答山長的題了。」
秦冉也跟著站了起來。「山長，學生也沒有學透。」她的心中鬆了一口氣，幸好還有沈淵陪著自己，要不然的話，她現在一定緊張死了。
謝如初看了一眼沈淵，而後說道：「無妨，你們明日課後也可以來看。今日晚了，先回去歇息吧。」這是楚玉的書，他是不會讓任何人拿走的。
秦冉朝著謝如初行禮。「是，山長，學生明日再來。」
沈淵也對著謝如初拱手行禮。「學生多謝山長。」
謝如初點點頭，而後對著他們擺手。「去吧，回去歇息吧，不要誤了明日的課。」
「是，山長。」兩人拿起自己的東西，而後離開了謝如初的院子。
天色是真的晚了，此時，月亮掛在天上，雖說不夠圓滿，光線卻是明亮。是以雖然天色晚了，兩人卻沒有提燈籠，因為月光就足夠了。
秦冉低著頭看著路面上兩個人的影子，月光在背後，他們的影子在前。莫名的，有一種難以言喻的感覺。她走著走著，而後突然往前走一步，一腳踩在了沈淵的影子上。
只是下一刻，她整個人都僵住了。啊——為什麼沒有控制住自己啊，身邊的不是阿昭也不是阿雨，是沈淵啊！

天崩地裂一樣的表情在秦冉的面上出現，而後她開始裝作沒有任何事情發生一樣。咳，是的，只要假裝不存在，那麼這件事情就會真的不存在了。

沈淵快走了兩步，一腳踩在了秦冉的影子上，而後他回過頭，對著有點呆愣的秦冉笑了笑，說道：「怎麼，不允許我踩回來？」

「才不是呢。」秦冉從呆愣中回過神來。「你……你不覺得我很幼稚嗎？」她其實就是很喜歡踩影子，因為總覺得好像將那個人給踩住，再不會離開了自己一樣。

但是其實她知道的，這個太過於幼稚了些。是以，秦冉已經不像小時候那樣，總是愛踩著自己在乎的人的影子了，只是偶爾還是有點控制不住。不是單純地因為好玩，而是想要將身邊的人留下來。

忘了是誰告訴她的，忘了是多久以前得知的，總之秦冉就是記得，如果踩住了一個人的影子的話，那麼對方就會留在她的身邊了。無論是親人也好，是朋友也好，都會留下來的。

不知為何，今晚的她看著她和沈淵的影子，心中蠢蠢欲動，而後就一腳踩上去了。只是踩上了才發現自己做了傻事，想要裝作沒有發生過，卻沒想到沈淵也會和自己有一樣的動作。

她的心，有些失序了。

第二十六章

沈淵對著秦冉笑了，眉眼之間是滿滿的溫柔。「就算是幼稚也要踩，如此才公平，對嗎？」

秦冉愣了愣，而後笑著點頭。「對，這樣才公平。」說著她又跑向前，再一次踩住了沈淵的影子。「看，我兩次了哦！」

沈淵瞧著秦冉開心不已的樣子，眼底的笑意加深。「那麼，阿冉妳說，我要不要踩回來呢？」

「嘻嘻！」秦冉對著沈淵眨眨眼。「才不讓你踩回來呢！」說完，她就一溜煙地朝著前面跑了。

沈淵卻是樂得笑了出來，而後足下輕點，馬上就到了秦冉的身邊。「阿冉，妳忘記我會輕功了。」

「啊，你這是作弊啦！」秦冉加快了速度，才不讓沈淵追上呢！

只是，會輕功的總是比不會的更占便宜些。沈淵一個翻身就落在了秦冉的面前，對著她笑得歡暢。「阿冉。」

「呼呼呼……」秦冉跑得都在喘氣了。「你、你……會輕功就是好啊……」哎呀，可惜她就是學不會輕功什麼的，太可惜了。

沈淵的腳微微向前，踩住了秦冉的影子，對著她挑挑眉。

秦冉微微抬頭看著沈淵，正想說些什麼，卻是一下子就撞進了沈淵的雙眼。往日裡，她似乎總是沒有真正看過他眼底的情緒，或者是因為他太會隱藏。

而今晚，他的一切情緒都從眼底流露出來，再無法掩飾。他雖不言不語，可是眼底的溫柔比這月色還要溫柔，如水一般，似乎能夠將他看著的人沈溺一般的溫柔。

撲通、撲通、撲通——

秦冉的雙手按在了自己的心口處，想要讓自己的心跳變得正常些。是不是，自己看錯了呢？是不是，自己自作多情了呢？

沈淵不明白為何秦冉突然不說話了，可是見她雙手按在自己的心口，便以為她身子難受，登時著急了。「阿冉，妳怎麼了，可是剛才跑得太過，身子不舒服了？我帶妳去看大夫吧？」

「沈淵。」秦冉呆呆地看著沈淵的雙眼，不由得脫口而出。「你，是不是喜歡我啊？」

她從來都不覺得沈淵這樣的人會喜歡自己，他對自己的好，從一開始就是帶著距離的。

秦冉很明白，這是因為他是一個溫柔的人，不會教人為難的。只不過，是從什麼時候開始，他對待自己的態度少了那幾分的距離呢？

秦冉不記得了，好像是從某一天開始就變成這樣了，可是她一直沒有發現，因為她從不敢朝著那個方向想。

沈淵，皎皎君子，如松如竹，是她見過最好的郎君。

但是她不過是一個很普通的人，他怎麼可能會喜歡上自己呢？他們最多就是朋友了，這是秦冉認定的，所以一切的異狀都教她忽略了。

只是今晚，她卻是無法忽略了。也許是因為沈淵的情緒再不那般掩飾了，也許是因為今晚的月色太美了，靈光一閃，這樣的念頭就出現在秦冉的腦中，以往想不通的那些事情，似乎也就想通了。

秦冉的性子有些羞怯，甚至有的時候還有些自卑，但她也是勇敢的，若是要糊糊塗塗的話，她倒是寧願一開始就直接問清楚。

於是，她便問出口了。若是錯了，她便和沈淵道歉；若是對了，那……

沈淵聽見這句話，彷彿被雷劈中了一般，整個人都怔住了。他的雙眸凝視著秦冉的雙眼，從她原本清澈不已的眼底看見了忐忑和期待，就像是自己原本的心情一樣。

原來，不是只有他一個人會忐忑不安，不是只有他一個人會期待不已。

沈淵輕笑了一聲，微微彎下腰，伸手捧著秦冉的臉，柔聲說道：「是的，我心悅妳，無可更改。」

「可……」剛才還勇敢不已的秦冉聽見沈淵的回答以後，卻開始想要退卻了。「可我、我不夠好。」他這麼好，應該有更好的女子來相配才對。她生得一般，成績也一般，怎麼配得上呢？

沈淵的聲音卻是更加溫柔了，彷彿沒有看到秦冉的小小退縮。「可在我眼中，妳便是最好的。阿冉，妳很好，妳是最好的。」

「我……」

沈淵笑著說道：「阿冉，除非妳不喜歡我，否則我不接受拒絕。」明明聲音如此溫柔，卻還是帶著些許的霸道。他深深地望進秦冉的雙眼，彷彿要進入她的心底一般。「阿冉，我心悅妳，妳呢？」

他本想著和阿冉慢慢來，可是心中的情感卻不是那般好控制的。他看到阿冉就會心生歡喜，瞞得過一時，卻是瞞不過一世。他想要和阿冉在一起，他也看見了阿冉眼底的喜歡，又怎麼甘願放手呢？

什麼君子風度，什麼不為難他人，什麼體貼諒解，都在這一刻見鬼去吧！他想要知道阿冉的心意，不想她有所迴避。

「我？」秦冉看著沈淵，微微地咬著下唇，雙手緊緊地攥緊了。「我若是……也心悅你呢？」

沈淵笑了，眉眼之間滿是喜悅。「那便是我最大的榮幸。那麼，阿冉，妳可願意給我這份榮幸？」

「不是的。」

聽見這句話，沈淵的心底一沈。

秦冉搖搖頭，雙手搭在了沈淵的手臂上。「是你給我的榮幸，而不是我給你的。」

她想要貪心一次，想要由著自己一次。這樣好的沈淵，她不想要讓出去，想要留在身邊。

沈淵的心又飄飄搖搖了起來，不過片刻，便是一瞬地獄，一瞬天堂。

沈淵鬆了一口氣。他可從未想過，自己會這般狼狽。可是，比起狼狽，他心底掀起巨浪一般的歡喜卻是將他整個人都給淹沒了。

就一句話，一句話而已，便可以教他如此歡喜。

「阿冉，如此我們便是兩情相悅了？」沈淵的聲音帶著微微的顫抖。

「嗯。」秦冉點點頭，眼神卻根本不敢落到沈淵的身上。她的眼神飄來飄去的，就是沒有落到實處。因為她覺得自己的臉都快要燒起來了，又如何敢看沈淵呢？

沈淵的身子微微向前傾，而後在半途停住了。他的手放開了秦冉的臉，伸手將人攬入懷中。「阿冉，實在是抱歉了。」

「嗯？」秦冉的臉頰染上了好看的緋紅。「為何道歉？」

「我本不該孟浪，只是心中歡喜，實在是難以自已。」沈淵此時的眼底滿是歡喜。「如此，便讓我多擁妳片刻，可好？」

他耐心地等待著秦冉的回答，卻是沒有放開懷中的人。良久，才聽到一聲輕輕的「嗯」。

沈淵輕聲笑了，笑聲教秦冉覺得臉上卻是更燙了。

若是可以，沈淵自然想將秦冉就這樣帶走，隨身帶著，也免得總是心生牽掛。可是他也知道這是不可能的，無奈之餘，只能夠將人放開。

他瞧著她，眼帶歡喜。「我送妳回去。」

「不……不用了。」秦冉仍舊是不敢抬頭看他，面上燒得厲害。「已經不遠了，我可以自己回去的。」

沈淵卻是伸手拉住秦冉的手。「若是不能送妳回去，我心難安。阿冉，我送妳回去可好？」

「嗯。」秦冉實在是禁不得沈淵說，於是只能點頭應下了。

沈淵笑了笑。「如此，我們走吧。」他便拉著她往前走。

月光在後、影子在前，只是影子卻是和剛才大不一樣了，因為那兩個人的影子靠得很近，彷彿原本就該是這樣的。

秦冉邊走，一邊不由得轉頭偷看沈淵。一次、兩次，沈淵假裝未能察覺，這三次、四次的，他可是裝不下去了。於是，在秦冉再一次偷看自己的時候，他也轉頭看著她。

沈淵本身是習武之人，今晚的月光又這般亮，他便將秦冉臉上的緋紅看得一清二楚，不由得輕笑出聲。「為何這樣看我呢？」

「我……我就是看……看看而已。」秦冉低下了頭，好像地上有什麼好東西一般。

她微微有些苦惱。自己好像連話都不會說了，好笨。其實她就是感覺很不真實，總覺得自己是在作夢一樣。

這麼好的人，就這樣落在自己的手裡了？不知道到底是自己不清醒，還是他不清醒，所以秦冉就想要多看幾眼，怕他只是虛幻，在自己不注意的時候就會消失了。

沈淵輕輕地捏了捏手中的小手，笑著說道：「阿冉是我心上之人，妳可以隨意看。嗯，不收費的。」

秦冉訝異地抬起頭來瞧著沈淵。剛才在開玩笑的人，是沈淵嗎？

沈淵說道：「所言非虛，妳當真可以隨意看。」

秦冉不由得說道：「那別人難道看了就要收費嗎？」

沈淵認真思考了片刻，而後說道：「怕是無人願意花銀子來看我的。」

「我願意的呀。」

「嗯？」沈淵訝異。剛才那句話，是如此羞怯的阿冉說的嗎？

秦冉又低下了頭，被握著的手卻是反手抓住了沈淵的手。「我願意花銀子看的，我有好多銀子的。」從小到大，她的月錢就不少，但是幾乎沒有花用，所以日積月累下來，還真的是不少。

沈淵笑出了聲。若不是他顧及現在已然天色晚了，怕打擾到別人，怕是要笑得更大聲些。「我說了，阿冉是我心上之人，隨意看，不收費。」

「嗯。」秦冉點點頭，而後便抬頭看著沈淵而不看路了。她的眼中是滿滿的歡喜，對他的喜歡。

她就這樣看著，所有的情緒似乎都付諸於那雙眼睛之中。

沈淵卻是猛地停了下來。「到了。」

「啊？」秦冉有點沒反應過來，臉上還有些呆呆的。

沈淵伸出另一隻手，輕輕地敲了敲秦冉的腦袋。「再往前不是我能進去的，我只能走到這裡了。」

嶽山書院的寢舍分為男女，位在一南一北兩個方向。這中間有一道院牆隔開，郎君們是絕對不可越過這道牆的。

秦冉一看，果然，這不是沈淵能往前走的了。「那我先走了。」

「嗯，去吧。」沈淵放開了秦冉的手。「妳往前走，我看著妳。」

「好。」秦冉點點頭，轉身朝著寢舍的方向走，只是走了不過兩步，卻是轉過身來，衝到了沈淵面前，猛地一把抱住了他。「明日見。」而後她轉身就跑，生怕被追上了一樣。

沈淵被秦冉的動作給弄得愣了神，回過神來只能看到秦冉的背影，他不由失笑。說是羞怯，卻又會有這樣出乎意料的時刻，以及……

沈淵不由得嘆氣。剛才她那樣看著自己，滿心滿眼都是自己，當真是教他心動不已。重重地呼出一口氣，沈淵略帶著苦惱地笑了。幸好他不能再往前走了，如若不然，在阿冉這樣的眼神之下，當真是再強大的自制都要被瓦解了。更不要說剛才那個意外的擁抱，更是教沈淵心動。

沈淵轉身往回走，伸手捂住了自己的心口。

他終於明白為何剛才阿冉要這樣捂著心口，因為若不如此，怕自己的心就要跳出來了。

「阿冉。」沈淵輕聲地叫著那個令自己心動的名字，渾身都是滿滿的歡喜。

第二十七章

秦冉一溜煙地跑回了她們的院子。這個時辰院門已經關了，但是她這一次記得看門了，沒有像之前那樣直接撞上去。她輕聲地開了門又關上門，而後就那樣傻傻地站著。

想著剛才的一幕幕，秦冉站在原地傻笑，兩隻手的食指糾纏一起，硬是把自己的手都給弄得紅了，等到回過神來，才趕忙去漱洗。

秦冉在房中漱洗時不時就傻笑一下。她現如今就像是飄在雲上一樣，整個人輕飄飄的。躺在床上的時候，秦冉不由得有些苦惱。可惜她和沈淵不是一個班級的，不然的話，明日就可以看到他了。

想著想著，秦冉就睡熟了。她的嘴角帶著笑意，彷彿夢到了什麼美好的事情一樣。

不過本來就是，今夜便是她的美好。若不是怕吵醒了別人的話，她都想要高歌一曲了，因為，她真的好生歡喜啊！

「阿冉，妳們快些！」次日清晨，方雨珍在院門口急得都要跳腳了。「今日食堂的早點可是有湯餛飩，我們若是晚了，那就沒了啊。」

湯餛飩可是食堂大廚的拿手好菜，卻不是時時都有的，而且因為太好吃了，總是很快就賣完了。賣完了，就沒有了，莫怪方雨珍這般著急。

孔昭卻是站在方雨珍的身邊，笑看著她跳腳的樣子。

「來了、來了！」秦冉拽著自己的書包從房中衝了出來。「我來了！」她昨晚睡得太美了，早上差點就睡過頭，於是就起晚了。

方雨珍牽住了秦冉的手，另一手牽起了孔昭的手。「我們衝去食堂，不然的話就沒有得吃了。」

秦冉重重點頭。「好！」想到往日裡吃到的湯餛飩的鮮美，她也有點忍耐不住了。這要是吃不到，多遺憾啊。

於是，兩人跑了起來，四條小短腿奔得飛快。

孔昭無奈地笑著，只能跟著這兩個人朝著食堂的方向跑。不過她們兩個人比她矮了些，是以孔昭其實還帶了些輕鬆的樣子，不像她們，瞧著很是辛苦。

於是，這三人在一路上就教人很是側目了。

「呼，終於趕到了。」方雨珍看著食堂的人不是很多，總算是放心了。「阿冉、阿昭，我們快去看看還有沒有湯餛飩。」

「好。」秦冉跟著往前，雙眼直勾勾地看著打菜的窗口。啊，想吃！

「阿冉，過來這裡。」

「嗯？」秦冉聽見有人在喊自己，猛地停下了腳步，方雨珍都被她拽得退了一步。她朝著聲音來源處看去，沈淵就站在不遠處笑看著自己。「沈——」她突然意識到了什麼，看了看身邊的方雨珍和孔昭，有些心虛。

沈淵卻好像沒有看到秦冉的遲疑一樣，笑著走了過來。「我多點了一份湯餛飩，分給妳吧！」其實並不是的，而是他特意點的，因為他知道她會喜歡。

「好……」秦冉看了看身邊的方雨珍和孔昭。「可是，她們還沒有呢！」

孔昭正要說話，方雨珍卻是先開口了。「哎呀，這沒有什麼，我和阿昭去點就是了。阿冉妳過去等我們啊，正好我們坐一起用早點。」之前他們六人都算是熟識了，是以方雨珍並不覺得沈淵和她們說話有什麼奇怪的。

本來他先認識的人就是阿冉，和她打招呼，多的湯餛飩給她，很正常嘛！

孔昭的神情一頓，無奈地看著方雨珍。這個憨貨……

想到昨晚無意間看到沈淵和秦冉之間發生的事情，孔昭本想著將他們分開，可是誰知道方雨珍這個憨貨卻是一口就應承下來了。若是現在說要分開用餐的話，反而顯得很是奇怪，無奈之餘，就只能夠如此了。

「既是這樣，」孔昭的右手手指微微動了動。「阿雨，妳去點湯餛飩吧，我和阿冉一起等著妳。」

方雨珍卻硬是拉著孔昭走了。「哎呀，我一人拿不動那許多，難道早上就只用一碗湯餛飩嗎？那肯定是不夠的，來來來，來幫忙，占位置的事情有阿冉一個人就夠了。」

這種時候，方雨珍的力氣倒是大了起來，卻是將孔昭氣得夠嗆。這個憨貨，果然是最近對她放鬆了些，皮癢了，她們走了，根本就是讓阿冉羊入虎口啊！

走在前面的方雨珍突然感覺到了一股寒意，難道是今日的衣裳穿少了？可是，正值夏日呢！嗯，錯覺錯覺，還是動作快些吧，不然湯餛飩就沒有了呢！

沈淵瞧著站在自己面前，腦袋卻一直低著的人，輕聲笑了。「阿冉，我們過去那邊坐吧。」

「嗯。」秦冉點點頭，跟著沈淵來到了食堂的角落。

她本以為只有她和沈淵的，但是看到了還有其他人，登時就放鬆了一些，只是心底似乎閃過了一絲微不可察的失落。

唐文清對著秦冉點點頭。「阿冉。」

盧紹成對著秦冉笑了笑，只是不慎扯動了臉上的傷處，笑容有些扭曲。「阿冉。」

秦冉也對著他們笑了笑。「你們好。」

唐文清和盧紹成知道自己只是沈淵扯來的旗子而已，所以和秦冉打過招呼以後，就安靜地不出聲。唉，不是他們要這般識相，而是他們知道，要是破壞了沈淵的好事的話，他們就要有「好事」發生了。

交友不慎啊交友不慎！

沈淵示意秦冉坐在自己的對面，而後將桌子上的一碗湯餛飩推到了她的面前。「快些用吧，莫要涼了。」

「可是，阿昭和阿雨還沒有到呢。」秦冉面對著沈淵，微微一抬頭便可見到他的容顏，臉頰便控制不住地要熱起來。

明明他們認識的時候，她都不會如此，偏生就是昨晚以後，她見著他就忍不住要臉紅。難道是因為他們兩人的身分變化嗎？秦冉不知道，她只是知道，自己總是控制不住面上的熱意就是了。

沈淵就這樣瞧著秦冉。她的臉頰泛紅，小巧的耳朵也是淡淡的緋色，似乎連那雙水潤的大眼睛，都帶了點淡淡的緋色。他的心不由得又有些失控，面上卻是沒有表現出來半分。

他將一盤白雪片推到了秦冉的面前。「要不，先用些白雪片，我想她們應該很快就過來了。」好可惜啊，若是只有他們兩人一起就好了。

不過，今日也還是要到山長那裡去，倒不算是特別可惜了。

「好。」秦冉微微抬頭，對著沈淵露出了一個笑容。這個笑容和剛才面對唐文清、盧紹成的完全不一樣，帶著點點的羞怯和滿滿的歡欣，還有，她看著沈淵的眼神，帶著不盡的情意。

明明就只是一個字而已，只是一個笑容而已，只是一個眼神而已，卻是教沈淵的心猶如擂鼓。他在心中苦笑，她對自己的影響當真太大了，可是，他卻是甘之如飴。

秦冉本只是想著看沈淵一眼，卻一眼就撞進了他的眼底，猶如沈溺在望不見底的水潭之中。

「你們兩個，傻看著對方做甚呢？」拿著吃食過來的方雨珍一眼就看到對坐著兩兩相望的沈淵和秦冉，她疑惑不已。這兩人不用早點，傻看什麼呢這是！

沈淵和秦冉被方雨珍一言驚醒，兩人的眼神就這樣分開了。

秦冉抬頭對著方雨珍和孔昭笑笑。「妳們來啦？好快啊。」她只覺得自己臉上的溫度似乎更高了些。

「對啊，我們跑得快。」方雨珍坐在秦冉的旁邊。「快吃啊，湯餛飩冷了就不好吃了。」

「哦，好，我這就吃。」秦冉趕忙拿著湯匙開始用早點，低著頭，一副誓死不抬頭的樣子。不過倒還是記得用筷子去挾白雪片來吃，這才教她對面的人不是那麼心塞了。

沈淵當真是……無言以對。

孔昭的嘴角上揚。如此看來，有的時候，憨貨也不是那麼沒有用的。她家阿冉可不能就這麼被叼走了，至少不能這麼簡單就便宜了沈淵。

至於唐文清和盧紹成，不好意思，他們兩人可不想說話。尤其是盧紹成，他可不想再單方面挨沈淵揍了。這都多少天了，傷勢還沒有好全呢，嘶，下手也忒狠了，不愧是沈淵。

這六人坐在一桌，其實很是教人側目，尤其這裡面還有一個沈淵的時候。只是大家都是嶽山書院的學生，雖然好奇，卻是不會如何過分的，頂多就多看幾眼，再不然就是好奇為何這幾人看起來關係不錯的樣子。

「六月初三便是當今的四十聖壽了。」沈淵不想教秦冉的頭越來越低，於是便說起了別的事情。「各國都會派遣使臣前來賀壽，我想他們應該都在路上了。」

說到了這個，盧紹成就原地滿血復活了。「那可不是，尤其是依附於我們大魏的那些小國，從年頭，有的甚至是去年就開始準備壽禮了。這一次的壽宴，定然是能夠大開眼界。」

唐文清無奈地聳聳肩。「我怕是瞧不著這樣的熱鬧了。」他是家中庶子，哪怕在嶽山書院頗有聲名，唐父也有幾分看重，但終究是只有幾分而已。只要嫡母和他的「好大哥」弄點么蛾子，他就無法進宮參加壽宴。

不過也無妨，唐文清向來不如何在乎。

盧紹成卻是伸手杵了杵唐文清的胳膊。「你到時候只要用我的名頭就好了，你一定能夠去壽宴的。」別的不敢說，就他盧紹成的名頭，還是有許多人想要攀附上來的。

誰讓皇帝叔叔就是偏心他呢？

唐文清笑著搖搖頭。「不必了，我也不過是說說而已。」他不想要總是用著盧紹成和沈淵的名頭，倒不是為了什麼自尊心，而是因為他們是自己的好友。

「不，你一定要來看。」盧紹成的神色變得嚴肅了起來。「此次壽宴，蠻族的王子也會來。」

此言一出，整張桌子的氣氛就變了，就連害羞得低頭的秦冉也驚訝地抬起頭來看著盧紹成。

孔昭皺眉。「此言當真？」

「嗯。」盧紹成點頭。「其實皇帝叔叔已經不準備繼續壓著這個消息了，你們也只是早一些知道而已。」

方雨珍恨得牙癢癢。「這些蠻族，肯定沒有好心！」

盧紹成此時卻是沒了半分的開朗，整個人看起來沈鬱了許多。「怕是當年的事情過去久了，又皮癢了。」

他所說的當年事情，就是盧家三父子將蠻族打得七零八落，但也就此在戰場上喪生的事情。畢竟過去了十幾年，蠻族原本被打得害怕的心思也開始重新蠢蠢欲動了。

現在大魏朝沒有盧家父子那樣出眾的將帥之才，蠻族自然是要蠢蠢欲動的。何況蠻族覬覦中原之心從來不死，想也知道他們是不會一直安安分分的。只是沒有想到，卻是來得這麼快罷了。

一時之間，眾人沈默不語。

雖然他們沒有經歷過那樣慘痛的事情，但這是盧紹成的痛，也是整個大魏朝的痛，他們自然是開心不起來。

盧紹成卻是笑了。「你們都沈著一張臉做甚？到時候蠻族來了，我們再給他們好看就是了。雖然是聖壽，但是皇帝叔叔可是不介意到時候發生點什麼事情的。」

要是真的發生了什麼教蠻族吃虧的事情，明帝不僅不會覺得晦氣，反而會高興不已。在明帝的心中，蠻族不僅是應該警惕的外族，還是害死了好友的仇人。若不是自己的行為牽一髮而動全身，也不肯教大魏朝百姓陷入戰火，明帝早就對蠻族再次用兵了。

不過無妨，他不想動只是因為顧及了大魏朝的百姓，可若是蠻族的人想要做點什麼，他也是無所畏懼的。嶽山書院一直都在培養將帥之才，並且也早已教明帝派去了各地歷練，哪怕比不上當年的盧家三父子那樣驚才絕豔，卻也是可堪一用的。

明帝雖然不希望盧紹成上戰場，卻也沒有想要讓他當一個傻子，所以很多事情，他都是知道的，甚至因為明帝的愧疚和偏愛還有放縱，他知道的消息比很多人都要多。

方雨珍點頭。「就是，反正開國長公主都說了，有的時候耍手段不叫做耍手段，叫做靈活變通。他們敢來，我們就敢欺負他們，他們要是敢伸手，那就剁了！」

比起方家那些擅長用藥也更為溫和的家人們，方雨珍的性子火爆，更喜歡直接動手。所以，她說這話當真再是正常不過了。

盧紹成滿意地看了方雨珍一眼。「說得好。」

方雨珍得意地對著盧紹成挑眉，她說得當然好了。

唐文清看了方雨珍一眼，眼底帶著笑意，她可真是活潑啊。「如此，倒是真的要借一下阿成的名頭了，這次的壽宴一定有好戲看，我可不能缺席了。」

沈淵說道：「到時候我會給你下帖子，問你是否會去。」盧家和沈家的分量，足夠教唐父帶上唐文清了。

秦冉看了看他們，決定這次休沐要回家問一問，他們家有沒有去壽宴的資格啊？或者說能不能帶著自己去啊，因為以前她未曾去過，大家都去看熱鬧了，她也想去。

眾人都想著要去，卻有一人想到了另外一個重要的問題。

第二十八章

孔昭看著不知道在想什麼的大家，不由得笑了。「你們可是忘記了接下來的旬考？」

「旬考?!」

瞧這幾人的樣子，便知道是將旬考忘得一乾二淨了，只不過理由不同而已。例如盧紹成，近日來研究兵書如癡如醉的，除了正常上課，旬考什麼的早就忘記了；而方雨珍，定然是不知道從哪裡又得到了什麼新鮮玩意兒，玩得開心，也忘記旬考這件事情了。

至於秦冉，她一開始倒是記得，可是昨晚因為沈淵，現在滿心滿眼的都是他，自然也將這件事情給忘了。

看這三人如遭雷擊的樣子，孔昭笑容之中彷彿帶了些冷意。

「對，旬考。而且都莫要忘記了，很快就要期末考了，這一次的旬考可是很重要的，若是讓夫子們覺得你們考得太差，莫要說是休沐了，就連平日的休息時間都未必有了。」

好比盧紹成，雖然嶽山書院的地位獨特，山長和夫子們也向來不在乎什麼權勢地位，但是他畢竟身分特殊，夫子們是絕對不會願意看著他的成績下降的，否則若是明帝親自垂問，實在是教人頭疼。

還有方雨珍，因為性子跳脫，總是貪玩，時常在天字班、地字班和玄字班來回跳換，玄字班更是常駐；若是考得再差，就要去黃字班了，到時候夫子們也是要給她補課的，玩樂就莫要想了。

還有秦冉，她當年入學分班時可是天字班，後來卻因為考試成績不夠理想而到了黃字班，但夫子們仍然對她寄予厚望，並且她向來乖巧聽話，若考得差了，先不說旁人，自己就要奮起努力了。

是以，休息時間都沒有了這句話，不是在開玩笑的。

沈淵瞧著秦冉的小臉白了一瞬，頓時心疼不已，他柔聲說道：「阿冉莫要擔心，妳的箭術已然有進步，不會比往日更差。還有策論，可是山長親自指導的，也不會考得太差的。至於其他的，我幫妳便是了。」

「真的嗎？」秦冉淚眼汪汪的，瞧著可憐極了。

她可不能比上次旬考還要差了，不然爹娘和兄姊肯定又要遭人嘲笑了。哼哼，那些什麼同僚，就知道拿家中孩子的成績和她比，來嘲笑他們根本比不過的人，討厭！

誰讓學霸家族裡出了一個平庸的，那些往日裡都比不過秦家人的人，可不就是要逮著這一點不放，以此來找些平衡。

如此可憐可愛的秦冉，教沈淵眼底的柔情更深，他點頭說道：「嗯，真的。」

方雨珍莫名地看了看秦冉和沈淵。為何總覺得他們兩人怪怪的啊？

唐文清和盧紹成對視了一眼，而後挑眉。嘖嘖嘖，動心了的沈郎君，瞧著可真是嚇人啊。果然，管他是不是快要成仙了呢，一旦動心動情，立時就墜入凡塵了。

孔昭卻是微微看了沈淵一眼。想要這麼將人拐走了？想都不要想。「如此正好，不如我們六個人一起複習，大家互相幫忙，到時候旬考定然不會考得差了，畢竟我也是有些擔心的。」

這話簡直就是睜眼說瞎話，身為常年坤字院第一名的孔昭，她從來都不擔心任何考試。雖然偶爾會有一、兩科落後他人一些，但也只是一些，她向來名列前茅，只是沒有沈淵那般厲害罷了。

孔昭這話一說，秦冉便同意了。「既然如此，那我們就一起複習吧！」阿昭都說了擔心，肯定是因為快要到期末考了。雖然自己很多事都幫不上阿昭的忙，但是舞蹈課卻是可以的。

是的，孔昭偶爾落後的科目就是舞蹈課了。莫要看她騎射馭車很是在行，偏生舞蹈這一科就是差了點。按照東先生的話，就是有神無形，沒有感情在裡面。

方雨珍丟掉了剛才的些微疑惑，跟著同意，點頭說道：「對啊，大家一起，正好可以相互查缺補漏。」

盧紹成也跟著點頭。「對對對，大家一起好。」只要秦冉在場，沈淵就必定會為了自己的形象而多加忍耐，到時候就不必擔心他對自己下狠手了。

沈淵的臉色黑了一瞬，卻只能夠跟著同意了。阿冉都同意了，他若是不同意，豈不是讓她為難？

旁邊的唐文清默默地扶額。啊，阿成這個笨蛋，又在沈淵的死穴上來回蹦躂了。算了算了，反正他身強體壯的，肯定承受得起沈淵的教育，他還是莫要替阿成擔心了。就這樣吧，心好累。

用了早點，六人出了食堂以後便要分開了。畢竟大家的班級不一樣，課程不一樣，上課地方也不一樣。

秦冉走了幾步以後，退了回來，眼底帶著光，仰頭看著沈淵。「沈淵，今日要去山長那裡，你、你什麼時候課程結束啊？」

沈淵微微低著頭看她。「今日的課程只在早上，午後沒有課。」

秦冉眨眨眼，而後說道：「可是我午後有一節哦。」

「不然，我去等妳可好？」

「嗯，好。」秦冉的臉上綻放了笑意。「那午後見。」

「午後見。」

說完了再見，秦冉就小跑著離開了。

沈淵卻是看著她的背影，有點遺憾，本還想著午飯一起用的。不過也是，每個夫子下課的時間都不太一樣，更何況他們今日算學課的夫子總是愛拖課，若是讓阿冉餓著肚子等著自己，他可是捨不得。

秦冉其實也想著能不能和沈淵一起用午飯，可是今日坤字院黃字班的課程是律法，律法的夫子最是喜歡拖課了，要是讓沈淵餓著肚子等著自己，她會心中有愧的。

方雨珍卻是走在了最後面，看著沈淵和秦冉離開的背影，眼神充滿了疑惑。為什麼……為什麼她會覺得沈淵和阿冉兩個人之間怪怪的呢？總有一種說不出的感覺啊！

孔昭懶得和方雨珍這個憨憨說話了，也直接走了，天字班的距離比較遠，她可不能遲到了。

「阿雨，妳在想什麼？」

「啊？」方雨珍回過神來，卻發現眼前的人都走了，就剩下一個唐文清。「就剩你了？」

本來都已經離開，但是又回轉回來的唐文清笑了笑。「對，就剩下我了。妳剛才在想什麼呢？」

「想……」方雨珍頓了頓。「咦，我好像忘記了。」她剛才想什麼來著，被唐文清一喊，都忘記了。唉，自己這個腦子，除開書上的東西，總是容易下一刻就忘了，實在是無奈。

唐文清笑笑。「既然忘了，那便不是什麼重要的事情，等到妳需要的時候，就會想起來的。」

方雨珍點頭，笑得很是得意。「對，我也是這麼覺得。」阿昭還說她萬事不過心呢，可是明明就是事情不重要，才不能夠讓她放心上啊。

「對了，這個送妳。」唐文清拿出了一個紙包，放在方雨珍的面前。

方雨珍接過來打開來一看。「哇，是玫瑰糖啊，還是合芳齋的玫瑰糖。這個送給我？很貴的。」

唐文清笑著說道：「是多謝妳幫了我，所以這是謝禮。」

「我什麼時候……」方雨珍像是想起來什麼，對著唐文清笑了笑，帶著點不好意思。「你知道了啊？」

唐文清點頭。「是的，我知道了。」

其實也不是其他的什麼事情，就是方雨珍收拾了唐文海一頓，給他下了點癢癢藥。雖然不嚴重，但是足夠教他受的了。

她這是為唐文清報仇，誰讓他欺負自己的朋友呢！

方雨珍不好意思地撓了撓後腦勺。「我其實就只是看不過去，所以才給他一個小小的教訓。這本就是小事，沒有想讓你知道的意思。」

唐文清笑了。「他在家中哭天喊地的，我總是知道是怎麼一回事。多謝妳，我很開心。」被人這樣維護，他怎麼會不開心呢？

因此唐文清就想著要如何跟方雨珍道謝，可是她似乎喜歡的東西都不如何久，想來想去，倒是吃食能夠教她一直喜愛，於是便特意去合芳齋排隊買了玫瑰糖。

如今見她是真的喜歡，心中的大石頭便也落了地。

「嘻。」方雨珍越發地不好意思了。「本就是小惡作劇，上不得檯面的，卻讓你這麼鄭重地道謝。」

唐文清微微揚眉。「鄭重嗎？」

方雨珍重重點頭。「這玫瑰糖又貴又少，我雖然喜歡吃，卻也只買了幾次，所以當然是鄭重啊！」她的愛好總是來得快、去得快，但是花錢也快，月錢就那麼些，實在是不夠花，所以買玫瑰糖的次數就少了。

雖然方雨珍是家中幼女，又很是受寵，但是方家不是那種肆意的人家，方雨珍的月錢也就比她的哥哥們多了一倍，卻不能隨意地想買什麼就買什麼。於是這玫瑰糖，她一個月也就買一、兩次，還得是買得到的。

今日收到了一大包玫瑰糖，就表示這個月可以多吃一次啦，這個禮物哪裡不鄭重了，可鄭重了呢！

瞧著方雨珍高興不已的樣子，唐文清也跟著笑了。「妳喜歡便好。好了，快些去上課吧，快遲到了。」

「對，我可不能遲到！」方雨珍從玫瑰糖的迷幻之中清醒過來。「阿清，謝謝你的糖，我先走了。」

唐文清笑看著方雨珍離開，才朝著乾字院天字班走去。他的面上帶著濃濃的笑意，不知道是想到了唐文海哀號的樣子，還是想到了方雨珍雀躍的樣子。

往前幾步，唐文清看見了沈淵。本以為沈淵已然先行一步了，卻發現並沒有，而且，他一個人站在路口，很明顯是在等自己。

唐文清往前走。「還不走？若是遲到了可不好。」

沈淵走在唐文清的身邊。「你中意方同學？」

他很了解阿清，雖然他是一個有恩必報的人，卻不會對一個女子多麼地上心。因著生母的關係，其實很多時候，阿清對待女子都是敬而遠之的。

因為若是不慎招惹了誰，卻又無法給她幸福的話，那麼就和他的生父無甚差別了。阿清最是瞧不起他那個生父，無論如何都不願意和他相提並論。

是以，阿清能夠為了方雨珍花心思去想她喜歡什麼，還為了她去買玫瑰糖，本身就是不可思議的一件事情，除開動心，沈淵沒有其他的猜測了。

沈淵原本對情愛一事很是不理解，不明白為何有人會因為另一人神魂顛倒，可是遇見了阿冉以後，他就明白了，原來有的時候，一個人的情緒當真是身不由己。

「中意？」唐文清冷笑，眼底帶著自嘲。「我是誰？不過是一個庶子而已，出身卑微。她是方家的嫡女，還是捧在手心上的明珠，我怎麼配得上？沈淵，走吧，上課快要遲到了。」

沈淵看著唐文清的背影，不由得搖搖頭。若當真是從未起了心思的話，又怎麼會說出這樣一番話？若不是想過未來，又何曾想過配不配呢？

此後的幾天，沈淵認真地觀察了唐文清一番。可是不管是他們三人在一起的時候，還是六人一起複習的時候，唐文清對待方雨珍都和對待他人一般無二，就像從未有過半點不同一般。

只是，沈淵眼力過人，自然可以看得到唐文清偶爾落在方雨珍身上的目光。不過沈淵卻沒有要插手的意思，終究感情之事只能身在其中的人才解得其為，他人若是插手，始終不妥。

「沈淵，你在想什麼？」秦冉伸手戳了戳沈淵的手臂，滿眼的好奇。

在她看來，沈淵可是學神，居然會在學習的時候走神，那麼他在想的事情自然教人好奇了。

明日就要旬考了，是以今日沒有上課，夫子們讓大家自行複習。沈淵約了秦冉來到後山的一個涼亭處為她複習，畢竟是學神的考前複習，多有用啊！而且這個學神還是自己家的，秦冉當然是興奮地過來了。

只是沒有想到，複習沒有多久，就看到沈淵出了神。

沈淵微微側頭，對著秦冉笑了笑。「是阿清，但願此次他能夠去皇上的聖壽之宴。」

「考完旬考再拿成績，然後就是聖壽了。」秦冉微微嘟著嘴。「往日裡隨著爹娘去宮中赴宴的都是兄長和阿姊，今年不知道我能不能去。」

「為何妳從未去過？」沈淵心想著，若是阿冉曾經跟隨秦家人赴宴的話，說不得他們就可以早些認識了。

「因為，」秦冉笑笑，有些不好意思。「我憊懶了些，入宮赴宴實在是太累人了，所以，我都沒有跟著去過。」

想想大早上就要起來準備，但是很久方才得以進入宮中，而後又要循規蹈矩，不得有半點差池，入夜許久才能到家。

這樣折騰一整天，實在是嚇人，所以秦冉從來都不跟著去的。可是這一次聖壽不一樣，不僅是因為大家都要去，還因為這一次會有蠻族前來賀壽，肯定會有好戲發生。

第二十九章

秦冉還有些小時候的記憶，雖然已經模糊了，但是爹娘在家中痛罵蠻族，以及街上的那些寂寥，她還是隱約記得的。還有隔壁家因為兒子戰死的痛苦，更是在她的腦海中揮之不去。

蠻族的人要是安分守己倒還好，但要是做了什麼動作，魏朝自然是要讓他們好看。不過蠻族狼子野心了上百年，大魏朝的人，就算是一個孩子都不認為他們會安分守己。所以，她當然想要看蠻族的好戲了。

沈淵沒有想到會是這種理由，不由失笑。「既然往日裡只是妳自己不去，這次說要去，伯父、伯母一定會同意的。」

「但也要我的成績考得好一些啊。」秦冉的眉眼往下耷拉，看上去委委屈屈的，很是可憐。她才不想聽爹爹那些同僚的嘲諷呢，雖然爹爹都嘲諷回去就是了。

她才不是小廢物呢，她很有用的。

沈淵伸手摸了摸秦冉的頭。「莫怕，我說過了，妳進步了許多，定然會考好的，我對妳有信心。」

秦冉瞧了沈淵一眼，而後搖搖頭，長嘆了一聲。

沈淵哭笑不得。「妳嘆氣做什麼？」

「我在嘆息你的眼光不好啊，居然對我有信心。」秦冉還鄭重地點了點頭，以求加重自己所說的真實性。「我們班的人都對我無甚信心，就連我爹娘都說了，讀書一事盡力就好，所以啊，你說你是不是眼光不好？」

沈淵卻是沒有笑意，反而無比認真地凝視著秦冉的雙眼。「不是的，遇見妳是我最幸運的事情，喜歡上妳，也是我最有眼光的事情。阿冉，妳很好，至少在我的眼中，妳便是獨一無二的好。」

秦冉的臉轟地紅了，比此時外面的太陽還要熱。她低著頭，雙手的食指都絞在一起，也不怕把自己的手指給掰折了。

良久，她才小聲地開口說道：「沒、沒有那麼好啦。」

沈淵走到秦冉的面前，微微彎腰，雙手抬起了秦冉的臉，柔聲說道：「就有那麼好，阿冉，我從不說謊。」他瞧著秦冉的臉頰彷彿被鳳仙花給染紅了一樣，雙眼水潤潤的，看著教人心動不已。

秦冉仰頭看著沈淵，從他的眼中瞧見了自己，還瞧見了他眼底的真誠與疼惜。就像是被迷惑了一樣，她微微地傾身，一個吻輕輕地落在了沈淵的側臉。

下一刻，她便突然清醒了，想起來自己做了什麼，嚇得轉身就跑。她的速度不慢，很快就消失在沈淵的眼前。

沈淵愣愣的，完全沒了平時的冷靜。他傻愣在原地許久，這才伸手摸了摸自己的側臉。那裡，好像還殘留著秦冉的柔軟觸感一樣。

良久，他輕笑出聲。當真不知道阿冉是不是真的性子羞怯，若說她是膽子大的吧，經常與自己說著說著便紅了臉，甚至瞧著自己也會紅了臉；可若說她膽子小呢，不管是之前突然伸手抱他還是今日的親近，都是她主動的。

沈淵微微地有些苦惱。總是教女子主動，似乎顯得自己沒用了些啊；只是，他對阿冉珍之重之，生怕有半點孟浪便會冒犯了她，是以束手束腳的。若是下次讓他主動，怕也是不敢的。

沈淵嘆氣。他也有不敢的事啊！

而後，沈淵看著石桌上的東西，不由得笑了。小傢伙跑得倒是挺快的，但是東西卻忘了拿，不知道等下他將東西送去與她的時候，會不會羞得不敢抬頭呢？

沈淵將桌子上屬於秦冉的東西都給收好了，放進她的書包裡面。而後他帶上了自己的東西，拎著秦冉的書包，便要去找她。

可是走過了山路彎道的時候，發現有一個人突然竄了出來，想要奪走他手上的書包。

這個人，便是剛才羞得跑掉了的阿冉。

秦冉剛才被美色給迷惑了，輕薄了沈淵，而後卻是嚇得落荒而逃。可是逃到一半才想起來，自己的東西還落在了涼亭中呢，於是糾結了半晌，就轉過身準備將東西拿回來。

誰知道走到一半，秦冉就看到沈淵拿著自己的書包下來了，想了半天便覺得還是衝過去把書包拿走，然後趕緊跑吧！

她現在覺得實在是沒臉見人了，尤其是沈淵。

可是，沈淵豈能教秦冉得逞呢？他武功向來好，若不是秦冉再三出人意料，他可是不會教她跑掉的，就像這次一樣。

沈淵拽住了書包的一邊，手上一用勁，便將那個想要逃跑的人兒給抓了回來。他的動作乾淨俐落，不過一個錯眼的工夫，秦冉不但沒有能夠拿著書包跑掉，反而還往後倒了。

沈淵伸手從後面摟住了秦冉的腰，另一手還拎著那個書包。他在秦冉的耳邊輕笑了一聲。「我的好阿冉，要去哪兒？」

「我、我……」秦冉整個人都是傻的。她沒有想到自己不但沒有把書包從沈淵的手中搶走，反倒還把自己給賠了進去。現在，她被他給抓住了，根本就跑不了。

「阿冉要說什麼？」沈淵的聲音之中帶著笑意。「可是要說說，剛才對我所做之事，要如何收場呢？嗯？」他的最後一個字特意壓低了聲音，和往日清朗的聲音很是不同。

秦冉聽著，本就沒有退下去的紅色反倒更加深了些。沈淵逗了逗秦冉以後就準備放開她了，畢竟他還是捨不得對她如何的，更何況，剛才的事情若是當真計較起來的話，明明吃虧的人是阿冉才是。

這樣想著，沈淵的手臂就鬆了些，不再一直緊摟著她了。

「我……我賠你就是了。」秦冉沈心定氣，轉過頭，一口親在沈淵的唇上，而後另一手抄起了他手上的書包，拽著它瘋狂逃跑。

這一次的速度比剛才還要更快。

沈淵卻是整個人都傻住了，呆愣不已。他伸手摸了摸自己的唇，剛才的一切在腦子無數次來回重現。

於是，後山上便多了一個傻愣愣、滿臉通紅的沈郎君。

砰——

秦冉拿著自己的書包一路狂奔，回到了院中就反手將門給鎖了。哪怕她知道沈淵並不能來到這個地方，仍舊下意識這般做了。

「阿冉？」方雨珍咬著一塊鬆糕從自己的寢舍中出來，瞧著秦冉，心中滿是疑惑。「妳怎麼這般臉紅？難道，今日的日頭太毒了嗎？」她仰頭看著天，雖然說將近盛夏，但是嶽山書院處在山上，不比山下熱啊？

奇了怪了，阿冉怎麼就臉紅成這個樣子了？

「我……」對上了方雨珍純然的眼神，再想到自己方才做了些什麼，秦冉的臉就更紅了。「我……我就是跑著回來，所以很熱，所以就臉紅了……我、我這麼說，阿雨能明白嗎？」

「能啊。」方雨珍點頭。「我只是不明白，這麼大的日頭，妳跑什麼？而且，妳又沒有做虧心事，為何要口吃啊？」她一口吞掉了手裡剩下的最後一口鬆糕，這可不能浪費。

秦冉手上的書包掉在地上，雙手捂著臉。啊——為什麼剛才會那般做啊！這根本就是女流氓啊，輕浮浪蕩的，而且現在還讓阿雨看到了自己的不對勁。

有沒有哪裡來一個地洞，讓她先鑽進去一下啊！

「嗯？」方雨珍只是心大，很多事情都不如何放在心上，但是並不代表她蠢，更何況秦冉這個樣子，擺明了就是讓人一眼就看出來她有問題了啊。

這樣想著，方雨珍逼近了秦冉，拉下了她捂著臉的雙手。「阿冉，妳是不是有什麼事情瞞著我啊？」

秦冉沒有遮擋，眼神只能夠左右飄蕩，就是不去看方雨珍的眼睛。

只是這副樣子，明明白白地告訴了別人，她的心裡有鬼啊！

方雨珍當然也明白了，開始笑得很是邪惡。「我的小阿冉啊，妳今兒要是不老老實實地交代的話，就不要想我能夠放過妳了。」正好複習功課複習得頭昏腦脹的，剛好可以換換心情。

「就是、那個……嗯……」秦冉的眼神飄來飄去，不知道該怎麼說，最重要的是，她說不出口。難道要她告訴阿雨，她剛剛輕薄了沈淵後嚇得跑回來的嗎？說不出口啊！

「叩叩叩。」孔昭此時回到院子外面，卻發現反鎖了，這便敲了門。「妳們誰將門關上了？」

「阿昭回來了。」秦冉的雙眸一亮，總算是有人來解救她了，她轉過身將門打開來。「阿昭，妳回來了。」

「嗯？」迎上秦冉晶亮無比的眼神，孔昭卻是挑了挑眉。「發生了何事？」

「沒……」

「阿冉有事情瞞著我們。」方雨珍竄了出來。「我剛才在問她呢，硬是不肯說。」

孔昭上下地打量了一下秦冉，而後明白是發生了什麼事情，大約是因為沈淵吧！她笑了笑。「阿雨，阿冉既是不肯說，妳便不能強求。我曾說過的，難道妳都忘了嗎？」

方雨珍對上孔昭的眼神，抖了抖身子。啊，差點就忘記阿昭是個狠人來著。

於是，下一刻，方雨珍便立時立正站好。「是，我知道了，我不能硬是要探尋他人的私事，必須寬於待人。」

孔昭點點頭。「記得就好了。」

「其實，」秦冉反倒是有些不好意思了，腳尖在地上劃來劃去的。「我不是不說，只是沒有想好怎麼說。那個，我……」

孔昭抬手阻止秦冉，看著她的眼神寬容又溫和。「不如等妳想清楚了再說吧，更何況明日就是旬考了，還是專心準備考試吧。」

秦冉的心暖暖的。「知道了，阿昭，我等到旬考考完了再和妳們說吧。」正好教她想一想該怎麼開口才好。哎呀，若是跟她們說自己和沈淵在一起了，該不會覺得自己是發了癔症吧。

畢竟沈淵可是嶽山書院乃至整個京城裡最受歡迎的郎君了，而她呢，平平無奇的。

方雨珍聽到旬考以後就能夠聽到秦冉的事情，立時無比振奮。「我這一次一定會好好考試的，絕對不讓妳們失望！」

孔昭登時不知道該說些什麼才好。罷了罷了，阿雨本就是如此，從小都沒有能夠掰正了，如今又能夠如何呢？

噹——

嶽山書院的鐘聲響起來了，今天的考試結束。

今天是旬考的第三天上午，整個旬考都結束了，等著下午夫子們評完卷子，明天就可以拿到成績單了。當然，例如騎射馭車之類的考試，考試當天就知道成績了。

考完試的學生們都是一身輕鬆，就算是再如何愛讀書的人，這接連三天的考試都讓大家頭昏腦脹的。

「阿昭、阿雨！」秦冉從考場走出來就看到了孔昭和方雨珍，小跑著到了她們的身邊。「我們下午做什麼呢？」

「自然是讀書。」

「自然是睡覺。」

秦冉看了看左手邊說要讀書的孔昭，再看了看右手邊說要睡覺的方雨珍，而後陷入了沈默之中。那麼她要做什麼呢？讀書嗎？可是好像有些看不下去了；睡覺嗎？會不會不太好啊？

孔昭和方雨珍對視一眼，瞧著陷入了糾結的秦冉，面上的笑意不減。就是因為知道她會這樣糾結，才故意說得不同啊。她們家小阿冉當真是太可愛了，她們兩人說什麼都相信，真好玩。

「哈哈，當然是先去用飯啊！」方雨珍笑了，伸手戳了戳秦冉的臉頰。「到時間了，難道妳不餓嗎？」

秦冉摸了摸自己的肚子，點頭說道：「餓了，其實我考最後一科的時候就餓了，當時便覺得有些頭暈眼花。」

「這樣還不趕緊去食堂？」方雨珍拽著秦冉的胳膊往前小跑著。「走，晚了就剩下幾個菜了，單點的話要等好久，我可是等不了了。」

「欸欸欸！」秦冉被拽得往前跑，而後回過頭來看著孔昭。「阿昭，快跟上來啊！」

孔昭無奈，點頭跟上。

唉，總覺得自己像是多了兩個妹妹一樣，實在是讓人頭疼。罷了罷了，誰讓自己當初攬上身呢，總不好半途丟下。

這般想著的孔昭，眼底確實帶著細碎的笑意。

她在書院的時候，可是比在家中開朗許多。孔家是名門望族，卻也帶著沈重的枷鎖。家裡的每一個人都活得身不由己，孔昭卻不想如此。

總有一天，等到她足夠強大，就可以選擇自己想過的生活了。

跑在前面的兩個憨憨不知道孔昭的心裡在想什麼，趕緊進了食堂。因為是統一考試，所以這個時間的學生比平時多了許多。誰讓平時大家的課程不一樣，用餐時間也不太一樣呢。

方雨珍推了推秦冉。「阿冉，妳先去給我們占位置，我和阿昭去打飯。妳今日要吃什麼？」

「肉！」秦冉覺得自己餓瘋了，瘋狂地想要吃肉。

「好。」方雨珍拽著已經跟上來的孔昭，趕忙往打飯的窗口去了。

秦冉站在原地左右看了看，而後在一個角落裡面找到了位置。那張桌子好，還沒有人坐，足夠了。她高興地跑過去，一屁股坐了下去，熟練地占位置。

哈，每當這個時候總有一種夢回前世的感覺呢！食堂占位置搶飯菜，真的很大學呢！

第三十章

秦冉正要將書包放下來，就感覺到身邊坐了一個人。她正要轉頭說這裡有人的時候，便聞到了一股熟悉的味道。

這是三天前她剛被沈淵抓住的時候聞過的，有點像是檀香，卻又不像，帶著一股淡淡的、清冽的味道。

這種味道實在是太特別了，秦冉一下子就認出來了。於是，她想到了自己三天前做的破事和這三天都躲著沈淵的事情，整個人都僵住了，沒有絲毫動彈。

沈淵本是想要看看秦冉見到自己會是什麼反應，卻沒想到她還沒有轉過身就認出自己了。她不僅僅是整個人僵住了而已，脖子都泛著紅暈了，還一點一點地蔓延到了耳根與耳垂。

小巧可愛的耳垂上帶著紅暈，實在是教人……沈淵的眸色沈了沈，而後眨了眨眼，將這一切都掩飾了起來。

他輕笑了一聲，說道：「怎的，阿冉這三天都不肯見我，可以說是因為旬考，可是現在也不肯見我，難道是因為我讓阿冉如此不歡迎嗎？」

「不是的。」秦冉猛地轉過身來，著急忙慌地解釋。「我沒有不歡迎你，我只是……」她抬頭見到了沈淵眼中的笑意，也知道他不過是在開玩笑而已，於是便嘟著嘴。「哼！」

沈淵笑意更深。「阿冉，莫要不理我了，嗯？」因著是在食堂，周圍有許多人，是以他還是端坐著，面上的表情似乎也和往日並無不同。可是他壓低的聲音、帶著的情緒，卻都是不一樣的。

而這些，都是只有在秦冉的面前才會如此。

「我……」秦冉的手指又開始絞在了一起。「我沒有不理你啊！」她這話帶著無數的心虛。

沈淵微微挑眉。「阿冉沒有不理我，那便好。」他絕口不提自己這三天來根本就沒看到秦冉的事情。

他的小阿冉實在是太害羞了些，若是說了的話，只怕又是三天見不著了。

只是……想到之前秦冉做的事情，沈淵又不由得笑了。有的時候，他的小阿冉還是很有膽子的。

「嗯。」秦冉不敢抬頭，總覺得若是對上了沈淵的眼睛，她恐怕就要熱得變成蒸氣了。嗚，那時候她一開始是因為被美色沖昏頭腦，後來是因為沒想太多而已。

至於現在，真的是不知道該怎麼面對沈淵了。他不會覺得自己是一個女流氓吧？不對，自己就是個女流氓來著。

沈淵伸手，在桌底下握住了秦冉的手。「阿冉。」

他的這一聲阿冉又輕又柔，叫得人心都軟了。秦冉反手握住了沈淵的手，十指相扣，卻是不說話。嗚，心虛。

沈淵此時方笑了，眼底盛著滿滿的笑意。他的小阿冉怎麼可以這麼可人呢？他記得，她的生辰也在六月吧？及笄了，可以上門提親了。這樣可愛的小阿冉，可不能讓別人發現了。

若不然，定是有人要和自己搶的，那可不行，這已經是他的小阿冉了。沈淵眼底的笑意化為了堅定。

看來，是時候說一說上門提親的事情了。反正娘親早就在等著了，至於父親那裡，他相信娘親可以搞定的。

還在因為不知道怎麼面對沈淵而低著頭的秦冉可是沒有想到，在不過短短的時間裡面，沈淵已經想到要上門提親了，要是知道的話，她恐怕就不會一直低著頭了。

兩個人就這樣坐著，也不說話，在外人看起來就是一般認識的同學坐在一起而已。只是他們放在桌底下的手卻是十指交握，大手包著小手，帶著綿綿的情意。

「欸，沈淵？你怎麼也在這裡？」一方雨珍捧著手裡面的托盤找到了秦冉，然後就看到了坐在秦冉身邊的人。她覺得有點奇怪，怎麼沈淵也在這裡啊？

沈淵抬頭看著一臉驚訝的方雨珍和臉色不怎好的孔昭，微微笑了。「阿成和阿清去打菜了，我來占位置。看到阿冉，就想著妳們肯定也在，乾脆就一起坐了。」看來，孔昭似乎已經猜到了。

孔昭冷眼掃了沈淵一眼，最後還是放棄了坐到他和阿冉中間的想法。食堂的人太多了，她若是太刻意，會讓人驚訝的。罷了罷了，誰讓阿冉樂意呢？

秦冉仰頭對著方雨珍和孔昭笑了，笑得柔軟。「阿昭、阿雨，妳們辛苦了，我們中午吃什麼呀？」她把手從沈淵的手裡抽出來，心跳得厲害。

啊，瞞著她們實在是太過意不去了。

等一下回去寢舍的時候，乾脆還是和阿昭、阿雨說了吧！再瞞下去的話，總覺得自己要心律不整了。

「今天有我們喜歡的鯽魚羹。」方雨珍沒有多想什麼，將托盤放到桌子上。「我看到了就打了三碗。限量啊，我搶到了呢！」

「哇，鯽魚羹。」秦冉可高興了。「阿雨妳真棒。」

方雨珍高興地仰著腦袋。「那是自然的。」

和盧紹成打了菜走過來的唐文清一眼就看到了方雨珍，她驕傲的樣子一下子便落入了他眼中。唐文清的眉眼微微彎了彎，她還是這麼有活力啊。

「沈淵，我們回來了。」

沈淵對著唐文清和盧紹成點點頭。「我看到了阿冉她們，想著大家一起坐。」對此，唐文清就只是笑笑。你明明就是特意來找秦冉的，他又不傻，不過也好，這樣想著，他就坐下了。

「挺好的啊！」盧紹成直接坐了下來。「反正大家都是朋友啊。哦，對了，阿昭，謝謝妳的筆記，這次考試幫了大忙了。」

之前大家一起複習的時候，孔昭見他沒有記筆記，就把自己的筆記借給他抄。這簡直就是救命之恩，這一次考試的內容就有孔昭筆記本上的。盧紹成可不想被皇帝叔叔抓起來補習，每次補習都一定要跟在皇帝叔叔的身邊，那些大臣每次都用難以言喻的神情盯著他。

這種聖寵讓人壓力非常大好嗎？這麼大年紀的人了，還一臉嫉妒，實在是讓人看不過眼。所以，得到了幫助的盧紹成對於孔昭，當真是心懷感激。

孔昭笑笑。「幫得上你就好了，都是朋友，不必言謝。」以前雖然也認識盧紹成，但是畢竟兩人沒有過多交集。她不知道盧紹成是這樣赤誠性子，所謂的紈袴之言，不過是他人的嫉妒之語罷了。

難怪明帝會對盧紹成這樣寵愛，除開對盧家的愧疚，還因為他本人值得，誰能夠在盛寵之下十幾年了還依舊保持赤子之心呢？

孔昭心想，她自己是不行的，她知道自己的本性。

是以，孔昭對於盧紹成還是挺有好感的，何況他們是朋友，相互幫助本就是理所應當。

盧紹成點頭。「對，都是朋友嘛！」以前覺得女子都需要小心呵護甚是麻煩，他從來都不肯過多靠近，但是這次認識的三個女子都挺好的；尤其是孔昭，性子明朗，她的心胸，可是比很多郎君都要開闊。

「阿清。」方雨珍突然開口喊了唐文清一聲。

「何事？」唐文清看起來面上無甚特別，心底卻是在微微發顫的。她，在喊自己。

「我也要謝謝你，你的律法筆記也是幫了我大忙。」方雨珍看了看唐文清的飯菜，想來想去，忍痛將鯽魚羹放在他的面前。「送你了。」

唐文清本不想收下，可是看著方雨珍滿是期待的眼神，點頭說道：「如此，多謝了。」

他拿過了那碗鯽魚羹，手指印上了她剛才手指所放的位置。

他壓下了心中的所有情緒，讓自己面上的笑容和往日無異，看起來就像是沒有任何不對。

除了認真看著唐文清的沈淵，也的確無人發現他的異樣。

秦冉正在把自己的鯽魚羹分一半給方雨珍，孔昭正在和盧紹成說話，他們都沒有注意到。

沈淵的心中微微嘆氣。阿清的身世讓他難以脫身，若是他肯為了方雨珍，主動脫出泥沼的話，哪怕日後無甚結果，未嘗不是一件好事，總比現在阿清硬是要跟唐家死扛得好。那個泥沼，何必讓自己深陷其中呢？

「沈淵，」秦冉微微仰頭看著沈淵。「你要不要喝鯽魚羹啊？」她的眼底帶著點點星光，並且滿心滿眼地都是眼前人，教人看了便心動不已。

沈淵方才心中的愁緒都消失不見了，他微微搖頭，帶著笑意說道：「妳用吧，我不必。」她那麼喜歡，剩下了一半也都要給自己。

一想到這個，沈淵的心就柔軟不已。

「那我自己喝了。」秦冉伸手把桌子上的醋拿了過來，倒了一些在鯽魚羹裡面。嘻嘻，她就是吃醋大王，吃什麼都愛和醋放一點，試試看好不好吃。

沈淵瞧著秦冉因為鯽魚羹開心不已的樣子，嘴角的笑意也變得更濃了些。真是容易滿足呢，一碗鯽魚羹就這般開心。嗯，家中的廚娘似乎不夠用了，還是拜託娘親多找幾個手藝好的吧！

將來，也好教他的小阿冉能夠更開心些。

唐文清的眼神移到了沈淵的身上，默默地翻了個白眼。喂，沈淵你原本君子如玉的樣子要全毀了啊，看上去怎麼就那麼……膩人呢？嘖，愛戀中的男人啊，教人唾棄。

說這話的唐文清不知道的是，日後他更為膩人，那才是教人唾棄呢。

「啊——」

六人用完了餐，起身準備離開食堂的時候，隔壁的桌子突然發出了一陣尖叫聲。他們轉身看過去，只見一個男學生吐血，倒在了桌子上。

方雨珍下意識就衝了過去，伸手給那個人把脈。

唐文清擋住了其他要圍過來的人，不教他們搗亂。大家都是嶽山書院的學生，雖然一時慌亂，但是多年的教導還是讓他們安靜了下來。

盧紹成得到沈淵的示意，衝了出去，去將書院的大夫帶過來。

孔昭也奔了出去。她要去找山長，出事情了！

方雨珍大喊道：「快拿牛乳來！」

「我來！」秦冉剛才就和沈淵去拿了牛乳，還拿了綠豆水過來。這些都是食堂常見的東西，可以給中毒的人清洗腸胃。

秦冉剛才就看見了，那個吐血的男學生嘴唇發紫，很有可能就是中毒了，所以她剛才便去拿東西。總之不管是不是中毒，先準備著是沒有錯的。

方雨珍接過了秦冉手上的牛乳。「過來幫忙。」

唐文清上前幫忙，將那個男同學給扶住了，一起把牛乳灌進去。

方雨珍和唐文清一直合力協助給那個男學生灌牛奶、催吐，食堂的雜役也發現出了事情，乾脆把整桶的牛乳都給提過來了。

他們這些雜役都對嶽山書院的學生有所了解，自然也知道方雨珍出身醫藥世家，所以只要她做的事情，就應該是對的。

可千萬不要出事情啊，不管是哪一個學生出了事情，他們食堂的人都負責不起。

「咳、咳、咳……」男學生一直被灌牛奶，然後便往外吐東西。其他學生雖然擔心，但是都知曉一些基本醫理，沒有圍著。

也幸好沒有圍著，否則怕是就要被波及到了。

「來了、來了，大夫來了！」盧紹成飛奔了進來，背上揹著一個人，手裡面還提著醫藥箱。「大夫，趕快給人看看吧！」

大夫從盧紹成的背上下來，默默地看了盧紹成一眼。自己這把老骨頭，可是差一點就顛得散架了啊。

而後他上前給那個男學生把脈。「中了毒，還好被逼得吐出一些了。」他對著方雨珍點點頭，顯然是對她的行為很是滿意。

方雨珍說道：「慕容大夫，接下來如何是好？」其實方雨珍是認得這個大夫的，他複姓慕容，和他們方家也算是有交情。

「死不了。」慕容大夫從醫藥箱中拿出了一個小瓷瓶，硬是給那個男學生塞進了嘴巴裡，並讓他強行服了下去。「來人，抬去醫館，過幾天就好了。」

他雲淡風輕的態度教圍觀的眾學生都鬆了一口氣。慕容大夫可是嶽山書院最厲害的大夫，甚至連宮中御醫都是要甘拜下風的，他說沒有問題，那定然是沒有問題。

有眼色的雜役已經抬來了擔架，將男學生放了上去，等一下就抬去醫館。謝天謝地、謝天謝地，這食堂的飯菜要是吃死人，他們可就慘了！

「山長來了。」此時，謝如初和孔昭也到了。

眾學生都退到了一邊，給謝如初讓出一條路。

謝如初走進來。「慕容大夫。」

慕容大夫點點頭。「山長，這個學生沒事，養幾天就活蹦亂跳了，也不會有後遺症。」

謝如初鬆了一口氣。「有勞慕容大夫了。」

「嗯。」慕容大夫冷著一張臉，示意雜役抬著人跟著他離開，只不過在臨走前，他還拿走了男學生的那一碗鯽魚羹。

很明顯，那碗鯽魚羹有問題。

登時，今日吃了鯽魚羹的人全都臉色發青。

慕容大夫端著碗正要走，就看見了學生們的表情，不屑地翻了翻白眼。

「慌什麼，這毒藥是立竿見影的，你們都沒事，就是沒有吃到，大驚小怪。」說完便走了。

學生們雖然有些後怕，卻也都放心了。

——未完，待續，請看文創風931《學渣大逆襲》下

筆上談心，紙裡存情／清棠

2021年2月出版

書中自有圓如玉

看著書上突然浮現的墨字，憑空出現，又慢慢消失，
雖說子不語怪力亂神，他仍是被這陡然出現的異相給驚住，
奇怪的是，除了他以外，旁人竟完全看不見，
日復一日，那歪七扭八的墨字就沒停過，簡直陰魂不散，
所以說，他這是碰上什麼妖魔鬼怪了嗎？

文創風 923 **1**

媽呀，她這是大白天的活見鬼了嗎？
好好地在自家書房抄縣誌，宣紙上卻突然浮現「你是何方妖孽」幾個字，
沒搞錯吧？她才想問問對方究竟是妖是鬼咧！
鼓起勇氣細問之下才知道，原來這人已經看她抄了半月有餘的縣誌，
倘若這話是真的，那這傢伙比她還慘啊，畢竟她每天從早抄到晚，字還醜！
問題來了，他們兩個普通「人」之間，為什麼會出現這種筆墨相通的狀況？
難道……是穿越大神特地贈送給她祝圓的金手指小禮物？
但所有的紙張、書本甚至連字畫上都能浮現字，她還怎麼讀書、練字啊？

文創風 924 **2**

祝圓此生的心願不大，只希望能當個米蟲，悠閒地過上滋潤的日子就好，
可她身為一名縣令的女兒，卻還要操心家裡銀錢不夠用是怎樣？
原來爹爹為官清廉，做不來搜刮民脂民膏的事，自然沒油水可撈，
雖然娘親跟她再三保證，他們不至於會挨餓受凍的，
因為京城主宅那邊會送些錢過來，再不濟她娘手上也還有嫁妝呢，
但她聽完只覺得震驚啊，她爹堂堂縣令竟還在啃老？甚至還可能要吃軟飯？
再者，她家手頭這麼緊了，卻還養著一批下人，光飯錢就是一大開銷，
這樣下去不成，既然無法節流，當務之急她得想辦法掙些錢貼補才行啊！

文創風 925 **3**

祝圓賺到了人生的第一桶金，成功讓爹娘對她的經商能力刮目相看，
與此同時，跟那個神祕筆友的交流也依然持續進行中，
雖然還是不知這人的來歷，但能肯定對方是個男的，並且家世相當不錯，
這還得從兩人聊到朝廷不給力、害得老百姓這麼窮苦一事說起，
正所謂「要致富，先修路」，但朝廷修的路，那能叫路嗎？
晴天是灰塵漫天，雨天又泥濘不堪，當然啥經濟也發展不起來啊！
於是她指點了水泥這條明路，結果他真弄出來築堤、造路，來頭還能小嗎？
話說，水泥是她提的主意，他應該不會這麼小氣，不讓她抽成吧？

文創風 926 **4** 完

來錢的事祝圓都不吝跟她親愛的筆友三皇子分享，畢竟她撐不起這麼大的攤子，
直接跟謝崢說多好，事成之後他還會分她錢呢，她這是無本生意，穩賺不賠啊！
既然兩人關係這麼好，那應該能託他調查一下家裡幫她相看的幾個對象吧？
模樣啥的都是其次，會不會喝花酒、有無侍妾、人品好不好才重要，
結果好了，他說這個愛喝花酒、那個有通房了，總之就沒一個配得上她的！
要不，請他幫忙介紹一個良配？他倒也爽快，一口就應了她，
可到了相親之日，說好的對象卻成了他自個兒！這是詐騙兼自肥吧？
再者，她想嫁的是家中人口簡單的，但他根本身處全天下最複雜的家庭啊！

2021年2月出版

金牌虎妻

文創風 927～929

左手生財，右手馴夫，
這穿越後的日子可有得忙了呀～～

婦唱夫隨，富貴花開／橘子汽水

唉，一朝穿越就直接當人妻，丈夫還是被踢出家門、靠收保護費度日的失寵庶子，
本性不壞，但打架鬧事如家常便飯，根本像她養過的哈士奇，一日不管便闖禍！
幸好丈夫喬勐天不怕地不怕，就怕惹她生氣傷心，還有她那根聞名鄉里的家法棍，
關起門來懂得跪算盤認錯，她就不跟他計較了，定把他調教成有出息的忠犬，
從此街頭一霸變成唯娘子是從的妻管嚴，她馭夫的名聲在平江可是響叮噹啊～～
接下來還有更重要的事得做——喬勐口袋空空，以前收的保護費還不夠養家呢！
眼看喬家不肯給金援，打算讓他們自生自滅，再不想辦法賺銀子就要餓肚子了。
幸好前世她是精通雙面繡的刺繡大師，又擅長廚藝，乾脆用這兩樣絕活來掙錢吧！
孰料她準備一展身手之際，喬勐無端捲入傷人官司，縣令盛怒將他抓進牢裡。
她的生財大計豈能少他出力，如今禍從天降，她該怎麼替他解圍才好……

為流浪貓狗加油 和貓寶貝 狗寶貝廝守終生(一定要終生喔！)的幸福機會

對人來說，貓寶貝狗寶貝只是生活的一部分，但妳(你)對牠們來說，卻是生活的全部，領養前請一定要考慮清楚——

▲ 動靜皆美的小公主 童童

性　　別：女生
品　　種：米克斯
年　　紀：8～10個月左右
個　　性：活潑好動
健康狀況：已完成三劑幼犬疫苗＆體內外驅蟲；
　　　　　犬瘟、腸炎、心絲蟲皆為陰性
目前住所：新北市新店區

本期資料來源：中途陳小姐

『童童』的故事：

胸前有一撮白毛的童童，曾於去年十一月初被認養，可惜中途只開心了一星期，因為領養人家中的貓咪無法接受童童，於是牠只好又回到中途家中，現在要再重新出發找新家～～

童童是隻貼心又靈動的小女生，一天二十四小時牠的蹤影總是會讓人備感溫暖。白天，牠活潑好動又愛講話，對於外面的世界總是充滿好奇心，一見有新鮮的事物都喜歡去探索一番、開懷大叫；晚上，牠化身暖暖包，會躺在人身邊陪睡，到了早上該起床的時間，甚至會用一個早安吻來喚醒你。

中途非常希望能幫貼心的童童找到幸福一輩子的家，所以若您是喜愛戶外活動的朋友，牠會是非常適合的良伴喔！不過領養前還請詳閱認養資格，勿因一時衝動而領養。如果決定好了，就請連絡中途周小姐LINE ID：valeria0901吧。

認養資格：

1. 認養人須年滿二十歲，若與家人同住，請先徵得家人或房東的同意，
   以免日後因家人或房東不同意的理由而棄養！
2. 不因工作、唸書、搬家、結婚、生育、移民、男女朋友分手而棄養童童，並要具備飼養寵物之耐心。
3. 童童尚在幼齡期，會因為長牙、換牙而咬家裡的東西，甚至關籠時有可能會該該叫，
   長大後是一般中型犬大小，這些成長過程若能接受再來領養喔！
4. 這時期的童童需要細心照顧，若工作繁忙、長時間不在家，不建議領養。
5. 須同意結紮，負擔晶片轉移費NT$100，並簽認養寵物切結書。
6. 須同意送養人日後之追蹤探訪，對待童童不離不棄。
7. 狗狗沒有健保，醫療費可能從幾千甚至到幾萬都有可能，請衡量自身能力與經濟狀況再來領養！

來信請說明：

a. 個人基本資料：姓名、性別、年齡、家庭狀況、職業與經濟來源等。
b. 想認養童童的理由。
c. 過去養寵物的經驗，及簡介一下您的飼養環境。
d. 若未來有結婚、懷孕、出國或搬家等計劃，將如何安置童童？

文創風
930

學渣大逆襲 上

國家圖書館出版品預行編目資料

學渣大逆襲 / 鍾心著. --
初版. -- 臺北市 : 狗屋出版社有限公司, 2021.02
冊 ; 公分. --(文創風)
ISBN 978-986-509-187-3(上冊:平裝). --

857.7　　　　109021490

著作者	鍾心
編輯	張蕙芸
校對	沈毓萍
發行所	狗屋出版社有限公司
地址	台北市104中山區龍江路71巷15號1樓
電話	02-2776-5889～0
發行字號	局版台業字845號
法律顧問	蕭雄淋律師
總經銷	知遠文化事業有限公司
電話	02-2664-8800
初版	2021年2月
國際書碼	ISBN-13　978-986-509-187-3

本著作物由北京晉江原創網絡科技有限公司授權出版

定價260元
狗屋劃撥帳號：19001626
網址：love.doghouse.com.tw　E-mail：love@doghouse.com.tw